Beatrix Gurian
Höllenflirt

Beatrix Gurian,
geboren 1961, studierte Komparatistik, Italoromanistik
sowie Theater- und Literaturwissenschaften.
Anschließend war sie Redakteurin bei
verschiedenen Fernsehproduktionsfirmen.
Seit 2001 ist sie auch als Jugendbuchautorin
erfolgreich. Beatrix Gurian lebt gemeinsam
mit ihrer Familie in Bayern.

Weitere Bücher von Beatrix Gurian im Arena Verlag:
Prinzentod
Wie du ihm, so ich dir

Beatrix Gurian

Höllenflirt

Arena

4. Auflage 2010
© 2009 Arena Verlag GmbH, Würzburg
Alle Rechte vorbehalten
Covergestaltung: Frauke Schneider
Gesamtherstellung: Westermann Druck Zwickau GmbH
ISBN 978-3-401-06386-7

www.arena-verlag.de
Mitreden unter forum.arena-verlag.de

»Besiegelt wurde sein Schicksal mit dem Fuchs.
Oben im Wald, am Abend des 31. Oktober. Er
tauchte aus dem Nichts auf, stand unbeweglich im
kahlen Unterholz, seine Augen dunkel funkelnde
Sterne, die zu mir herüberstarrten. Unablässig
troff Speichel aus seinem Maul. Ich wusste sofort,
es war so einer . . . und das war kein Zufall.«

1

Valle hat recht gehabt, es fühlt sich gut und schrecklich an. Meine Haut prickelt vor Angst, genauso wie am Ende von unserem Konzert neulich, als ich noch nicht wissen konnte, ob das Publikum uns gleich mit Buhrufen vernichten oder mit Applaus belohnen würde. Ich atme so schnell, als wäre ich gerannt, mit offenem Mund, es tut richtig weh in der Kehle. Mein Puls dröhnt in den Ohren und bei alldem versuche ich so zu tun, als wäre ich unsichtbar. Was ich definitiv nicht bin, mit den grünpinken Haaren und den Sicherheitsnadeln in den Augenbrauen. Vielleicht hätte ich mir für den Zweck doch von Kati etwas zum Anziehen ausleihen sollen. Seit mein Schwesterherz beim Fernsehen arbeitet, ist ihr Outfit neuerdings so aufregend wie das von Angela Merkel.

Mein Styling ist ganz anders, eher so, dass die Omas in der U-Bahn ihre Handtaschen fester umklammern, sobald ich einsteige. Trotzdem habe ich so etwas wie das hier noch nie getan.

»Nimm dir, was dir gehört. Diese Schwachköpfe werden nichts davon merken.«

Immer wieder flüstere ich Valles Worte leise vor mich hin, während ich durch den riesigen Mediensupermarkt laufe. Ich schaue mich vorsichtig um, die wenigen Kunden auf der Etage sind mit sich beschäftigt, niemandem wird es auffallen, wenn ich ein paar Black-Metal-CDs einstecke. Trotzdem fühlen sich meine Hände feucht an und das Dröhnen in meinen Ohren übertönt jetzt sogar »I just called to say I love you«, das schon zum fünften Mal läuft, seit ich hier drinnen bin.

Ich spähe viel zu oft über meine Schulter, sehe zum Glück gerade niemanden, fummle die Cellophanhülle auf – es knistert bedrohlich laut, deshalb stopfe ich die zerknüllte Folie hastig in meine Hosentasche. Die nackten, schwarz und silbern schimmernden CDs schiebe ich in die Jackentasche, danach stelle ich die leeren Hüllen zurück ins Regal.

»Und was hältst du von Judas Priest?« Ein ziegenbärtiger Typ im Totenkopf-Halloween-T-Shirt schaut mich aus hoffnungsvollen Augen an, ganz, als wäre ich sein Messias.

Mein Hals ist so trocken, dass ich kaum schlucken kann, die CDs ziehen mich nach unten wie Bleisärge auf dem Weg in die Hölle. Ich versuche, so lässig wie möglich mit den Achseln zu zucken und murmle: »Der Sound wird ganz sicher deine Halloween-Party versauen«, und mache, dass ich aus dem Laden komme.

Meine Lederstiefel kleben an dem dunkelgrauen Filzboden, als wäre es Schlamm, jeder Schritt kostet unendlich viel Kraft. Die ganze Zeit drehe ich den Kopf um, als würde ein unsichtbarer Marionettenspieler daran ziehen und mich zwingen, prüfend hinter mich zu blicken.

Diesmal bemerke ich einen Typen, der zu mir herübersieht, er schaut nicht nur, sondern er verschlingt mich sozusagen mit seinem Blick. Scannt mich, checkt mich ab, doch das bin ich gewohnt, ein voller Busen in schwarzer Ledermontur zieht Blicke magisch an.

Ich versuche, mich zu beruhigen, gehe betont lässig neben der Kasse an der Schranke vorbei, direkt in den Vorraum, von dem aus man ins Parkhaus kommt. Hier ist der einzige Ausgang ohne diese Piepsgeräte. Atme aus. Die CDs kleben an meiner feuchten Hand in der Jackentasche. Ganz ruhig. Jetzt ab in die U-Bahn und nach Hause.

Alles gut.

Eine schwere Pranke drückt auf meine Schulter, ich fahre herum.

Es ist der Typ, der mich angeglotzt hat, er lächelt, sein Blick durchbohrt mich. Aber es sind nicht die Maße, für die er sich interessiert, nicht mein Körper. Er holt einen Ausweis heraus, sagt etwas, doch bevor ich ihn verstehen kann, werden seine Worte schon zu Asche im Feuer meines Hirns.

Der Hausdetektiv. Detektiv!

Das geht ja gar nicht, nichts wie weg, ich muss hier raus, doch der Mann umfasst meine Schulter wie ein Schraubstock. Er murmelt etwas von Kameraaufzeichnungen und dass ich bitte mitkommen soll, Personalien aufnehmen, bevor er die Polizei ruft.

No way!

Ich stoße dem Typ vor seine breite Brust und renne zu den Türen, die direkt ins Parkhaus führen. Damit hat er nicht gerechnet, ich habe ein paar Sekunden Vorsprung, stemme die schwere Eisentür auf, haste die Stahlstufen zur nächsten Ebene rauf, Artischocke heißt sie, die heißen alle wie Gemüsesorten, ich muss kichern.

Lass das, atme richtig, renne, renne, renne!

Ich höre, wie die Nägel in meinen Schuhen auf den Betonboden knallen, bescheuert, was das für einen Lärm macht.

Da, ein Kleinbus parkt gerade ein. Leute steigen aus und erschrecken mich fast zu Tode, zwei Skelette und vier Vampire mit grotesken Gummimasken im Gesicht. Sie lachen und kichern.

Verdammt, warum hab ich mich bloß von Valle dazu überreden lassen, das ausgerechnet am Halloween-Abend durchzuziehen? Er fand das passend – was für ein Schwachsinn!

Ich laufe zu den Leuten hinüber, vielleicht glauben sie mir, wenn ich sage, dass ein Mann hinter mir her ist, um mich zu vergewaltigen. Aber nachdem ich keuchend vor ihnen stehen bleibe und paar Worte hervorstoße, winken sie mir nur, sagen »Happy Halloween« und werfen mir Süßigkeiten zu, als wäre ich drei Jahre alt. Dann gehen sie lachend zum Aufzug.

Stopp!

Der Aufzug! Das ist die Lösung!

Mittlerweile hat der Detektiv aufgeholt, ich kann ihn sehen, kann ihn sogar riechen, sein widerliches Rasierwasser mit dem penetranten Moschusduft.

Ich muss in den Aufzug, aber zuerst muss ich diesen Typ abschütteln. Wieso bin ich überhaupt nach oben gelaufen? Das kennt man doch aus jedem Katastrophenfilm. Treppe hoch und man sitzt in der Falle.

An der nächsten Ecke bleibe ich mit pochendem Herzen hinter einer Säule stehen. Tomatenebene. Neben mir parkt ein LKW, ich kauere mich für einen Moment hinter die dicken Räder. Schnaufend versuche ich nachzudenken.

Vielleicht rennt der Detektiv an mir vorbei, ein Stockwerk höher? Dann kann ich nach unten laufen und abhauen. Und die CDs sollte ich gleich mal wegwerfen, das ist doch bestimmt Beweismaterial . . .

Bevor ich die CDs aus meiner Jackentasche ziehe, spähe ich

hinter meinem Reifen hervor und lasse meinen Blick über das gesamte Parkdeck schweifen.

Der Typ ist nirgends mehr zu sehen.

Wie vom Erdboden verschluckt!

So ein Mist! Als ein Range Rover an mir vorbeifährt, schleiche ich vom Lkw zum nächsten Auto. Er könnte überall sein – oder direkt hinter mir.

Da, ein Geräusch. Ich fahre herum. Immer noch keine Spur von ihm.

Die Halloween-Leute sind nach rechts gelaufen, dort müssen also die Aufzüge sein.

Ich hole tief Luft und sprinte eine Reihe von Autos entlang, bevor ich mich wieder zusammenkauere, diesmal hinter einem schwarzen Mercedes. So arbeite ich mich von Auto zu Auto vor Richtung Fahrstuhl.

Schließlich sehe ich, immer noch fünfzig Meter entfernt, die gelben Türen, deren Ränder grauschwarz von zahllosen Fingerabdrücken sind.

Der Aufzug.

Ich versuche, mich lautlos zu bewegen, aber die Sohlen meiner Stiefel hallen wie Donnerschläge durchs Parkhaus.

Da, wieder dieses merkwürdige Geräusch. Nur ein Rabe, der an einer zerknüllten McDonald's-Tüte zerrt.

Jetzt ist mir alles egal, ich achte nicht mehr auf meine Deckung, sondern rase nur noch hinüber zum Aufzug, hämmere gegen den Knopf, drehe mich dabei immer wieder um – wieso kommt der elende Aufzug nicht?

Endlich.

Mit angehaltenem Atem warte ich, dass die Türen aufgehen – menschenleer! Ich bin erleichtert, hatte einen Moment lang Angst, der Detektiv würde mich dort schon grinsend erwarten.

9

Im Aufzug stinkt es nach Urin und altem Fett, die Blechwände sind abgekratzt, und wo sie nicht abgekratzt sind, steht *fuck you* oder *verpiss dich*. Komisch, was man noch alles registrieren kann, wenn man vor lauter Schiss am ganzen Körper zittert.

Ich hämmere auf den Knopf, auf dem Ausgang steht, und hoffe, dass die verdammte Tür endlich zugeht, bevor noch jemand dazukommen kann. Schneller, schneller, schneller – da erscheint plötzlich eine Hand zwischen den fast schon geschlossenen Türen.

Eine kleine, aber kräftige Männerhand.

Die Türen schieben sich wieder auseinander.

Lächelnd steht er vor mir.

Zum ersten Mal sehe ich ihn richtig an. Er wirkt wie eine jüngere Billigkopie von Bruce Willis. Das Namensschild auf seiner Brust hebt und senkt sich unter seinen hektischen Atemzügen. Thor Friedrichsen steht darauf.

Er starrt auf meinen Busen und kommt näher, ich weiche unwillkürlich einen Schritt zurück.

»Gefällt mir, so eine Jagd.« Er zwinkert mir zu. »Für attraktive Mädels wie dich gibt es viele Möglichkeiten, das bei mir wiedergutzumachen.« Und dabei greift er sich demonstrativ in den Schritt seiner schwarzen Stoffhose.

Eine Panikwelle überrollt mich. Ich hole tief Luft und kicke mit meinen Schuhen zwischen seine Beine. Sofort verschwindet sein Grinsen, er packt meinen Fuß noch in der Luft, ich gerate ins Taumeln, drehe mich, entwinde ihm mein Bein und trete noch mal zu, er muss loslassen.

Und da verliert er plötzlich ohne Vorwarnung das Gleichgewicht und knallt mit dem Kopf gegen die Wand, rutscht an ihr entlang und stürzt zwischen Aufzugstür und Parkhaus.

Regungslos bleibt er liegen.

Mir wird eiskalt. Das kann doch nicht sein! Ich beuge mich entsetzt über ihn, da sickert etwas Rotes, Klebriges zwischen seinen dunklen Haaren hervor. Blut.

Ich zucke zurück.

Hektisch schweift mein Blick durchs Parkhaus. Weit und breit keine Menschenseele zu sehen. Am liebsten möchte ich laut um Hilfe schreien, doch aus meiner Kehle dringt kein Laut.

Ich fühle mich wie gelähmt, kann mich nicht bewegen, kann keinen klaren Gedanken fassen. Einen Moment lang starre ich vor mich hin, sehe diesen Detektiv, der wie tot vor meinen Füßen liegt, oder atmet er doch noch? Ich schaffe es nicht, mich zu seinem Gesicht herunterzubeugen. Stehe wie eingefroren in diesem Aufzug, diesem Parkhaus. Warum bewegt sich dieser Typ noch immer nicht?

Toni, du Idiot, du musst Hilfe holen. Schnell. Wo ist bloß mein verdammtes Handy? Meine Hände zittern so, dass ich kaum die Tasten treffe, dann halte ich inne. Ich muss hier erst mal weg.

Vorsichtig steige ich über den regungslosen Körper und dann sprinte ich los. Renne das Parkhaus runter, renne von Kartoffel zu Tomate zu Artischocke und Aubergine und raus, nichts wie raus.

Ich brauche einen Krankenwagen, der Notruf, gleich, wenn ich auf der Straße bin.

Und dann bin ich draußen. Kalte Herbstluft schlägt mir entgegen, legt sich wie ein feuchter Waschlappen auf mein Gesicht und bringt mich ein bisschen zur Besinnung.

Ich bin in einer Seitenstraße gelandet, hinter mir, im offenen Eingang zum Parkhaus streitet sich ein älteres Paar, wer von ihnen den Parkschein eingesteckt hat.

Soll ich sie ansprechen, fragen, ob sie mir helfen?

Nein, auf keinen Fall! Ich ziehe das Handy aus meiner Hosentasche – oder vielleicht ist eine Telefonzelle besser, ja, am besten rufe ich von einem öffentlichen Telefon aus an. Ich renne ein Stück die Straße entlang, eine Telefonzelle, bitte eine Telefonzelle.

Plötzlich stellt sich mir jemand in den Weg. Erschrocken bleibe ich stehen.

»Valle?«

»Wollte bloß mal sehen, ob du's wirklich getan hast.«

Ich nehme die CDs aus der Tasche und werfe sie ihm vor die Füße. Silberne Monde, die im Licht der Straßenlaternen aufblitzen und dann wie billige Konservendosen auf dem Asphalt scheppern.

»Hey, spinnst du? Was ist denn los?«

»Was los ist?« Ich fange hysterisch an zu weinen, wünsche mir, Valle würde seine Arme um mich legen, würde dafür sorgen, dass alles gut wird, aber er steht einfach nur da.

»Sie haben mich erwischt, ich bin weggelaufen und dann war dieser Detektiv hinter mir her.« Meine Stimme hört sich ganz seltsam an, als würde sie nicht zu mir gehören. »Und dann lag er da plötzlich . . . es war ein Unfall . . . er hat mich . . . ich habe ihn getreten . . . er ist verletzt, aber da war Blut . . .« Ich gerate ins Stocken. Die Tränen strömen mir übers Gesicht.

Endlich legt Valle eine Hand auf meine Schulter. »Jetzt mal langsam, meine kleine Rebellin . . .« Er zieht mich an sich.

»Nicht langsam! Wir müssen einen Krankenwagen rufen!«

»Nein, *wir* müssen gar nichts.« Valle drückt mich fest an sich und flüstert in mein Ohr. »Du gehst jetzt nach Hause und beruhigst dich. Ich werde mich um alles andere kümmern. Wo liegt er denn?«

»Bei den Kartoffeln.« Plötzlich muss ich kichern, hysterisch, ich halte mir die Nase zu, um aufzuhören, drücke meine Schultern durch.

Valle streicht über mein Gesicht, wischt dabei das Nasse mit seinem Handrücken weg und schüttelt leicht seinen Kopf.

»Wo genau befindet sich der Mann?«

Ich erkläre es ihm, endlich bekomme ich mich wieder einigermaßen in den Griff, es wird alles gut, denke ich. Valle wird ihn finden und den Krankenwagen rufen, ihm können sie ja nichts, er hat schließlich nichts geklaut, Valle kriegt das hin.

Er rennt davon, ich sehe ihm hinterher, bete, dass nichts wirklich Schlimmes passiert ist. Plötzlich kommt er noch einmal zu mir zurück und küsst mich beruhigend auf die Stirn. »Mach dir keine Sorgen, Toni, es wird alles wieder gut. Ich kümmere mich darum.«

Er sprintet los und wenig später verschwindet seine schmale Silhouette im Parkhaus.

Ich lasse mich auf der Kante des Bürgersteigs nieder, spüre flüchtig, wie kalt sich der Boden durch die Lederhose anfühlt. Ruhiger werden, wieder klar denken.

Vielleicht war es nur eine Platzwunde, die der Detektiv am Kopf hatte? Eine harmlose Verletzung?

Und wenn nicht?

Wenn er wirklich tot ist?

Dann wird die Polizei nach dem Mörder suchen. Schlagartig durchzuckt mich ein Gedanke: Sie haben Kameras in dem Laden! Der Detektiv hat gesagt, es gibt ein Video, auf dem ich drauf bin! Egal, was Valle jetzt unternimmt, sie werden mich finden, dann bin ich dran!

Aber es war doch ein Unfall! Einfach nur ein dummer Unfall.

13

Mühsam erhebe ich mich vom Bordstein und stolpere los in Richtung U-Bahn und alles, was ich auf dem Weg dorthin denken kann, ist:

Er wird es wieder in Ordnung bringen. Valle schafft das. Valle kann alles.

Valle, Valle, Valle.

Ich bin fliegen

Warst du schon mal verliebt? Ich schätze nein. Du bist noch zu klein. Ich bisher auch nicht. Nicht so. Nicht mit aller Macht. Und wenn ich sage Macht, dann meine ich Macht. Für einen Kuss wäre ich bereit zu sterben. Das klingt reichlich pathetisch, nein, sogar pathologisch. Hier sind viele Pathologische, keine gute Idee von Ihnen mich hierher zu schicken. Aber ich bin nicht mehr böse deshalb, denn ich hätte ja sonst niemals diese Erfahrung gemacht, richte Ihnen also aus, es ginge mir großartig. Ich hoffe, sie machen dir das Leben nicht zur Hölle, obwohl ich gerade anfange zu begreifen, was für ein wunderbarer Ort die Hölle ist.

»Ich war sicher, dieser Fuchs war ein Geschenk von IHM, denn wo hätte ich sonst diesen speziellen finden sollen? Das war ein Zeichen seiner Gunst. Er wollte, dass ich eine besondere Strafe vollziehe, eine, die meine Macht manifestieren würde.«

2

Drei Monate früher.

Für unser erstes Treffen hatte Valle den Biergarten am Seehaus vorgeschlagen. Obwohl wir uns mitten in der Woche um drei Uhr nachmittags verabredet hatten, war der Biergarten voller Menschen, die nach einer Woche kalten Regens jetzt die letzten warmen Septembersonnenstrahlen genossen.

Ich war so aufgeregt, dass mich das aggressive Summen der Wespen, die kreischenden Kinder, das Gelächter und Gebrabbel all der Leute im Biergarten nur noch kribbeliger machten. Selbst der vertraute Geruch nach frischen Brezeln und Zwetschgendatschi, brackigem Seewasser und Softeis konnte mich nicht beruhigen. Wie würde er reagieren, was würde er sagen? Ich hatte keine Ahnung. Bei unserer allerersten Begegnung hatten wir nämlich nicht gerade viel miteinander geredet.

Es war auf einem Abi-Fest gewesen, bei dem meine Band, die Grunks, einen Auftritt gehabt hatten. Kurz nachdem ich völlig erledigt von der Bühne runterkam und mich durch die tanzenden Menschen schob, sprang er mir plötzlich ins Auge. Ein schlaksiger großer Typ, seine Haare leuchteten rotbraun wie nasse Kiefernbaumstämme. Er bewegte sich wie ein schwarzer Panther unter lauter harmlosen Kätzchen. Geschmeidig und kraftvoll tanzte er und gleichzeitig entging ihm nichts, als ob er auf der Lauer nach Beute wäre.

Und dann begegneten sich unsere Augen mitten in dieser rhythmisch zuckenden Menge von Tanzenden.

Er grinste mich an und kam näher. Und als er direkt vor mir stand, wurde plötzlich alles anders, unser Zusammentreffen war wie eine Naturkatastrophe. Als ob ich bis dahin in völliger Sonnenfinsternis gelebt hätte und jetzt endlich das Licht angehen würde. Dabei hatte er sich nur zu mir heruntergebeugt und mich angeschaut.

Mich.

Angeschaut.

Mit diesen Augen.

Ein weiter blauer Himmel, der sich auf einem grünen See spiegelt.

Diese blaugrün schillernden Seehimmel verwandelten meinen Bauch in ein Bündel Wunderkerzen, deren Funkenregen mein altes Ego komplett auslöschte und eine völlig neue Toni hervorbrachte, eine schwindelige, atemlose Toni, deren Haut bei der kleinsten Berührung Blitze abgesondert hätte.

Und mitten in mein Gefühlschaos hinein fragte er mich, wieso ich in derart lächerlicher Montur herumlaufen würde, ob das irgendjemandem Angst machen solle. Wahre Rebellen würde man an ihrem Sein erkennen, nicht an ihrer Frisur.

Das war wie ein Schlag ins Gesicht und ich, Toni Freitag, war nach seinem Kommentar sprachlos.

Lächerlich hatte mich noch keiner genannt.

Abgefahren: Robert, mein damals Noch-Freund.

Bescheuert: meine Klassenlehrerin.

Schmuddelig: meine Mutter.

Typisch pubertär: Ralfi, Mamas unsäglich toleranter Lebensgefährte, den Kati und ich hinter seinem Rücken immer nur Schwallfi nennen.

Ich werde nur sehr selten rot, aber nach Valles Kommentar war mir das Blut ins Gesicht geschossen. Das konnte ich natürlich so nicht auf mir sitzen lassen. Deshalb hakte ich nach, was er denn mit dem Gerede vom »wahren Rebellen« meinen würde. Aber er hat nur den Kopf geschüttelt, gelacht und mir dann kryptisch geantwortet: »Das erkläre ich dir gerne ausführlicher. Aber nicht hier. Und nicht jetzt.«

Und bevor ich wieder klar denken konnte, hatte ich Valles Handynummer gespeichert und stand wieder allein auf der Tanzfläche. Ich erwischte gerade noch einen misstrauischen Blick von Robert, der mich dazu brachte, mein Handy ganz schnell verschwinden zu lassen.

Zwei Wochen später war es dann so weit: das erste richtige Date mit dem geheimnisvollen Valle. Ich war froh, dass wir uns am Bootsverleih verabredet hatten, weil wir uns hier nicht verfehlen konnten.

Auf dem See waren schon viele kleine Tret- und Ruderboote unterwegs. Fast so viele wie Enten und Schwäne. Knapp über der Wasseroberfläche schwebten kleine duftige Knäuel, die aussahen wie Flaumfedern. In Wirklichkeit waren es Blüten, die von den Bäumen im Englischen Garten angeweht worden waren.

Als ich ankam, sah ich ihn sofort. Er war schon unten am Steg, wieder in schwarzen Jeans und einem schwarzen T-Shirt, in der Hand eine Tasche und einen langen schwarzen Umhang. Gerade beugte er sich zu einem Ruderboot, um die Taue zu lockern. Dabei verrutschte sein T-Shirt und ich konnte einen Blick auf sein Schlüsselbein werfen. Weiß und irgendwie schüchtern ragte es aus dem Ausschnitt und ich spürte ein merkwürdiges Ziehen im Bauch und wollte es sofort anfassen, dieses bekloppte Schlüsselbein.

Doch stattdessen kam ich näher und brachte immerhin ein »Hallo« heraus.

Er drehte sich zu mir und deutete dann auf das kleine weißblaue Ruderboot.

»Hi, ist das okay für dich?«, fragte er und lachte mich an, mit diesen Augen.

Und alles, was ich dachte, war: Ich muss mich dringend setzen. Mein Puls trommelte härter und schneller als jedes Solo, das Robert mir jemals vorgespielt hatte.

Ich ging also zu Valle, kletterte über den Bootsrand, stieg in das schaukelnde Boot und ließ mich sofort auf eines der harten Holzbretter fallen. In meinen Ohren summte es komisch.

Er stieg dazu, warf den Umhang neben sich, danach die Tasche. Dabei schwankte das Boot so unruhig hin und her, dass ich mich an den Seiten festklammern musste, um nicht von meinem Holzsitz zu kippen.

Valle lachte mich an. »Macht Spaß, oder?«

»Klar!«, versicherte ich, und weil ich ihn dabei ganz ungeniert betrachten konnte, meinte ich es auch so.

»Und du willst rudern?«, fragte Valle und zog eine seiner schwarzen Augenbrauen in die Höhe.

Ich blickte ihn verständnislos an, woraufhin er auf die beiden Ruder zeigte, die tatsächlich rechts und links neben meinem Sitz an der Bootswand befestigt waren.

Ich wurde rot. Hoffentlich blamierte ich mich jetzt nicht gewaltig.

»Oder bist du etwa zu schwach? Er grinste, was mich natürlich schleunigst dazu brachte, ihm zu versichern, dass ich quasi die Ruderqueen Münchens wäre.

»Gut, dann packe ich mal unser Picknick aus.«

»Picknick?«

»Ich dachte, das würde dir Spaß machen.« Jetzt verwandelte sich sein Grinsen in ein Lächeln.

Ich starrte auf den glitzernden See, damit Valle nicht gleich sehen konnte, wie gerührt ich war. So etwas hatte sich noch nie jemand für mich ausgedacht. Robert jedenfalls wäre das im Traum nicht eingefallen – Seepicknick, das hätte er lächerlich spießig gefunden.

»Wie wär's erst mal mit Kaffee?« Valle beugte sich etwas vor, das brachte einen Duftschwall von Zigaretten, Kaffee und etwas anderem zu mir, das mich an Kirche erinnerte. Nein, nicht Kirche, Weihrauch.

Und ich sah wieder sein Schlüsselbein, unter dem eine blaue Ader pochte. Deutlich langsamer als mein Puls.

Ich versuchte, mich abzulenken, und legte mich gewaltig ins Zeug, leider patschten die Ruder dabei bloß höchst unprofessionell aufs Wasser, das Boot kam ins Strudeln und bei meinem Versuch, den Kurs zu halten, spritzte ich uns voller Wasser.

»Hey!« Valle, der gerade zwei Becher »Coffee to go« aus seiner schwarzen Tasche herausgeholt hatte, schwankte gefährlich und verschüttete etwas Kaffee auf seiner Hose.

»Verdammt heiß!«, sagte er mit so einem merkwürdigen Ton, und weil er mir dabei direkt in die Augen sah, wurde mir auf der Stelle noch heißer, als es mir von meinen jämmerlichen Ruderversuchen ohnehin schon war.

Er reichte mir den Becher. Ich ließ ein Ruder los.

»Ich hoffe, du magst Latte macchiato?«, fragte er und nahm einen großen Schluck aus seinem Becher.

Ich hätte jetzt sogar Apfelwein getrunken, den ich verabscheue, oder Waschwasser. Ich konnte nur nicken. »Und du? Was trinkst du?«

»Doppelten Espresso, extra stark.«

»Ohne Zucker?«

Er nickte. Ich stellte meinen Becher vor mir ab und griff nach dem Ruder, das sich gerade aus der Halterung verabschieden wollte. Im letzten Moment erwischte ich es und überlegte immer noch verzweifelt, was ich Lässiges sagen könnte.

»Wow, ohne Zucker, dann bist du also ein ganz Harter!«

»Klar, nur die Harten kommen in den Garten . . .«

». . . und die Härteren zur Gärtnerin!«, vollendete ich den blöden Spruch und ärgerte mich maßlos, dass mir nur so ein Schwachsinn eingefallen war.

»Wer will denn schon zur Gärtnerin?« Er grinste und reichte mir zwei Zuckertütchen und ein Holzstäbchen zum Umrühren.

»Was hast du gegen Gärtner?«

»Das liegt doch auf der Hand, der Mörder ist schließlich immer der Gärtner.«

»Nur in schlechten Filmen«, konterte ich und schüttete den Zucker in meinen Latte.

»Wer entscheidet, was ein schlechter Film ist?«, fragte er.

»Na ich!«

»Kluges Mädchen.«

Ich stellte den Latte ab und beschäftigte mich wieder mit den Rudern, legte dabei ordentlich an Tempo zu, nur damit Valle nicht merkte, wie sein Kommentar meinen Puls beschleunigt hatte. Komisch, wenn Schwallfi so etwas sagen würde, müsste ich kotzen.

»Das gefällt mir übrigens.«

»Was?«

»Dass du nicht blöd bist. Dummheit langweilt mich. Viele Mädchen sind dumm, soll heißen, die meisten Mädchen langweilen mich.«

»Arrogant bist du ja gar nicht!«

Er trank seinen Becher aus und schenkte mir dann wieder ein Lächeln.

Zuerst dachte ich, er würde mich auslachen, aber dann verzog sich sein Mund, und weil sich seine Lippen dabei öffneten, wirkte er plötzlich sehr verletzlich. Und obwohl ich noch an seinem letzten Spruch zu knabbern hatte, fiel mir doch auf, dass seine Lippen verführerisch wie Granatapfelkerne schimmerten. Ich zwang mich, schnell woandershin zu sehen, und landete unglücklicherweise wieder bei seinem Schlüsselbein, doch nach ein paar Sekunden riss ich mich von diesem Anblick los und starrte auf die silbern glitzernden Sonnenreflexe im Wasser, um auf andere Gedanken zu kommen.

»Und was machst du sonst so?«, fragte er und es klang so, als würde ihn das wirklich interessieren.

Ich zuckte mit den Schultern, weil ich keine Ahnung hatte, was genau er gut finden würde.

»Na, du hast es ja an dem Abend neulich gesehen. Ich spiele in einer Band.«

»Übler Punk-Rock. Wer schreibt die Texte?«

»Was für Texte?« Ich grinste, als hätte ich einen Witz gemacht, dabei wollte ich nur Zeit gewinnen, denn eigentlich schrieb Robert unsere Texte. Aber ich hatte mir vorgenommen, auf keinen Fall an ihn zu denken und jetzt schon gar nicht. Was mehr als mies war, denn es waren Roberts Texte gewesen, wegen denen ich unbedingt Mitglied bei dieser Band hatte werden wollen.

»Ich meine, um was geht's bei euch?«, fragte Valle.

»Um alles Mögliche.« Ich verstand nicht ganz, worauf er hinauswollte. »Wir wollen Leute provozieren, aber es geht auch um Gefühle wie Versagen, Lieben, Siegen.«

»Gefühle sind Unsinn.«

»Klar, ist oft mal so«, sagte ich – und dachte, dass eben jetzt genau so ein Moment war – wie ich hier saß und Valle gern berührt hätte, aber mich nie im Leben trauen würde.

»Du kapierst nicht, was ich meine. Gefühle machen dich schwach.«

Ich wurde rot. Konnte Valle vielleicht Gedanken lesen?

»Wenn du Kontrolle über dein Leben haben willst, darfst du dich deinen Gefühlen nicht ausliefern.«

»Nie?«

»Erst einmal musst du herausfinden, ob es Gefühle sind oder Triebe.«

Mir wurde flau.

»Ach ja?«

»Triebe kann man beherrschen, indem man ihnen nachgibt, sie auslebt, denn nur so verlieren sie die Macht über einen. Sex zum Beispiel.« Er starrte mir in die Augen, ich hielt das nicht mehr aus, alles war in Aufruhr, mein Herz, mein Bauch, meine Füße zappelten, es fühlte sich an, als wären sogar meine Haare elektrisch aufgeladen.

»Hmm . . .« Mehr brachte ich nicht raus.

Er strich eine Haarsträhne hinter sein Ohr, stopfte sein T-Shirt am Bauch fest in seine schwarzen Jeans. Mein Blick folgte seiner Hand. Sein Bauch war glatt und hart wie ein Surfboard. Hatte ich wirklich nur Latte getrunken oder nicht doch irgendwelche Drogen genommen?

Er zeigte auf die Ruder. »Komm, lass uns die Plätze tauschen. Ich hab auch etwas zum Essen mitgebracht, solange kann ich ja rudern.«

Wir standen beide gleichzeitig auf, das Boot wackelte gefährlich, die anderen Leute in den Booten um uns herum lachten und warteten nur darauf, wer zuerst in die grünbraune Brühe fallen würde.

»Langsam«, sagte er behutsam. Wir setzten uns wieder. »Erst kommst du zu mir, dann gehe ich zu den Rudern, okay?« Er nickte mir zu, ich erhob mich, bewegte mich sachte auf ihn zu, betete, dass das Boot zu meinen Gunsten etwas schwanken würde, half nach und landete dann wirklich unbeholfen auf seinem Schoß.

Er hob mich hoch, murmelte »Kleine Rebellin . . .«, setzte mich sanft neben sich, stand auf und redete weiter, als wäre unser Gespräch nicht gerade beinahe ins Wasser gefallen.

»Sex ist okay, davon kann man haben, so viel man will. Schadet nichts, man sollte es nur nicht mit Liebe verwechseln. Die macht einen abhängig. Wie das ganze Christengesumse überhaupt.« Als er wieder saß, griffen seine Hände nach den Rudern.

»Sex so viel man will?«, fragte ich so ironisch wie möglich, auch wenn ich überzeugt davon war, dass ich aussah wie Rotkäppchen, das endlich kapiert hat, was der böse Wolf gleich mit ihr tun wird.

»Na klar, es ist wichtig, dass man seiner Lust nachgibt, allein schon, damit man nicht krank wird.« Er richtete seine blaugrün leuchtenden Augen auf mich. »Allerdings sollte man nicht Sklave seiner Gier werden, sich dabei nicht verlieren.«

Verlieren. Okay, ich war eindeutig verloren.

Er zeigte auf seine Tasche. »Da drin sind ein paar Sandwiches mit Huhn und Thunfisch, nimm dir, was du magst, ja?«

Ich studierte seine Tasche, hoffte, irgendeinen Hinweis darauf zu finden, ob er eine Freundin hatte oder was er sonst so tat, aber da waren nur zwei Sandwiches, ich nahm Huhn, obwohl ich gar keinen Hunger hatte. Biss zweimal davon ab, ließ eine Hand über den Bootsrand ins schillernde Wasser gleiten und fand, dass dieses Ruder-Picknick bis jetzt das Seltsamste, das Prickelndste, das Aufregendste war, was ich bisher erlebt hatte. Etwas, das ich nicht richtig einschätzen konnte.

Gerade als ich zum dritten Mal in das Sandwich biss, räusperte er sich.

»Warum läufst du eigentlich mit diesen blöden gefärbten Haaren rum?«

Ohne es zu wollen, griff ich mit der nassen Hand in meine Haare und verschluckte mich beinahe an dem Bissen, den ich gerade im Mund hatte.

»Weil ich's cool finde«, antwortete ich patzig, nachdem ich den Bissen mühsam runtergewürgt hatte.

»Ist bloß hässlich. Dabei könntest du so gut aussehen. Willst du hässlich sein?«

Ich überlegte, ob ich ihm das Sandwich vor die Füße werfen oder selbst über Bord hechten und einfach wegschwimmen sollte.

»Und du bist der Meister der Schönheit, oder was?«

Er grinste amüsiert und ließ die Ruder los. »Klar, ich liebe Schönes. Sonst hätte ich mich wohl kaum mit dir getroffen. Noch schlimmer als dumme Frauen sind hässliche Frauen.«

Jetzt reichte es mir endgültig. »Übst du eigentlich für eine Fernsehsendung als Arschloch des Jahres oder was sollen deine blöden Sprüche?«

»Ich teste dich.«

»Scheiße!« Ich entschied mich dafür, das restliche Sandwich ins Wasser zu werfen, und sprang auf.

Schlechte Idee, das Boot bekam diesmal eine dermaßen ge-

25

fährliche Schlagseite und es schwappte so viel Wasser herein, dass meine Füße knöchelhoch in der trüben Brühe standen.

»Setz dich«, sagte er, zögerte einen Moment und fügte noch ein sehr liebevoll klingendes »Bitte!« dazu.

Und ich sank zurück auf den Sitz, wie betäubt von diesem merkwürdigen Gespräch.

Er griff wieder zu den Rudern und wendete das Boot.

»Hey, ich wollte dich nicht beleidigen.« Seine Stimme wurde zu einem zärtlichen Flüstern. »Ich kapier bloß nicht, warum du so wütend bist. Was kratzt es dich, wenn ich sage, dass ich dumme Frauen nicht leiden kann. Du bist klug, oder?«

»Weil, weil . . .« Ich stotterte und hasste mich dafür. »Weil es nicht korrekt ist.«

»Und was nennst du korrekt?« Seine Augen waren so auf meine fixiert, dass es mir vorkam, als könnte ich sie nicht bewegen.

Unsinn. Demonstrativ schaute ich an ihm vorbei. »Wer entscheidet denn, was dumm ist und was nicht?«

»Ich, wer sonst!« Er lachte und schüttelte leicht den Kopf. »Schau mal, die Enten freuen sich über das Sandwich.« Er deutete auf eine Stelle hinter mir, zu der ein ganzer Schwarm Enten aufgeregt schnatternd hinschwamm.

Wir hatten das Bootshaus erreicht, er manövrierte uns lässig in eine Bootslücke am Steg und reichte mir die Hand zum Aussteigen. Ich wollte nicht aussteigen, ich wollte dieses Gespräch zu Ende bringen, wollte nicht klein beigeben und ihm den Triumph überlassen. In meinem Kopf wirbelte alles durcheinander.

»Aber wer bist du, dass du entscheiden kannst, was dumm ist und was nicht?«, fragte ich.

Er richtete sich auf, wurde unglaublich groß, nahm sein schwarzes, vom Wasser schweres Cape aus dem Boot und schwang es trotzdem über seine Schultern. »Das ist ganz einfach. Ich entscheide, denn ich bin Gott.«

Er lächelte mir noch mal zu, beugte sich über den Bootsrand zu mir her, streichelte meine Wange und murmelte ganz leise, sodass ich mir bis heute nicht sicher bin, ob ich mir das nicht nur eingebildet habe: »Und du, kleine Rebellin, bist göttlich . . .« Und dann ging er weg.

Ließ mich sitzen, einfach so.

Und obwohl mir schon klar war, dass Valle verrückt sein musste, wünschte ich mir nichts mehr, als dass er zurückkäme, mit mir reden, mich an sich pressen und küssen würde.

Wie in Trance stand ich auf, balancierte über den Bootsrand auf den Bootssteg, drehte mich um und klaubte automatisch unseren Müll auf, starrte Valles leeren, zerdrückten Kaffeebecher an und fragte mich, warum er sich einerseits so etwas Schönes wie dieses Seepicknick für mich ausgedacht und mich dann andererseits ständig provoziert hatte.

Ich warf Becher, Zuckertütchen und die Sandwichverpackungen in den nächsten Mülleimer, und als ich den dumpfen Aufprall in der Tonne hörte, hatte ich plötzlich Angst, das könnte auch schon alles gewesen sein. Mann, Toni, der Typ ist ein Freak, bleib locker, versuchte mein Verstand mich zu beruhigen, aber mein Bauch sagte ganz was anderes. Mein Bauch behauptete, dass dieser Freak der mit Abstand interessanteste Typ war, den ich je kennengelernt hatte, und zwar nicht nur wegen seiner schönen Augen.

Plötzlich legte sich von hinten eine Hand auf meine Schulter und riss mich mit einem Schlag aus meinen Überlegungen.

Valle.

Valle war zurückgekommen.

Ich wagte kaum zu atmen, wollte diesmal nichts Falsches sagen.

»Hi, Toni . . .« Robert drehte mich zu sich um. Die Enttäuschung breitete sich wie ein bitterer Geschmack in meinem Mund aus.

Am liebsten hätte ich ihn angeschrien, er solle abhauen und mich in Ruhe lassen. Aber ich blieb stumm. Seine Hand rutschte von der Schulter auf meinen nackten Unterarm. Ich musste endlich etwas sagen.

»Was willst du denn hier?«

»Ein Bier trinken, so wie du.«

»Und?«

»Dachte, wir könnten noch mal über uns reden. Ich wollte dir noch eine Chance geben.« Er legte seine zweite Hand auf meinen anderen Arm, was mich endgültig zu Eis werden ließ. Ich starrte auf seine Hände, in die hatte ich mich damals verliebt. Musikerhände. Sie waren immer noch schmal und kräftig, aber sie fühlten sich auf meiner Haut ungefähr genauso angenehm an, als wären es Spinnen, die über meinen Körper krochen. Ich schüttelte mich. Was war nur mit mir los?

Es war ja nicht so, als ob ich Valle eben nähergekommen wäre, im Gegenteil, wir hatten sogar gestritten. Warum erschien mir Robert dann plötzlich so fremd?

»Ich will nicht reden«, antwortete ich also.

»Wieso nicht?« Er ließ meinen Arm los, als hätte er sich verbrannt.

»Es gibt nichts zu reden.«

»Hast du einen anderen?« Robert durchbohrte mich mit seinen grauen Augen, ich wich ihm aus, dabei fiel mein Blick auf das Lederband mit dem silbernen Pegasusanhänger, den er jetzt zwischen den Fingern hin und her wandern ließ. Den Anhänger hatte ich ihm zum Geburtstag geschenkt, da waren wir gerade erst eine Woche zusammen gewesen.

»Nein, es gibt keinen anderen.« Jedenfalls noch nicht, dachte ich und wünschte mir, dass sich das sehr bald ändern würde. Wie grausam man wird, wenn man keine Gefühle mehr für den anderen hat.

»Du lügst.«

»Und du nervst.« Ich schämte mich ziemlich. Aber wie sollte ich ihm denn erklären, was mit mir passiert war, wenn ich es selbst nicht kapierte?

»Das war's dann auch mit den Grunks!« Er versuchte zu grinsen. »Du fliegst raus. Ich hab dich dort reingebracht, aber damit ist ab sofort Schluss. Sängerinnen gibt's schließlich mehr als genug. Du bist ersetzbar. In jeder Beziehung.«

»Mal sehen, ob die anderen aus der Band das auch so sehen.«

Robert grinste jetzt ziemlich gemein. »Ganz wie du willst.«

»Arsch!« Ich drehte mich um und ging, so schnell ich konnte, weg. Als ich über meine Schulter zurückschielte, stand er immer noch am Mülleimer und trommelte wütend mit den Fingern auf den Rand des Korbes.

»Er war nicht der erste Fuchs, den ich bei meinen Meditationen im Wald getroffen habe, aber bei Weitem der schönste. Im gerade erst aufstrebenden Licht der Dunkelheit flammte sein Fell rot auf, die spitze Schnauze zitterte beim Geruch des frischen Blutes.«

3

Vergangenheit.

Biergartenidylle.

Enten auf dem Wasser, ein Flirt im Ruderboot, ein kleines Wortgefecht. Das erste Treffen mit Valle am Seehaus hatte mich damals lange beschäftigt, immer wieder war ich hin- und hergerissen gewesen, angezogen von seiner Klugheit und abgestoßen von dieser Arroganz. Aber all das kommt mir jetzt ziemlich lächerlich vor angesichts dieses ungeheuerlichen Wahnsinns, der da gerade im Parkhaus abgelaufen ist. Ich weiß nicht genau, wie ich nach Hause gekommen bin. Mir ist kalt, ich zittere am ganzen Körper, als ich die Wohnungstür aufschließe. Noch bevor ich meine Schuhe ausziehe, schicke ich Valle eine SMS, doch er antwortet nicht. Ich versuche es eine Viertelstunde später wieder, aber immer noch nichts. Und als ich anrufe, erreiche ich nur die Mailbox.

Glücklicherweise ist keiner zu Hause, der mir blöde Fragen stellen kann. Ich gehe duschen, versuche, mich unter dem warmen Wasser zu beruhigen, stelle mir vor, dass Valle den Mann ins Krankenhaus gebracht hat, wo er bestens versorgt wird. Vielleicht habe ich ja Glück und er hat sein Gedächtnis verloren und kann sich nicht mehr an mich erinnern.

Nach der Dusche ziehe ich mich hastig an, laufe in mein Zimmer, lasse mich auf mein Bett fallen und greife sofort wieder zu meinem Handy.

Wieder nur Valles Mailbox.

Da wird meine Zimmertür aufgerissen, ich habe nicht mal gehört, dass jemand nach Hause gekommen ist. Kati wirft sich glückstrahlend neben mich aufs Bett. »Stell dir vor, wen ich heute betreuen durfte!«

»Gott?«, sage ich, es klingt, als würde ich es herauswürgen.

Kati lacht jetzt so, dass ihr Kinngrübchen sich verzieht. »Fast!« Sie stupst mich mit dem Ellbogen an. »Dieter Bohlen!«

Ich stöhne bloß. Dieser Widerling! Was soll daran so toll sein? Ich beiße mir auf die Zunge, um mir einen ätzenden Kommentar zu verkneifen.

»Was bist du denn so miesmufflig? Hast du wieder diesen Blödmann Valle getroffen?« Sie richtet sich auf, ihre Augen sind ganz dunkel vor Enttäuschung. »Wieso bist du eigentlich nicht auf der Halloween-Party der Grunks?«

Die Party unserer Band habe ich völlig vergessen. Robert wird sich zwar freuen, wenn ich dort nicht auftauche, aber alle anderen werden mächtig sauer sein. Aber was soll's? Ich habe jetzt wirklich andere Sorgen.

»Mir ist nicht so gut.« Dieser Trick funktioniert garantiert. Kati ist nur knapp zwei Jahre älter als ich, aber merkwürdigerweise so besorgt um mich, als wäre sie meine Mutter.

»Was ist denn los? Liebeskummer?« Kati streicht sich ihre feuerrote Löwenmähne hinter die Ohren und betrachtet mich forschend.

Nein, ich habe vielleicht jemanden umgebracht.

Denke ich bei mir. Und sage laut: »Jetzt erzähl schon, wie ist er denn, der Dieter?«

»Supernett und total entspannt.«

»Und das ist alles?« Ich finde selbst, ich höre mich zickig an, aber ich kann nicht anders. Zu viel ist passiert.

»Wie alles?« Kati steht wieder auf und geht zur Tür. »Du glaubst doch eh, dass alles blöd ist, was ich in dem Praktikum lerne. Reden wir wieder, wenn du Lust dazu hast.«

Ich will nicht, dass sie weggeht. Will nicht allein bleiben mit diesen schrecklichen Bildern, die sich in mein Gehirn gebrannt haben.

»Tut mir leid, Kati«, sage ich und meine es ehrlich. »Komm, erzähl schon, wie es war . . . bitte!«

Kati zögert, aber nur kurz, dann legt sie sich neben mich aufs Bett und beginnt, von ihrem Tag zu berichten, der so ganz anders war als meiner. Sie macht ein Praktikum beim BR und darf eigentlich nichts tun, außer Kaffee kochen, Meetingräume vorbereiten und Tagesordnungspunktlisten kopieren. Aber heute war die große Ausnahme, da durfte sie Dieter Bohlen vom Eingang abholen und ins Studio bringen.

Während ich versuche, ihr zuzuhören, schiebt sich schon wieder der Detektiv vor mein inneres Auge. Bewusstlos im Aufzug liegend, mit dem Blut am Kopf.

Kati zwickt mich in den Arm. »Was habe ich gerade gesagt?«

»Tut mir leid. Ich muss einfach . . .«

». . . immer an Valle denken.« Kati seufzt und grinst gleichzeitig. »Na gut, reden wir halt von Valle. Bist du wegen ihm hier? Bist du deswegen nicht bei den Grunks?«

»Nein.«

»Nein, was?«

»Nichts.«

»Also mir reicht's! Wenn du dich zu Hause langweilen willst – bitte. Ich jedenfalls werde jetzt auf die Halloween-Party deiner Band gehen.« Kati sieht mich herausfordernd an. »Na los, komm schon mit!«

Ich merke, dass meine Augenwinkel nass werden. Was ist denn das für ein Mist? Ich werde doch jetzt nicht heulen?

»Nein, ich kann nicht, ich hab, äh, Kopfweh.« Ich ringe mir ein Grinsen ab. »Meine Tage.«

»Soll ich dir eine Schmerztablette bringen?«

Ich schüttle den Kopf. »Aber eine Wärmflasche wär nicht schlecht.«

Katis Augen weiten sich überrascht. »Mach ich, geht klar, eine Wärmflasche für Miss Punk, kommt sofort. Vielleicht sollte ich dir mal eine gepiercte aus schwarzem Latex schenken?«

Bevor sie die Tür zumachen kann, werfe ich ein Kissen nach ihr, sie erwischt es in der Luft und pfeffert es zurück. Dann verschwindet sie und summt dabei ein völlig bescheuertes Lied von Dieter Bohlen vor sich hin.

Selbst an meinen besten Tagen bin ich nicht so fröhlich wie Kati. Manchmal wünschte ich mir, ich könnte so sein wie sie. Irgendwie wäre mein Leben bestimmt leichter, wenn ich auch an allem und jedem etwas Gutes finden könnte, aber so bin ich einfach nicht.

»Hier.« Schon ist sie zurück und gibt mir eine Wärmflasche, die sie sorgfältig mit einem Handtuch umwickelt hat. »Du siehst echt mies aus«, stellt sie fest. »Gute Besserung! Bis nachher!« Sie winkt mir noch einmal zu und wenig später höre ich, wie die Wohnungstür zuschlägt.

Ich bin allein.

Weil mir mein Bauch wirklich wehtut, lege ich die Wärmflasche drauf und greife wieder zu meinem Handy. »Ruf mich endlich an!!!!!«, simse ich.

Ich schließe meine Augen, versuche, mir Valles Gesicht vorzustellen, aber stattdessen erscheint nur der Detektiv.

Sofort wird mein Körper von einer neuen Panikwelle erfasst. Ich hätte nicht weglaufen dürfen, hätte stehen bleiben müssen. Irgendeine Geschichte wäre mir bestimmt eingefallen, mit der ich mich hätte herausreden können. Ich hätte selbst handeln müssen. Nicht alles ihm überlassen.

Und ich kann überhaupt nicht mehr verstehen, was zum Teufel mich dazu getrieben hat, so eine idiotische Aktion überhaupt zu starten.

Obwohl das nicht die Wahrheit ist. Natürlich weiß ich, wie es angefangen hat. Nur zu genau.

Als Kati von der Grunks-Party nach Hause kommt, bin ich noch wach und starre ins Dunkle. Valle hat sich immer noch nicht gemeldet.

»Toni«, flüstert Kati zaghaft. »Geht's dir wieder besser?«

Ich überlege kurz, ob ich so tun soll, als würde ich schlafen, doch was soll's. Ich bin so oder so wach.

»Nee, aber erzähl mal, wie's war.«

»Moment, ich putz bloß noch meine Zähne, dann komm ich, ja?«

Typisch Kati, sie würde sogar sturzbetrunken – was sie natürlich auch niemals ist – Zähne putzen und sich das Gesicht abschminken.

Als sie kommt und neben mir ins Bett kriecht, riecht sie nach Minze und Kamille.

Und da halte ich es einfach nicht mehr aus.

Ich muss jemandem erzählen, was passiert ist, und wer wäre geeigneter als die beste Schwester der Welt?

Jetzt, denke ich, jetzt wäre der Moment!

Kati spricht zuerst. »Robert war auch da, er hat sogar mit mir getanzt.«

»Ach?« Robert hat mit Kati getanzt. Ihre Stimme klingt schwärmerisch, fast so, als ob sie von ihrem Dieter-Bohlen-Auftrag heute Morgen erzählen würde.

Jetzt sieht sie mich mit ihren großen Augen an. »Sag mal, wie fändest du, also ich meine . . .«, beginnt sie, doch dann zögert sie.

»Was denn?« Ich runzle die Stirn. Kati druckst doch sonst nicht so herum.

»Na ja, also, du hast mit Robert Schluss gemacht, richtig?«

Allerdings. Das hatte ich. Und ich war überhaupt nicht stolz drauf.

»Fändest du's schlimm, wenn ich . . .«

Ich setze mich empört im Bett auf. Jetzt begreife ich, was das Ganze hier soll. »Spinnst du jetzt oder was?«

Kati knipst das Licht an.

»Toni, es war ja nichts mit Robert. Ich hab doch nur gedacht, weil wenn du . . .«

Ich starre Kati an. Meine große Schwester, die mehr Jungs in schmachtende Hündchen verwandelt hat als irgendjemand sonst, die es mit ihren roten Locken und ihrem hübschen Gesicht mit den vollen Lippen geschafft hat, mehr Typen ins Verderben taumeln zu lassen als Marilyn Monroe – meine große Schwester hat es nötig und macht sich an meinen Ex ran?

»Toni! Nicht falsch verstehen! Es war nichts!«, versichert sie mit ihren großen Kulleraugen.

»Du meinst *noch* nichts!«

»Wenn ihr jetzt getrennt seid, ist es doch egal. Oder liebst du ihn noch?«

»Nein, aber . . .«

»Hast du einen anderen?«, hatte Robert mich gefragt.

Vielleicht hat er sich ja absichtlich an Kati rangemacht, um mir eins reinzuwürgen? Wegen Valle?

»Was aber?«, fragt Kati.

»Nichts.«

»Robert ist süß. Ich versteh nicht, warum du ihn verlassen hast.«

»Süß«, äffe ich sie nach, »süüüß!«

»Okay, also dann: Stimmt, er ist gar nicht süß, sondern charmant und intelligent und er sieht aus wie Johnny Depp. Und wenn er so lässig hinter dem Schlagzeug sitzt, hat das was, finde ich . . . Außerdem ist er superaufmerksam und besorgt. Er hat mich in seinem schwarzen Van sogar nach Hause gefahren.«

Alles, was sie sagt, ist wahr und das verursacht ein wehmütiges Ziehen in meinem Bauch, was natürlich idiotisch ist, denn seit ich Valle kenne, weiß ich, dass Jungs auch anders sein können als Robert. Robert war einerseits eifersüchtig, andererseits auch nach zwei Monaten immer noch so distanziert. Sogar beim Musikmachen ist er nie wirklich aus sich herausgegangen, so wie die anderen aus der Band. Aber trotzdem. Vielleicht hätte Valle gar keine Chance gehabt, wenn Robert mir auch nur ein einziges Mal gezeigt hätte, dass er mich wirklich liebt.

Unter meinem Kopfkissen vibriert es.

Ich falle fast vom Bett, so hastig greife ich nach dem Handy. Mit zittrigen Fingern klicke ich mich in die neue SMS.

»Alles okay!«, lese ich. Gott sei Dank! Aber die SMS geht noch weiter.

»Er ist tot.«

Mein Herz setzt einen Schlag lang aus.

Tot.

Der Detektiv ist wirklich tot.

Wie kann Valle dann schreiben, dass alles okay ist? Ich habe einen Menschen umgebracht! Ich werfe einen raschen Blick zu Kati, die sich gerade ihren Fingernägeln widmet. In meinem Kopf wirbelt alles durcheinander, ich lese schnell weiter in der Hoffnung, dass ich vielleicht doch etwas falsch verstanden habe.

»Wir haben alles im Griff.«

Alles im Griff? Der Mann ist tot, was kann man da im Griff haben? Die Buchstaben verschwimmen vor meinen Augen.

»Was ist denn los?«, fragt Kati. »Warum weinst du? Ist es wegen Robert?«

»Geh bitte einfach!« Ich weiß nicht, was ich jetzt tun soll.

Kati steht zögernd auf. »Hey, wenn das mit Robert für dich so ein Problem ist, dann bleibt er tabu für mich. Das verspreche ich dir.«

Ich höre sie nur gedämpft, weil ich gerade versuche, durch meinen Tränenschleier die letzte Zeile der SMS zu erkennen.

»Wir sehen uns morgen. Mach dir keine Sorgen. Sorgen sind nur was für Christen. Valle.«

Kati schleicht geradezu aus dem Zimmer und in mir schreit alles danach, ihr zu erzählen, was ich getan habe, aber ich schaffe es nicht.

»Gute Nacht trotzdem!«, flüstert sie.

»Gute Nacht!«, bringe ich fast tonlos heraus. Als sie die Tür wieder geschlossen hat, schüttelt es mich. Ein Zittern durchläuft mich von Kopf bis Fuß. Ich sehe wieder und wieder die Szene im Aufzug vor mir. Mein Tritt und sein Kopf, der an die Wand gedonnert ist.

Warum bin ich weggelaufen?

Warum, warum, warum?

Warum hab ich überhaupt geklaut?

Ich schaukle in meinem Bett auf den Knien hin und her, um mich zu beruhigen, aber wie soll ich mich jemals wieder beruhigen? Nichts wird je wieder so sein wie vorher.

»Er witterte das frische Blut an meiner Hand. Ich wusste, ich würde schnell sein müssen. Sehr schnell und achtsam. Kein Zögern jetzt, wenn man sein Zeichen erkannt hat, muss man handeln.«

4

Als Mama mich am nächsten Morgen weckt, habe ich keine Sekunde geschlafen und fühle mich, als wäre ich todkrank. Ich schleppe mich ins Bad und dann zum Frühstück, obwohl der Gedanke an Schwallfis aufdringliche Fröhlichkeit am Morgen geradezu unerträglich ist. Wahrscheinlich hätte er für das, was ich getan habe, auch noch vollstes Verständnis. Obwohl er Anwalt ist, trieft sein Einfühlungsvermögen geradezu aus jeder seiner stark vergrößerten Poren.

Wie immer hat Mama den Tisch reichlich gedeckt, es gibt Müsli, Käse und Wurst, von Tomaten bis Nutella ist alles da.

Ich könnte kotzen.

Schwallfi schickt mir ein heiteres »Guten Morgen!« entgegen und sucht meinen Blick. Warum kann der Mann nicht einfach Zeitung lesen wie andere Leute?

Zeitung! Ich muss die Zeitung lesen! Vielleicht steht etwas über den Toten in der Tiefgarage.

»Gut geschlafen?«, unterbricht Schwallfi meine Gedanken und zupft seine rosa Gerichtskrawatte in Form. Er hat für jede Gelegenheit eine; für Mandantengespräche, für Sitzungen, zum Joggen, zum Einkaufen, zum Fernsehschauen, fürs Klo.

»Super!«, nuschle ich, bloß keine Diskussion jetzt. Ich lege einen Toast auf meinen Teller und starre den Teller an. Wo ist die Scheißzeitung?

»Schau mich an, wenn ich mit dir rede!«, blafft er, der freundlich-aufmerksame Ton ist immer nur Maskerade, die Mama täuschen soll. Er ist froh, wenn wir endlich ausziehen, aber Mama glaubt, er liebt uns. Ha.

Ich starre ihm ins Gesicht. Jetzt wird er als Nächstes sagen, dass ich nicht so frech schauen soll.

»Du siehst ziemlich mies aus. Zu lange aus gewesen?«, fragt er stattdessen.

»Antoinette war im Gegensatz zu mir den ganzen Abend zu Hause!«, kommt mir Kati zu Hilfe. Sie zwinkert mir zu, aber als sie meine Miene bemerkt, stutzt sie.

Kati hat heute ein Outfit gewählt, als wäre sie die Chefsekretärin der Bayerischen Landesbank, ganz im grauen Kostüm. Wie kann man nur so rumlaufen! Schwallfi mustert sie genauso wie ich, aber er findet's natürlich toll.

»Jetzt esst mal, ihr beiden, damit ihr was im Bauch habt, bevor die Schule losgeht.« Mama kommt zu uns an den Tisch und verteilt das Rührei, das sie gerade zubereitet hat.

Mir wird flau.

»Wie geht es eigentlich dem kranken Schaf, das ihr vorgestern operiert habt?«, heuchelt Schwallfi Interesse.

»Schon viel besser, aber es braucht noch ein paar Tage Ruhe, bevor es wieder auf die Weide kann.«

»Wieso wurde es eigentlich nicht gleich geschlachtet?«, fragt Kati, der man solche Fragen nie übel nimmt. Wenn ich das gefragt hätte, wäre das als Provokation und mit »Entschuldige dich sofort bei deiner Mutter!« geahndet worden. Aber bei Kati . . .

Mama lächelt. »Es war noch nicht groß genug und soll noch ein bisschen Wolle bringen, bevor es geschlachtet wird.«

»Fressen und gefressen werden!«, grinst Schwallfi in die

39

Runde und nimmt demonstrativ ein Stück Schafskäse, damit es auch jeder checkt.

Nun ist mir richtig übel.

So schlecht war mir das letzte Mal beim Oktoberfest, nachdem ich eine Currywurst mit Pommes rot-weiß gefuttert hatte und gleich danach Achterbahn gefahren bin. Ich stürze zum Klo, was mir wieder missbilligende Blicke von Schwallfi einbringt.

Beim Blick in die weiße Kloschüssel würge ich zwar, aber es kommt nichts. Mama ist mir gefolgt.

»Hast du dir den Magen verdorben?«

»Vielleicht.«

»Willst du lieber zu Hause bleiben?« Sie legt ihre Hand auf meine Stirn. »Fieber hast du aber keins.« Ein prüfender Blick scannt mein Gesicht. »Was ist denn los?«

Ich zucke mit den Achseln. »Nichts«, lüge ich. Als ich den genervten Ausdruck in ihren Augen erkenne, füge ich schnell noch hinzu: »Mir ist nur übel und ich hab Bauchweh.«

»Dann bleibst du zu Hause. Soll ich bei Dr. Wagner einen Termin machen und heute freinehmen? Wir haben zwar heute diese schwierige OP, aber . . .«

Bloß nicht. »Nein, Mama! Ich werde jetzt eine Cola trinken und Salzstangen knabbern und im Bett bleiben. Ich bin ja kein Kleinkind mehr, okay?«

»Na gut«, erleichtert streicht sie über meine Haare, »dann leg dich wieder hin.«

Kaum habe ich mich in meinem Bett verkrochen, kommt Kati mit einem Tablett herein. Sie balanciert in ihren schwarzen Pumps über die Klamotten, die auf dem Boden herumliegen, und stellt das Tablett neben mein Bett.

»Ganz sicher hat es was mit Valle zu tun. Du benimmst dich immer total irre, wenn der Kerl ins Spiel kommt.«

»Danke für die Cola. Viel Spaß mit Robert.«

Kati setzt sich auf die Bettkante. »Du bist gemein, du weißt genau, ich würde nie etwas tun, was dich verletzt. Also, wenn du willst, dann gehe ich Robert aus dem Weg.«

»Lass mich einfach in Ruhe.«

»Na, dann gute Besserung noch!« Kati knallt meine Tür zu.

Bitte! Sie sollen doch alle nur abhauen!

Raus hier!

Ich muss endlich Valle erreichen und mit ihm reden, noch besser, mich mit ihm treffen. Ich muss endlich wissen, was er mit dem Detektiv gemacht hat.

Kaum höre ich die Wohnungstür das letzte Mal klappern, springe ich auf und haste in die Küche, um die Zeitung zu holen. Ich finde sie schließlich auf dem Klo, wo Schwallfi sie liegen gelassen hat. Ich schaue alle Teile durch, sogar Sport und Wirtschaft und Autos, aber da steht nirgends etwas über einen toten Mann, den man irgendwo in München gefunden hat.

Zwischendrin versuche ich ständig, Valle ans Handy zu bekommen, aber er geht nicht ran und meine verzweifelten SMS ignoriert er einfach.

Ich halte es einfach nicht mehr aus, habe Angst, vor Panik völlig durchzudrehen.

Es gibt nur einen Weg. Ich muss zu ihm.

Mir ist immer noch übel, als ich mich anziehe und das Haus verlasse. Auf dem Weg zu Valles Wohnung bleibe ich vor jedem Zeitungskasten stehen. Vielleicht war die Meldung über den Toten nur nicht in der Süddeutschen, sondern in einem anderen Blatt. Ich durchblättere die Bild-Zeitung, die TZ und die AZ nach Artikeln über unbekannte männliche Tote, aber auch hier nichts.

Endlich erreiche ich den vornehmen Altbau in der Widenmayerstraße. Der Hausflur ist voll vergoldetem Stuck und es gibt sogar einen winzigen vergitterten Holzaufzug, der beim Hochfahren derart rattert, dass ich beim letzten Mal Angst hatte, ich würde nicht lebend oben ankommen.

Valle wohnt allein oben im fünften Stock, von wo aus man einen Blick auf die Isar und das Müllersche Volksbad hat.

Als ich ihn das erste Mal dort besucht habe, hatte ich erwartet, dass die Wände alle schwarz oder dunkelrot gestrichen wären und überall seltsame Symbole – zum Beispiel ägyptische Zeichen von Seth oder Runen – an die Wand gemalt wären. Doch da hatte ich mich getäuscht.

Die Wohnküche war knallrot, die Holzschränke sahen aus wie von Ikea, genauso die Spüle. Der Flur und das halbhoch türkis gefliste Bad waren weiß gestrichen. Überall waren Keramikfiguren verteilt, auf den Fensterbrettern, den Regalen und Kommoden. Tänzerinnen, Frösche, Kutschen. Fand ich zwar etwas eigenartig, aber nicht wirklich beängstigend.

Außer Valle kenne ich nur Robert, der allein lebt. Robert wohnt in einem 70er-Jahre-Albtraum in Schwabing, aber sein Apartment ist modern und sehr stylish; schwarze Ledersessel, schwarze Regale mit vielen Büchern, in der Küchenecke alles aus Stahl, das Schlafzimmer asiatisch reduziert, nur ein Futonbett vor einer roten Wand, gegenüber ein fußballfeldgroßer Flachbildschirm.

So etwas wie diese Herz- und Hortensienmagnete an Valles Kühlschrank hätte Robert sofort in den Müll geworfen.

Mama wäre ganz sicher von beiden Wohnungen beeindruckt gewesen, weil sie so ordentlich aufgeräumt waren – ganz im Gegensatz zu meinem Zimmer.

Ich klingle bei Behrmann und frage mich mal wieder, was Valle eigentlich den ganzen Tag macht. Mit der Schule ist er fertig, aber auf meine neugierigen Fragen hat er immer nur geheimnisvoll gegrinst und gemeint, dass ich es bei passender Gelegenheit schon erfahren würde. Und es für mich besser wäre, wenn ich es jetzt noch nicht wüsste. Was eindeutig unter Wichtigtuerei abzuspeichern ist. Ich vermute, dass er auf einen Studienplatz wartet. Wahrscheinlich gammelt er den ganzen Tag herum.

In diesem Moment ertönt der Türsummer. Ich habe keine Zeit für den Aufzug und stürme die fünf Stockwerke hoch.

Völlig außer Atem komme ich oben an, die Tür zur Wohnung ist offen. Valle steht im Flur, er scheint erst aufgestanden zu sein, trägt nur ein T-Shirt und schwarze Boxershorts. Seine Haare sind verstrubbelt. Er gähnt.

»Was willst du denn hier um diese Uhrzeit? Hast du keine Schule?« Er geht in die Küche, stellt den Wasserkocher an und holt Kaffee aus dem Kühlschrank.

»Ich muss endlich wissen, was mit dem Detektiv passiert ist«, presse ich noch immer fast atemlos hervor.

»Wir haben uns um ihn gekümmert.« Er gießt Wasser auf das Pulver in der Kanne und rührt um.

»Wir? Wieso wir? Ich dachte, du kümmerst dich um ihn.«

Valle hält fragend einen leeren Becher hoch, aber ich schüttle den Kopf. Wie kann er jetzt an Kaffeetrinken denken? In aller Seelenruhe gießt er sich ein und setzt sich dann zu mir an den Tisch. »Wir sind eine Gruppe von Gleichgesinnten.« Er pustet über den dampfenden Becher.

»Von Gleichgesinnten?«

»Gibt's hier ein Echo? Frag, was du willst, aber bitte lass dieses alberne Nachgequatsche.«

»Rede nicht so mit mir! Ich fühl mich verdammt mies! Also noch mal: Wer sind diese Gleichgesinnten?«

Er schlürft weiter seinen Kaffee, als wäre nichts passiert.

Ich springe auf, plötzlich möchte ich ihn schütteln. »Geht's vielleicht auch ein bisschen weniger geheimnisvoll? Ich werde verrückt, weil ich einen Menschen auf dem Gewissen habe! Kannst du jetzt endlich die Klappe aufmachen und mir erzählen, was genau ihr gemacht habt?« Meine Stimme überschlägt sich fast.

Valles Augen blitzen auf. »Nicht in diesem Ton. Das kann ich nicht leiden.«

Jetzt kann ich meine Tränen kaum mehr zurückhalten. Das ist alles zu viel für mich.

»Sorry, aber du musst aufhören, dich so gehen zu lassen!« Er streckt eine Hand nach mir aus, aber ich bleibe, wo ich bin. »Pass auf: Ich hab Giltine angerufen und die hat sich um alles gekümmert.«

»Wer ist Giltine? Und was hat sie gemacht?«, frage ich, diesmal mit beherrschter Stimme.

»Giltine ist eine . . . nun . . . eine Bekannte von mir. Was sie mit der . . . Leiche gemacht hat, weiß ich nicht. Aber Giltine ist eine erstklassige Problemlöserin. So viel ist sicher. Heute Abend erfahren wir dann, was los ist. Du bist übrigens aufgenommen.«

Ich versteh nur Bahnhof. Kein Wunder, dass ich ständig alles wiederholen möchte.

»Aufgenommen? Bei was aufgenommen? Habe ich etwas verpasst?« Verwirrt starre ich Valle ins Gesicht.

»Aufgenommen in unsere Gruppe. Wir haben dich die letzten Tage beobachtet und nach allem, was passiert ist, finden wir, dass du würdig bist, bei uns einzusteigen.« In Valles Augen ist ein freudiges Blitzen zu erkennen.

Mir wird gleich noch übler. »Weil ich einen Menschen getötet habe?«, frage ich fassungslos.

Das ist ja krank. Das alles ist verdammt krank!

»Nein, weil du Grenzen überschritten hast. Und das mit dem Detektiv war eindeutig ein Unfall. Letztlich hat er sich das selbst zuzuschreiben. Du wolltest ihn doch nicht töten, oder?«

»Aber er ist tot!« Eigentlich hatte ich diese Worte schreien wollen, doch mir gelingt nur ein heiseres Flüstern.

Valle nickt. »Giltine hat alles arrangiert. Niemand wird dich verdächtigen.«

Die Wahrheit ergreift Stück für Stück Besitz von meinem Körper. Unaufhaltsam dringt die Erkenntnis zu mir vor, dass ich wirklich jemanden getötet habe. Thor Friedrichsen ist tatsächlich tot. Diese Gewissheit ist grauenhaft.

»Ich hätte mich auf diesen Mist gar nicht erst einlassen sollen. Und wenn ich nicht einfach abgehauen wäre, dann . . .«

»Hätte, wäre, könnte, sollte . . . Du musst lernen, die Dinge so zu akzeptieren, wie sie sind. Du hast Scheiße gebaut, okay, dann steh dazu. Du wolltest, dass ich mich drum kümmere, das hab ich getan. Und jetzt ist es erledigt, also sei zufrieden.« Valle kommt näher. »Du gehörst jetzt zu uns.«

»Ich habe einen Menschen auf dem Gewissen. Es ist einfach schrecklich, was ich getan habe«, stammle ich kaum hörbar.

»Akzeptier es. Die Sache ist erledigt, mach dir nicht so viele Gedanken deswegen.«

Nun steht er vor mir und jetzt endlich nimmt er mich in den Arm und für einen Moment ist alles gut, ich fühle mich geborgen, aufgehoben. Irgendwann löst er sich aus der Umarmung. »Ich glaube, du solltest nach Hause fahren und dich ein bisschen ausruhen.« Er streicht mir eine Haarsträhne aus dem Gesicht. »Okay?«

Ich nicke. Wie ein ferngesteuertes Spielzeug lasse ich mich

von ihm zur Tür führen. Valle drückt mich noch einmal fest an sich, dann umfasst er meine Haare mit einer Hand und zieht damit leicht, aber bestimmt meinen Kopf zur Seite, sodass mein Hals freiliegt, beugt sich darüber wie ein Vampir und küsst mich dort ganz sanft, verteilt zarte flatternde Küsse, knabbert, saugt sich fest.

Eiskalte Schauer breiten sich in meinem Körper aus und doch fühle ich mich, als würde ein heißes Feuer in mir lodern. Ich möchte weglaufen und ich möchte, dass er mich weiter festhält, ich möchte schreien und ich will, dass er mir den Mund mit seinen Küssen verschließt.

Da hört er plötzlich auf, als wüsste er, wie durcheinander ich bin, und räuspert sich. »Musst du nicht wieder zurück?«

Er hat recht. Ich muss hier weg, muss nachdenken, alleine nachdenken.

Ich schiebe ihn von mir und renne beinahe aus seiner Wohnung. Ein paar Minuten später stehe ich auf der Straße.

Und weiß gar nicht mehr, wie genau ich dorthin gekommen bin.

Ich bin schwingen

Du beklagst dich über mein Schweigen. Beklage dich nicht, freue dich lieber mit mir, denn ich habe meinen Kuss bekommen und nicht nur den. Weil ich bereit war, jeden Preis dafür zu zahlen.

Wenn ich nur in seiner Nähe sein kann, diesen Duft einatmen und zuweilen sogar diese Hand auf meiner fühlen, dann begreife ich, warum ich überhaupt am Leben bin, warum mein Herz schlägt. Schon wieder so pathetisch, aber ich fürchte, alles, was ich noch weiter schreiben könnte, wird sich so anhören.

Also entschuldige, wenn ich dir schwachsinnig vorkomme, vielleicht bin ich ja auch schwachsinnig, einfach deshalb, weil ich liebe.

Dein L.

»Natürlich hatte ich Angst. Köstliche, unglaubliche Angst wogte durch meinen Körper, durchglühte mich. Noch nie habe ich die Angst vor der Angst verstanden. Angst macht frei, löscht alle Bedenken, Angst macht dich zum Tier der Nacht.«

5

Auf der Heimfahrt in der U-Bahn starre ich nur vor mich hin. Mein Körper fühlt sich bleischwer an. In meinem Kopf jagt ein grauenhafter Gedanke den nächsten. Wie kann Valle das einfach von sich wegschieben? Wie schafft er das? Ich muss mehr über den Kaufhausdetektiv herausfinden. Sein Name fällt mir wieder ein. Thor Friedrichsen. Was, wenn er nicht nur eine Frau, sondern auch noch Kinder hat oder einen Bruder? Wenn ich mir vorstelle, Kati wäre einfach so verschwunden . . .

Ich springe auf und gehe an die U-Bahn-Tür, kann nicht länger sitzen. Wie ich mich verhalten habe, war einfach nur feige. Ich muss dem endlich ins Auge sehen. Irgendwie schieben sich jetzt auch noch so kleine Pimpfe vor mein inneres Auge, so wie in der Werbung – süße Fratzen, blond mit riesigen Kulleraugen. Warten auf Papa, der sie ins Bett bringt. Warten vergeblich.

Quatsch! Der Typ war zwar kahl rasiert und mit Sicherheit nicht so alt. Aber manche kriegen auch mit achtzehn schon Kinder.

Nein.

Hör auf, Toni.

Wenn ich zu Hause bin, rufe ich in dem Laden an und versuche, ihn ans Telefon zu kriegen. Dann werde ich ja sehen, ob seine Kollegen schon wissen, dass er tot ist. Warum hat mir Valle nicht verraten, was mit ihm passiert ist? Und wenn . . . oh Gott, meine Knie werden weich – was, wenn Valles Leute irgendetwas Schreckliches mit ihm gemacht haben?

Nein, Valle ist nicht so. Das weiß ich.

Ich muss zur Polizei. Der Friedrichsen wollte mir an die Wäsche. Aber dafür gibt's keine Beweise. Es gibt nur das Video, auf dem ich CDs klaue. Außerdem ist es bestimmt strafbar, wenn man eine Leiche verschwinden lässt.

Ich steige aus, gehe die Rolltreppe hoch. Und wenn ich doch mal mit Schwallfi rede? Wenn ich ihn als Anwalt engagiere, muss er sich an die Schweigepflicht halten. Das heißt, er darf niemandem etwas sagen, nicht einmal Mama.

Aber ausgerechnet Schwallfi?

Als ich die Wohnungstür aufsperre, kommt es mir vor wie ein Wink des Schicksals – Schwallfi steht im Flur und scheint auf mich zu warten. Erleichtert atme ich auf, will schon anfangen zu reden, doch im letzten Moment bemerke ich, dass er knallrot im Gesicht ist – vor Zorn.

»Wo warst du die ganze Zeit? Deine Mutter hat sich solche Sorgen gemacht! Sie konnte nicht aus dem OP weg. Ich bin direkt vom Gericht hierhergehetzt. Warum bist du nicht ans Telefon gegangen? Wo zur Hölle warst du?«

Gerade will ich etwas von »frischer Luft und spazieren gehen« murmeln, als sein Blick auf meinen Hals fällt.

Er schaut angewidert weg, dann wieder hin. »Du . . . miese Lügnerin gaukelst deiner Mutter vor, dir sei schlecht, schwänzt die Schule, treibst dich sonst wo herum und hast deinen Spaß!«

In diesem Moment brennen bei mir sämtliche Sicherungen

durch. »So etwas könnte so einem geleckten Supertypen wie dir natürlich nie passieren!«

Er kommt näher und – zack! – haut er mir eine runter.

Ich greife an meine Wange, bin völlig fassungslos.

Schwallfi hat mich geohrfeigt. Mich! Dabei ist er nicht mal mein Vater.

Entsetzt starren wir uns an.

»Oh Gott, Toni, es tut mir leid! Das wollte ich nicht. Aber du hast mich provo... nein, ich meine, es tut mir wirklich leid.«

Ich stürme in mein Zimmer und werfe die Tür zu. Dann drehe ich den Schlüssel um.

Er hämmert an die Tür. »Lass mich rein, bitte!«

»Warum sollte ich – oder trittst du sonst die Tür ein?« Meine Wange brennt.

»Nein, bitte Antoinette, es tut mir wirklich leid, ich weiß nicht, was über mich gekommen ist.«

Gleich wird er winseln und mich anflehen, Mama nichts zu sagen. Er weiß ja, was Mama von solchen Strafen hält. Außerdem hält er sich selbst auch für einen besseren Menschen. Alles nur Lüge, unter der Fassade ist er ein üblerer Idiot als alle, die ich kenne.

Ich stehe vor dem Spiegel in meinem Zimmer, betrachte den Fleck auf meiner Wange, der rot wird.

Rot, röter, noch röter.

Und plötzlich sieht es dunkel aus wie Blut, sickert aus meiner Wange wie das Blut aus den Haaren des Detektivs. Schwallfi hat mir nur eine Ohrfeige gegeben, ich habe einen Menschen getötet.

Und endlich wird mir klar, was ich tun muss. Ich werde jetzt mit Schwallfi reden.

Ich gehe zur Tür und öffne sie. Verblüfft greift er sich ans verrutschte Brillengestell und rückt es gerade.

»Wir müssen reden!«, kündige ich an. Schwallfi nickt und geht mit hängenden Schultern vor mir her in die Küche, wo ich mich auf die Bank plumpsen lasse. Dabei überlege ich, wie ich es am geschicktesten anstelle. Er darf auf keinen Fall Mama davon erzählen.

»Es tut mir wirklich leid, das musst du mir glauben!«, sagt er und sucht direkten Blickkontakt.

»Schon gut. Schwamm drüber.«

Er starrt mich an, als hätte ich ihm zwar gerade einen Sechser im Lotto beschert, würde ihm aber sicher gleich das Geld wieder wegnehmen.

»Wie . . .« Seine Augen hinter der Brille sind weit aufgerissen.

»Dafür hilfst du mir, ja?«

»Na klar! Worum geht es denn? Hast du was ausgefressen?« Und schon lehnt er sich zurück, fühlt sich wieder sicher und hat seine bescheuerte Ich-verstehe-alles-Miene aufgesetzt.

Eigentlich will ich ihm die ganze Geschichte mit dem Hinweis auf seine Schweigepflicht als Anwalt erzählen, aber im letzten Moment scheue ich davor zurück.

Das kann ich einfach nicht tun. Hier geht es schließlich nicht um einen Schulstreich. Oder bloß um eine geklaute CD!

Und wenn ich so tue, als wäre das meiner Freundin passiert? Aber dann wittert er auch sofort Gefahr. Nein, ich muss es anders machen, so als würde ich ihn nur zwangsweise fragen.

»Wir haben da eine verzwickte Hausaufgabe in Sozialkunde auf, ich komme einfach nicht weiter damit.«

Sein Mund verzieht sich etwas, er wirkt enttäuscht. Gut.

Er nickt mir zu. »Schieß los.«

»Hör zu . . .«, beginne ich. Und dann erzähle ich von unse-

51

rer angeblichen Hausaufgabe. Ein Mädchen wird beim Klauen erwischt und läuft weg, der Hausdetektiv holt sie ein und gibt ihr zu verstehen, dass man da einen unappetitlichen Weg finden könnte, um das Ganze zu vergessen. Daraufhin flippt das Mädchen aus. Beim darauf folgenden Handgemenge stürzt der Mann so unglücklich, dass er leider tot ist.

Während ich rede, habe ich große Angst, Schwallfi könnte merken, was hier wirklich los ist, und versuche, so genervt wie möglich zu wirken. »Ziemlich lächerliche Hausaufgabe, oder?«

Er nickt. »Wo soll denn da das Problem liegen? Also erst mal: Ein Hausdetektiv darf dieses Mädchen gar nicht außerhalb des Ladens verfolgen. Das ist absoluter Blödsinn!«

Wenn ich das gewusst hätte! Aber wäre dann irgendetwas anders gelaufen?

»Es geht in der Hausaufgabe eher darum, was das Mädchen jetzt tun soll.«

»Das ist doch ganz einfach. Sie meldet alles der Polizei und die übernehmen dann.« Er schüttelt den Kopf angesichts dieser völlig logischen, auf der Hand liegenden Vorgehensweise.

»Äh . . . das Wichtigste habe ich vergessen, sorry. Also, das Mädchen läuft weg und bittet ihre Freunde, ihr zu helfen. Und die lassen die Leiche verschwinden.«

Schwallfi sieht plötzlich so aus, als wäre er aus einem langjährigen Koma erwacht. »Und so etwas habt ihr in Sozialkunde auf? Was ist denn das für ein Mist? Kein Mensch verhält sich derart bescheuert. Es ist doch klar, dass man eine Leiche nicht einfach wegschafft, das geht auch nicht so hopplahopp. So etwas ist strafbar. Außerdem – welche Art von Freunden schafft denn einfach eine Leiche weg?« Er schaut mir durchdringend ins Gesicht. »Oder war es gar keine Notwehr, sondern Mord?« Ich hoffe sehr, diese Hitze, die gerade mein Gesicht überflutet, bedeutet nicht, dass ich knallrot bin. Höchste Zeit, mir noch mal über die geschlagene Wange zu streichen und ein schmerzerfülltes Gesicht aufzusetzen. »Nein, nein, in der Aufgabe heißt es eindeutig Notwehr.«

Er rückt seine Krawatte zurecht und fährt sich durch die Haare. »Im Falle von Notwehr ruft man die Polizei und fertig. Ich verstehe nicht, wozu so eine hirnverbrannte Aufgabe gut sein soll.«

Ich zucke lediglich mit den Schultern, weil ich kein Wort rausbringe.

Schwallfi steht auf. »Ich muss wieder ins Gericht. Schreib das so hin, wie ich es gesagt habe. Und wenn das deinen Lehrern nicht passt, kümmere ich mich darum.«

Ich gebe noch nicht auf. »Wie wird man denn bestraft, wenn man eine Leiche verschwinden lässt?«

Er lächelt milde, so wie er lächelt, wenn wir Oma Irma, Mamas alzheimerkranke Mutter, besuchen und er sich selbst nett findet, weil er so tut, als würde er zuhören.

»Mädel, das ist Unfug. Du schaust zu viel fern. Eine Leiche ist unglaublich schwer zu transportieren, weil die Muskeln alle entspannt sind. Probier's doch mal mit Kati aus, wenn sie später heimkommt. Da müsste das Mädchen schon Kontakte zur Mafia haben oder zu irgendwelchen anderen Gangstern – und das schreibst du bitte auch in deine Hausaufgabe, mit freundlichen Grüßen meinerseits.«

»Aber ich sollte vielleicht noch erklären, welche Gesetze man da verletzt, oder?« Meine Stimme ist nur mehr ein heiseres Krächzen. Ich klemme meine Hände unter den Oberschenkeln fest, damit ich nicht in Versuchung komme, an den Fingernägeln zu knabbern.

»Also«, er legt den Kopf zurück, als würde der Gesetzestext

irgendwo über ihm in der Luft schweben, »die unbefugte Wegnahme einer Leiche oder Teile von ihr oder die Asche eines Verstorbenen aus dem Gewahrsam des Berechtigten zu entwenden, ist kein Diebstahl, weil eine Leiche grundsätzlich nicht Gegenstand fremden Eigentums ist. Sie ist aber nach Paragraf 168 Strafgesetzbuch als Störung der Totenruhe strafbar. Das kann mit einer Freiheitsstrafe bis zu drei Jahren oder einer Geldstrafe geahndet werden.« Er senkt den Kopf wieder. »Damit ist die Störung der Totenruhe ein Verbrechen, dazu gehört nämlich alles, was mit einer Freiheitsstrafe von einem Jahr und mehr bestraft wird. Wenn die Leiche allerdings nicht eines natürlichen Todes gestorben ist, käme auch das Vertuschen einer Straftat infrage . . . Aber das wird jetzt doch sehr speziell. Außerdem ist diese ganze Hausaufgabe unglaublicher Humbug.«

Er läuft in den Flur und schnappt sich seine Aktentasche, doch anstatt zur Haustür weiterzugehen, kommt er noch einmal in die Küche. Ob er etwas gemerkt hat?

»Unser Deal gilt, ja? Kein Wort zu deiner Mutter über meinen . . . äh . . . Ausrutscher? Und jetzt ab mit dir ins Bett, klar?«

Ich kann nur noch sprachlos nicken. Ich hatte so unglaublich Angst davor, dass Schwallfi merken könnte, was für ein riesiger Fake diese Hausaufgabe ist. Stattdessen findet er meine Story nur derart lächerlich, dass ihm mein Rotwerden entgangen ist, genauso wie die Schweißränder unter den Achseln. Fast fühle ich mich, als ob das alles wirklich jemand anderem passiert wäre.

Aber nur fast.

Eine halbe Stunde später kann ich mich aufraffen, meine zweite Aktion zu starten. Wenigstens sollte ich dafür sorgen, dass Friedrichsens Familie benachrichtigt wird.

Ich werde einfach in dem Laden anrufen und nach Thor Friedrichsen fragen. Und falls sie dort schon wissen sollten, dass er tot ist, brauche ich seine Familie gar nicht mehr anzurufen.

Ich suche die Nummer im Telefonbuch und wähle. Ich schwitze immer noch und hoffe, meine Stimme klingt fest, als ich Herrn Friedrichsen verlange. Niemand fragt, was ich von ihm will, ich werde gleich weiterverbunden.

»Jakob Menzel.«

»Könnte ich bitte mit Herrn Friedrichsen sprechen?«

»Der hat heute frei. Kann ich etwas ausrichten?«

»Nein, danke, ich rufe dann morgen wieder an.«

»Auch gut. Auf Wiederhören.«

So einfach geht das also – allerdings bin ich jetzt auch nicht klüger als vorher.

Ich durchsuche das Telefonbuch nach Thor Friedrichsen, es gibt vier Friedrichsen, aber keiner heißt Thor mit Vornamen. Bei zwei Einträgen stehen nur die Nachnamen, aber vermutlich handelt es sich dabei um Frauen.

Ich rufe trotzdem an, zweimal Anrufbeantworter mit automatischer Ansage.

Thor Friedrichsen hatte sicher ein Handy. Ich muss noch mal bei der Arbeit anrufen und seine Handynummer rauskriegen.

Wieder werde ich problemlos bis zum Kollegen von Friedrichsen durchgestellt, doch als ich ihm sage, ich müsse Thor dringend erreichen, wird er misstrauisch.

»Worums geht's denn?«

Ich überlege, was dramatisch genug sein könnte, um den Kollegen dazu zu bewegen, mir die Handynummer zu geben. Aber es muss gleichzeitig so peinlich sein, dass der Mann sich nicht traut nachzufragen. Endlich habe ich auch mal eine Eingebung.

»Hier spricht Praxis Dr. Koch. Es geht um die Ergebnisse seiner Darmuntersuchung. Die Mobilnummer, die er angegeben hat, existiert nicht. Offenbar hat unsere Auszubildende einen Zahlendreher notiert. Aber der Herr Doktor muss dringend mit Herrn Friedrichsen sprechen.« Gott, wie bescheuert das alles klingt . . .

»Ja natürlich. Das kommt mir sehr bekannt vor. Unsere Lehrlinge können nicht mal ordentlich ›Guten Morgen‹ sagen, geschweige denn Kaffee kochen.« Er kramt einen Moment, dann nennt er mir die Nummer. Ich bedanke mich überschwänglich.

Nachdem ich aufgelegt habe, starre ich auf den Zettel und frage mich, was ich eigentlich mit dieser Nummer will. Der Mann ist tot. Seit wann können Tote telefonieren?

Trotzdem wähle ich die Ziffern.

Und tatsächlich geht jemand dran. Ich lasse beinahe den Hörer fallen, denn es ist eine Frauenstimme. Oh Gott – seine Frau?

»Hallo? Wer ist denn da?«, ruft die Stimme und murmelt dann etwas zu jemandem im Hintergrund.

Reiß dich zusammen, Toni. Los!

»Ich möchte gern mit Thor Friedrichsen sprechen.«

»Das geht leider gerade nicht. Bitte rufen Sie später wieder an.« Aufgelegt.

Komisch. Diese Stimme habe ich schon mal gehört. Aber wo?

Ich merke, dass ich völlig durchgeschwitzt bin, gehe zurück in mein Zimmer und lege mich aufs Bett. Jetzt fühle ich mich wieder so krank wie heute Morgen.

Das Telefon klingelt. Ganz bestimmt Mama, die wissen will, wie es mir geht.

Diesmal renne ich ans Telefon, damit sie nicht wieder Schwallfi vorbeischickt.

56

»Alles bestens, Mama!«, sage ich, noch bevor sie überhaupt fragen kann.

Am anderen Ende ist ein Frauenlachen zu hören. »Na, dann ist es ja gut. Hier ist Giltine. Valle hat sicher schon von mir erzählt. Hast du gerade auf dem Handy von deinem Opfer angerufen? Valle hat dir doch gesagt, dass Thor tot ist. Warum also? Was soll das?«

Sie wartet gar nicht auf eine Antwort, sondern redet gleich weiter. »Wir sollten uns treffen und mal reden.«

»Warum denn?« Diese Giltine kann nicht nur Leichen verschwinden lassen, sondern sie scheint auch daran gewöhnt zu sein, andere herumzukommandieren.

»Ich glaube, du hast einige unserer Ideen noch nicht so richtig verstanden.«

»Wie meinst du das denn?«

»Liebst du Valle?«

»Das geht dich nichts an.«

»Oh doch. Viel mehr, als du ahnst.« Sie lacht leise, und obwohl es nicht bösartig klingt, läuft mir ein Schauer über den Rücken.

»Gut, treffen wir uns. Wann und wo?« Ich muss endlich wissen, was mit Thor passiert ist, und ich werde es aus dieser Giltine herausbekommen.

»Jetzt gleich in meiner Wohnung in der Tegernseer Landstraße.«

Ein Blick auf die Uhr verrät mir, dass es noch drei Stunden dauert, bis Mama zurückkommt.

»Gut, bis gleich.« Ich schreibe mir die genaue Adresse auf und renne aus dem Haus.

»Ich suchte mir einen kleinen und einen mächtigen Ast, den ich selbst kaum heben konnte. Stolperte in der Dämmerung immer wieder und hatte plötzlich die Befürchtung, mein Rascheln und Knacksen könnte ihn zum Weglaufen veranlassen. Doch dieser kaiserliche Fuchs blieb und sah gebannt dabei zu, wie ich die tödlichen Prügel vorbereitete.«

6

Ich stehe auf der Rolltreppe in die U-Bahn und schon von oben sehe ich, wie sich die Massen auf dem Bahnsteig drängeln. Ich stöhne auf. Das kann doch nicht wahr sein! Ausgerechnet jetzt muss die Bahn irgendeine Störung haben.

Es knackst in den Lautsprechern und dann ertönt die Durchsage der U-Bahn-Leitstelle. Sie bittet wegen der Verspätungen um Verständnis. Personenschaden, heißt es.

Die Leute fangen an zu flüstern, denn das bedeutet im Klartext, dass sich jemand vor die U-Bahn geworfen hat. Bis heute habe ich nie ernsthaft daran gedacht, so etwas zu tun, und ich merke, wie fertig ich bin, weil ich gerade überlege, was wäre, wenn . . .

Energisch schüttle ich den Kopf. Ich wäre im Traum nicht darauf gekommen, dass ich einmal in eine derart aussichtslose Situation geraten könnte, in der Sterben die einzige Option ist.

Thor Friedrichsen hatte nicht mal die Chance, darüber nachzudenken, weil ich sein Leben einfach so beendet habe.

Ich überlege, ob ich es irgendwie anders nach Giesing schaffen könnte, aber dazu müsste ich erst mal zu einer S-

Bahn-Station kommen. Und ein Taxi kann ich mir definitiv nicht leisten.

Es wird mir nichts anderes übrig bleiben, als zu warten. Ich hasse warten. Und besonders jetzt hasse ich warten. Unruhig tigere ich den Bahnsteig auf und ab, was nicht einfach ist, weil sich mittlerweile überall Grüppchen gebildet haben. Die Leute diskutieren darüber, wie verantwortungslos es von Selbstmördern ist, sich im Berufsverkehr vor die U-Bahn zu werfen, manche schimpfen auch laut. Doch ich kann nur daran denken, wie unfassbar leicht ein Mensch sterben kann, wie der Tod eines einzigen Menschen alles zerstören und unwiderruflich verändern kann.

Endlich!

Die einfahrende U-Bahn unterbricht meine Grübeleien.

Ich quetsche mich in die schon zum Bersten volle Bahn und zum ersten Mal in meinem Leben macht es mir nichts aus, Wange an Wange mit völlig Fremden eingepfercht zu sein, den faden Geruchsmix aus Zitrusdeo und ungewaschenen Haaren, von nassem Mantel, altem Schweiß und schwerem Parfum aushalten zu müssen. Irgendwie scheint es nur gerecht zu sein, dass nichts mehr in meinem Leben reibungslos läuft.

Auf der Tegernseer Landstraße erschlägt mich der Auto- und Straßenbahnlärm. Ich renne beinahe, weil ich auf einmal Angst habe, Giltine könnte gar nicht mehr zu Hause sein oder mir – müde vom langen Warten – einfach nicht aufmachen.

Doch als ich atemlos an ihrer Haustür klingle, höre ich sofort ihre Stimme aus der Sprechanlage. »Dritter Stock«, sagt sie kurz und ich betrete das muffige Treppenhaus, in dem es so still ist, als wäre es schalldicht isoliert.

Während ich zu Giltine hochsteige, frage ich mich, ob das

eine gute Idee war, zu ihr zu gehen, ohne irgendjemandem Bescheid zu sagen. Wenn sie Leichen verschwinden lassen kann, was Schwallfi ja für unmöglich hält, dann . . .

Quatsch, Toni, es ist heller Tag, deine Nerven liegen einfach blank.

Giltine öffnet die schwarze Haustür, bevor ich klingeln kann, und lächelt mich an. Sie sieht fast so ähnlich aus, wie ich mir früher Schneewittchen vorgestellt habe: blasse Haut, umgeben von ölschwarz schimmerndem Haar, das weit über ihre Schultern bis fast zur Taille ihrer dunkelvioletten Seidentunika fällt. Ihr Mund ist tiefrot angemalt. Doch ihre Augen sind anders als die von Schneewittchen, nämlich mit schwarzen und türkisfarbigen Balken umrahmt wie bei einer ägyptischen Göttin.

Etwas an diesem Gesicht stimmt nicht, macht mir Angst, aber ich kann nicht sagen, was es ist. Sie lächelt mich jetzt breiter an, dabei werden die Lippen so weit auseinandergezogen, dass ich ihr hellrosa Zahnfleisch sehen kann. Wirkt merkwürdig intim neben dem roten Lippenstiftmund.

Ich folge ihr durch den Flur, der dunkelgrün gestrichen ist, in eine Wohnküche, die so ähnlich normal aussieht wie die von Valle. Allerdings liegt ein merkwürdiger Geruch in der Wohnung. Metallisch? Rost?

»Was willst du trinken?«, fragt sie, und noch bevor ich antworten kann, fügt sie hinzu: »Kaffee, Tee oder vielleicht Katzenblut?« Sie grinst und brüht sich dabei einen merkwürdig duftenden Tee auf.

»Hast du vielleicht Cola?«

Wortlos öffnet Giltine den alten Kühlschrank, holt eine Cola heraus und stellt sie vor mich auf den Tisch.

Während sie in einer Küchenschublade nach einem Öffner sucht, kommt es mir so vor, als würde ich von irgendwoher eine Art Flüstern hören. Doch bevor ich mich darauf konzentrieren kann, schubst sie die Schublade mit einem Rums schon wieder zu und übertönt so alle anderen Geräusche.

Die Küche ist wie ein Schlauch geschnitten, an dessen Ende ein kleiner halbrunder Erker ist. Hier befindet sich ein altmodischer dunkler Holzsekretär, auf dem sich Buchstapel türmen. Darüber hängt zwischen zwei Fenstern eine riesige Pinnwand voller Fotos und Zettel. Vor dem Sekretär steht ein altmodischer Polstersessel, über den eine schwarze Decke drapiert ist, von deren vier Zipfeln verschiedene buschige Tierschwänze herunterbaumeln.

»Also?«, frage ich und lecke Cola von meinen Lippen.

Ihre ägyptischen Pharaonenaugen schauen mich durchdringend an.

Dann lächelt sie mich an, dabei wird wieder ihr Zahnfleisch freigelegt. »Ich möchte dich einfach besser kennenlernen. Ich weiß nur wenig von dir. Wir müssen auf Valle aufpassen, weil er sehr sensibel ist, aber das ist dir sicher schon aufgefallen?«

Valle sensibel? Valle ist klug und sexy. Aber sensibel? Schwallfi ist genau der Typ, der sich selbst für sensibel halten würde. Darauf werde ich nicht antworten.

»Ich würde viel lieber wissen, was genau mit dem Detektiv passiert ist!«, sage ich stattdessen und ärgere mich im gleichen Augenblick darüber, weil ich mich nicht direkt zu fragen traue, was sie mit ihm gemacht hat.

Sie blickt mir in die Augen und schüttelt dabei milde ihren Kopf. »Das ist nicht mehr deine Sache. Du hast dich entschieden, ihn uns zu überlassen, und fertig. Was hättest du davon, wenn du's wüsstest?«

Ich zucke mit den Schultern. »Keine Ahnung. Vielleicht

würde es mich beruhigen und ich müsste nicht mehr dauernd daran denken. Was ist, wenn Friedrichsen Familie hatte?«

Ich wundere mich selbst, wie ich so ruhig mit ihr sprechen kann, dabei bin ich innerlich bis zum Zerreißen gespannt.

»Was glaubst du denn, was wir mit ihm gemacht haben?« Giltine lächelt mich jetzt so breit an, dass ihr Zahnfleisch wie das Innere einer Wunde aussieht. Ihre Pharaonenaugen durchbohren mich dabei, sodass ich unwillkürlich die Hand vor die Brust lege.

»Keine Ahnung.«

Giltine nippt an ihrem Tee. Im Nebenzimmer knarzt der Boden.

»Ich würde viel lieber mit dir über Valle reden. Dir muss klar sein, dass Valle sich nie mit einem Mädchen abgeben würde, das nicht zu uns passt.«

»Sollte er das nicht lieber selbst entscheiden?«

Giltine steht auf. »Das tut er natürlich sowieso. Keiner von uns lässt sich von irgendjemandem irgendetwas vorschreiben!«

»Ich muss mal eben«, sie zeigt zum Flur, »bin gleich zurück.«

Sie steht auf und schwebt nach draußen.

Meine Chance. Jetzt oder nie. Ich stürze zum Schreibtisch in der Hoffnung, dass ich da irgendetwas finde, das mir verrät, was passiert ist. Mein Puls hämmert ziemlich laut, als wollte er stopp, stopp, stopp in meine Ohren flüstern, aus Angst, dort etwas zu finden, das all meine Befürchtungen bestätigen würde.

Aber auf dem Schreibtisch liegen nur schwarze Bücher mit merkwürdigen Namen wie *Necromonium* und *Lucifuge Rofocale* und *Grimoire*. Als Nächstes fällt mein Blick auf die Pinnwand – und ich erstarre.

Neben vergilbten Zeitungsausschnitten hängen Fotos von mir. Eins, auf dem ich mich über den toten Detektiv im Aufzug beuge, mit entsetzt aufgerissenen Augen. Eins, auf dem ich durchs Parkhaus renne. Dann ein Foto von dem Kleinbus, nur haben die Leute ihre Halloween-Masken in der Hand und grinsen in die Kamera – eine von ihnen sieht aus wie Giltine.

Mir wird heiß. Ich reiße die Bilder von der Wand.

Was hat denn das zu bedeuten?

Suche weiter nach Fotos von der Leiche, nehme hektisch jeden Zettel hoch, reiße jeden Artikel, jedes Bildchen weg, um zu schauen, ob ich nicht noch etwas finde.

Doch was ich dann entdecke, macht mich dermaßen wütend, dass meine Beine zu zittern anfangen.

Es sind Fotos von mir und Valle im Boot, von Robert und mir, wie wir am Mülleimer vor dem Seehaus stehen, und Fotos von mir und Kati, bei uns vorm Haus im Arabellapark.

Eine Hand packt meine Schulter.

Erschrocken fahre ich herum, drauf und dran zu schreien, meine Hand habe ich nach oben gerissen, bereit zuzuschlagen.

Dann erschrecke ich gleich noch einmal, denn es ist nicht Giltine, sondern Valle, der vor mir steht und den Finger auf den Mund legt. »Schsch!«

»Was schsch? Spinnst du? Kannst du mir vielleicht erklären, was das alles zu bedeuten hat?«

Valle grinst und zum ersten Mal finde ich das nicht sexy, sondern einfach nur gemein.

»Lach nicht! Rede!«

»Ohooo, na die hat ja ein Temperament!«, ertönt da eine männliche Stimme hinter Valle, die von Giltines Gelächter begleitet wird.

Dort neben Giltine steht die Billigkopie von Bruce Willis und er lebt!

Thor Friedrichsen!

Der Detektiv!

Lebt.

Ich starre ihn an, kann kaum atmen.

Der Mann lebt.

Und alle haben es gewusst!

Valle hat es gewusst!

Was für Menschen sind das? Auf wen habe ich mich da eingelassen?

In mir jagt ein Gefühl das nächste: glühender Hass, wie Giltine so vor mir steht und mich mit ihren blutroten Lippen unverschämt anlächelt. Erleichterung, weil Thor am Leben ist. Und als ich Valle anschaue, Wut, eine unbändige Wut, die mich zu ersticken droht. Alles, was mich in den letzten Wochen so fasziniert hat, erscheint mir plötzlich wie ein lächerlicher Schwindel, ein riesiges Luftschloss, das Valle für mich in den prächtigsten Farben gemalt hat. Wie habe ich mich nur so in ihm täuschen können?

»Doch dann, als ich näher an ihn herankam, brach es aus ihm heraus, er sprang zu mir her, fletschte die Zähne, es schäumte herrlich aus seinem Maul, er knurrte und bellte, tanzte geradezu um mich herum.«

7

Drei Monate früher.

Nach unserem Treffen am Seehaus hörte ich erst mal nichts von Valle und war tagelang völlig durcheinander wegen des Streits mit Robert. Und es wurde auch nicht besser, als die Band tatsächlich verlangte, dass ich bei den Grunks bleibe.

Noch eine Schmach für Robert. Von da an sprachen wir nicht mehr miteinander. Doch auf der Bühne konnte ich seine Blicke hinter mir spüren, wie Eiszapfen, die ihre kalten Spitzen durch meinen Körper bohrten.

Es war eine miese Zeit.

Aber noch viel schlimmer als der Streit mit Robert war meine Sehnsucht nach Valle. Bis dahin hatte ich immer gedacht, Sehnsucht wäre so ein lächerliches romantisches Wort für Spinner, die sonst keine Probleme im Leben haben. Aber plötzlich war Sehnsucht genau das, was durch meinen Bauch waberte: ziehende Wellen von Schmerz, nagendes Leersein . . . und wenn ich an Valle dachte, wurde mir heiß und schwindelig.

Ich hatte keinen Hunger, konnte mich nicht konzentrieren. Nachts starrte ich ins Dunkle und stellte mir vor, er läge neben mir. Sagte mir tausendmal, dass Valle ziemlich verrückt war, dass er sich nicht für mich interessierte und es also völlig sinnlos sei, an ihn zu denken.

Ich war so neben der Spur, dass Kati es nicht mehr aushielt und mich schließlich dazu brachte, ihr von Valle zu erzählen.

Und dann wurde mir wieder klar, warum sie die beste Schwester der Welt ist. Ihr einziger Kommentar war nämlich der: »Wir müssen den Blödmann finden, damit du wieder glücklich wirst.« Und dann überlegten wir gemeinsam, wie wir das schaffen könnten, und allein das war schon eine große Hilfe. Endlich hatte ich das Gefühl, ich würde aktiv werden. Etwas tun!

Leider fanden wir nichts über ihn heraus, gar nichts. Ich dachte wirklich, ich müsste vor lauter Sehnsucht sterben. Bis dann bei unserem Konzert am fünften Oktober ein Wunder geschah: Er tauchte auf.

Es war ein bescheuertes Erntedankkonzert im Pfarrsaal der St.-Angela-Kirche in Schwabing. Robert hatte das an Land gezogen, weil er den Pfarrer noch aus der Anfangszeit der Grunks kannte. Damals hatten sie im Keller der Kirche einen Probenraum. Trotzdem hatten wir uns in der Band darüber gestritten, ob wir bei so etwas Spießigem überhaupt auftreten wollten, aber das war nur pro forma, denn es gab tatsächlich Honorar, also richtig Kohle für alle.

Im Gegensatz zu den anderen hatte ich noch einen ganz anderen Grund, warum ich nicht dort spielen wollte. Schwallfis Kanzlei war direkt neben der Kirche und ich hatte Angst, dass er mit seiner kompletten Belegschaft beim Konzert auftauchen und »Stimmung« machen würde.

Ich war also total aufgeregt und nervös, weil ich ständig nach Schwallfi Ausschau hielt. Und vielleicht entdeckte ich Valle nur deshalb so früh. Es war mitten im zweiten Song, »Der Besieger der Dunkelheit«, mitten in meinem Lyrik-Part:

»Glück kennt nur der Sieger
Der Besieger der Dunkelheit
Friss oder stirb
Friss oder stirb.«

Valle fixierte mich mit einem freundlichen Grinsen, trotzdem musste ich zweimal hinschauen, hatte Angst, er wäre eine Halluzination, aber dann hob er die Hand und winkte mir mit einem Victoryzeichen zu.

Er war es. Definitiv.

Die Bühne unter meinen Füßen wurde zu einer schwabbeligen Luftmatratze, auf der ich unsicher hin und her schwankte, oh Gott, er sah noch viel besser aus als in meiner Erinnerung.

Robert musste sein Schlagzeugintro wiederholen, weil ich nach dem ersten »Friss oder stirb« keinen Ton mehr rausbrachte.

Warum war er hier?

Ganz sicher nicht, weil er Erntedank feiern wollte.

Nachdem der erste Schock vorbei war, fand ich wieder in den Song und jetzt sang ich viel besser, so kam es mir zumindest vor, besser als sonst. Dabei überlegte ich die ganze Zeit verzweifelt, wie ich verhindern konnte, dass Valle wieder abhaute, ohne mit mir geredet zu haben.

Völlig unnötig, denn er wartete.

»Na?«, sagte er und war so nahe, dass ich ihn riechen konnte. Stark, er roch einfach nur stark, wie jemand, der weiß, was er will, und tut, was er sagt, oder wie jemand, der keine Angst hat.

»Wie na?« Sicherheitshalber blieb ich auf Distanz. Ich fand seine Begrüßung ein bisschen lieblos – vor allem nach seinem Abgang vom letzten Mal.

»Hattest du Zeit, darüber nachzudenken?«

»Worüber denn?«

Er verdrehte seine Augen.

»Über Gott.«

»Über dich also?«

Er nickte und forderte mich mit einer Handbewegung auf, ihm zu folgen. »Oder wolltest du noch länger hierbleiben?« Seine Augen glitten über den herbstlich geschmückten Pfarrsaal, dabei zog er seine Augenbrauen spöttisch nach oben.

»Moment noch.« Ich ging zurück zur Bühne und verabschiedete mich von den Jungs. Alle erwiderten mein »Tschüss«, nur Robert tat so, als würde ihn der Abbau seines Schlagzeugs voll in Anspruch nehmen, und blieb stumm.

Draußen vor der Kirche war es dunkel und für Oktober extrem mild. Der Mond war nicht zu sehen, Wolkenfetzen verdeckten die Sterne.

»Lass uns spazieren gehen.«

Wenn man alle Gedanken hätte sehen können, die durch meinen Kopf rasten, hätte ich aussehen müssen wie das Oktoberfest samstagabends von oben: Tausend Lichter blinken, blitzen, alles dreht sich in bunten Kreisen hoch und runter, Stimmen raunen und rauschen . . .

Eine davon schien zu sagen, dass er mit mir spazieren gehen wollte, um mich zu küssen, eine andere warnte, er sei ein Idiot. Wieder eine andere ermahnte mich, nicht im Dunkeln mit einem Typ mitzugehen, den ich nicht kannte. Und die lauteste Stimme, die mir wohlige Gänsehaut verursachte, behauptete, Valle müsste mich mögen, denn warum sollte er sonst hier sein.

»Schluss jetzt!«

»Wie bitte?«

Ich hatte nicht gemerkt, dass ich laut gesprochen hatte. »Nichts, war in Gedanken noch beim Konzert«, murmelte ich und war froh, dass es dunkel war und man nicht sehen konnte, wie ich abwechselnd rot und bleich wurde.

»Was hältst du vom Nordfriedhof? Der ist ganz in der Nähe.«

»Aber der ist nachts abgesperrt.«

»Na und?«

»Ich weiß nicht. Spazieren gehen nachts auf dem Friedhof? Findest du das nicht ein bisschen merkwürdig?«

»Es ist ungemein belebend.«

Plötzlich wurde es still in meinem Kopf, alles wurde schwarz. Was, wenn er irgendein widerlicher Perversling war . . .

Wir näherten uns dem seitlichen Tor.

Mir schoss durch den Kopf, dass ich doch lieber Kati anrufen sollte, um ihr zu sagen, wo ich war. Nur zur Sicherheit.

Ich griff nach dem Handy in meiner Jacke, aber dann wurde mir klar, dass ich Kati damit nur nervös machen würde. Was sollte ich ihr auch schon sagen: »Ich bin gerade mit Valle auf dem Nordfriedhof?« Keine gute Idee.

»Hast du Angst?«, fragte Valle und pendelte mit einem neu glänzenden Vierkantschlüssel vor meinem Gesicht herum, als wollte er mich hypnotisieren.

Ein Schlüssel? Warum hatte Valle einen Schlüssel zu einem Friedhof?

Er steckte ihn ins Schloss. Gut geölt drehte er sich um. »Komm!«

Von den Straßenlaternen drang zwar durch die teilweise schon entlaubten Bäume etwas Licht auf die Gräber, aber sonst war es schrecklich dunkel. Es roch nach Erde und modrigen Blättern. Das Rascheln des Laubs unter unseren Schritten kam mir unnatürlich laut vor. Verzweifelt versuchte ich, mir einzureden, dass das ein ganz normaler Park sei.

Schließlich waren wir mitten in München und nicht auf dem Friedhof der Kuscheltiere, wo sich die Gräber knirschend öffneten und schrecklich verweste Gestalten aus den Löchern stiegen.

Valle legte seine Hand auf meine Schulter und dirigierte mich eine Reihe weiter nach rechts. »Hier ist mein Lieblingsgrab.«

Ich konnte nichts Besonderes erkennen. Es gab weder einen Stein noch ein Kreuz noch eine Statue.

»Warum ist es so wichtig für dich?«, fragte ich und merkte, dass ich flüsterte. Nicht weil wir auf dem Friedhof waren, sondern weil ich mich konzentrieren musste, denn alles, was ich fühlte, war seine Hand auf meiner Schulter. Schwer lag sie da, ihre Wärme drückte auf meinen BH-Träger.

»Komm mit, da drüben steht eine Bank.«

Wir setzten uns, dabei ließ er meine Schulter wieder los. Ich platzierte mich so dicht neben ihn, dass nur ein Idiot diese Aufforderung nicht verstehen würde, aber er schien es nicht zu bemerken. Er zeigte zum Grab hin, wartete auf etwas, dann seufzte er, offensichtlich hätte ich irgendetwas sagen müssen – aber was?

»Auf diesem Grab steht kein Kreuz«, sagte er dann endlich.

Ich schaute ihn an. »Vielleicht ist es ein Atheist gewesen oder ein Buddhist oder ein Hindu.«

»Dort liegt ein Satanist.«

Ich bekam eine Gänsehaut. Gefiel ihm so etwas? Oder war das nur ein makabres Spiel von ihm? Mädchen hierherschleppen und ihnen gruselige Geschichten erzählen, um sie einzuschüchtern?

Na, jedenfalls nicht mit mir.

»Ehrlich gesagt ist es mir ziemlich egal, wer da unten drin liegt«, sagte ich und grinste so breit wie möglich, »solange es kein hungriger Vampir ist, der mich als Leckerbissen betrachtet.«

»Ich bin auch Satanist.«

Pause.

Okay, ich musste mich verhört haben. Vielleicht hatte er etwas ganz anderes gesagt, so etwas wie »Ich bin Tarzanist« oder »Botanist« oder . . .

Doch da wiederholte er noch einmal klar und deutlich. »Ich bin Satanist.«

Ich schluckte.

Meine Kehle fühlte sich auf einmal staubtrocken an. Plötzlich wurde mir bewusst, wo ich mich befand. Auf einem Friedhof, mitten in der Nacht. Niemand ahnte, dass ich hier war. Um uns herum nur Tote. Und ich hatte keinen Schimmer, wer dieser Valle wirklich war. Ich wusste nur, dass er Satanist war. Den Teufel anbetete.

Den Teufel anbetete!

Hatte ich nicht neulich einen Artikel über einen Satanisten gelesen, dem der Teufel befohlen hatte, seinen Freund aufzuessen? Ich schluckte wieder und überlegte, was ich sagen könnte. Ich wollte auf keinen Fall, dass er dachte, ich hätte Angst. Und weil mir sonst nichts einfiel, versuchte ich es wieder auf die witzige Tour. »Das sind doch die, die dem Teufel kleine Kinder opfern und Nazisymbole auf Friedhöfe sprühen, oder?«

Er verzog keine Miene. »Du hast vergessen, dass wir auch Menschenblut trinken.«

Ich versuchte zu lachen, es klang in meinen Ohren aber nicht sehr überzeugend.

»Und was machen wir hier? Kommen jetzt gleich deine Kumpels in schwarzen Kutten und opfern mich auf einem Grab?«

»Hast du Angst?«

»Nein, nicht die Spur. Gehört zu meinen liebsten Hobbys, mich mit Satanisten nachts auf dem Friedhof zu treffen. Kommt gleich nach Briefmarken sammeln.«

Er sah mich von der Seite an. »Schade. Man sollte ab und zu mal seine Angst spüren. Es ist nichts Schlimmes, es macht einen stärker.« Er streckte eine Hand aus und griff unter sein Cape.

Was, wenn er jetzt ein Messer herausholte? Gott, wie blöd war ich eigentlich? Ich rückte von ihm ab und überlegte, ob ich schneller laufen konnte als er.

Er zog aber nur Zigaretten und ein Feuerzeug heraus. »Willst du auch eine?«

»Nein, danke.«

»Hast du keine Fragen?«

»Doch, jede Menge sogar. Zum Beispiel: Was genau meinst du damit, dass du Satanist bist?«

»Jedenfalls hat es nichts mit dem zu tun, was man in der Bild-Zeitung lesen kann. Satanismus bedeutet, dass man keinen Gott anbetet. Jede Art von Gottesvorstellung ist nur ein lächerliches Vehikel.« Er hielt kurz inne, zog an seiner Zigarette. Das Aufglimmen der Glut brachte ein wenig Licht und ich konnte seine Gesichtszüge erkennen.

Unfassbar sexy, selbst in diesem Augenblick.

»Man selbst ist Gott, doch man betet sich nicht an, sondern ist nur sich selbst die höchste moralische Instanz. Verstehst du?«

Ich hatte Mühe, mich auf den Inhalt seiner Worte zu konzentrieren, so sehr irritierte mich seine körperliche Nähe. Aber ich versuchte, mich zusammenzureißen.

»Was hat das alles mit Satan zu tun?«

»Er ist nur ein Symbol. Er war es, der den Menschen die Erkenntnis gebracht hat. Du weißt schon, die böse Schlange, die Eva den Apfel gegeben hat, in die Adam dann reingebissen hat.« Er hielt kurz inne, nahm die Zigarette in die andere Hand und legte den frei gewordenen Arm hinter mir auf der Rückenlehne der Bank ab. »Was soll daran so schlecht gewesen sein? Überleg doch mal, was das Paradies in Wahrheit war: keine Eigenverantwortung, keine Selbstbestimmung. Nur Adam und Eva und der liebe Gott, der über sie bestimmte. Und in dem Moment, wo sie eine eigene Entscheidung treffen, wo sie anfangen, selbstständig zu denken, begehen sie eine Erbsünde? Kommt dir das nicht auch ziemlich unglaublich vor?«

Darauf hatte ich keine Antwort. Ich hatte unzählige Religionsstunden hinter mich gebracht, aber warum hatte ich mich nicht ein einziges Mal gefragt, was daran schlecht sein sollte, wenn man Gut und Böse unterscheiden kann?

»Aber wieso Satanist? Da kannst du doch auch einfach Atheist sein.« Ich war erstaunt, dass ich tatsächlich noch Sätze von mir geben konnte, die Sinn machten.

Ich spürte, dass Valle grinste. Er rutschte dichter zu mir heran, legte den Arm nun richtig um meine Schulter.

»Gute Frage. Aber hältst du dich als Atheist nicht aus allem heraus? Das ist der bequeme Weg. Du brauchst dich einfach nicht festlegen. Wir Satanisten haben dagegen eine Haltung, wir beziehen Stellung.«

»Und die wäre?«

»Wir finden zum Beispiel, dass alle Kirchen besteuert werden sollten. Wir glauben auch an Rache, anstatt einfach die andere Wange hinzuhalten.«

Er redete nun lauter, gerade so, als ob er vor Publikum sprechen würde. »Und vor allem glauben wir an die unbefleckte Wahrheit statt an heuchlerischen Selbstbetrug. Dazu gehört auch, dass man sich über seine Gefühle im Klaren ist und sie nicht ständig unterdrückt, wie die Christen das tun. Wir glauben, dass das Leben jetzt stattfindet, nicht im Jenseits.«

»Wenn ich jetzt also das Verlangen hätte, dich zu küssen, dürfte ich das einfach so, weil mir danach ist? Weil ich das Leben jetzt leben will?« Ich hörte, wie mein Herz wie wild pochte, glaubte, dass er es auch spüren müsste.

Valle schüttelte den Kopf. »Nein. La Vey hat in den elf Regeln der Erde festgelegt, dass man niemandem sexuelle Angebote machen soll, bevor man keine eindeutigen Signale empfangen hat.«

Die Enttäuschung schwappte über mich wie eine Woge. Was sollte das denn heißen? Empfing Valle denn gar nichts von mir? Wegen ihm hatte ich die letzen Wochen kaum einen Bissen heruntergebracht. Wegen ihm hatte ich nächtelang nicht schlafen können! Und ich war doch nicht blöd! Da war etwas zwischen uns auf dem Boot gewesen. Und ich konnte einfach nicht glauben, dass er mich auf den Friedhof mitgenommen hatte, um mir hier Vorträge über elf Regeln der Erde zu halten.

Ich überlegte gerade, ob ich aufstehen sollte, ihn hier einfach sitzen lassen, weggehen, ohne mich nur einmal umzudrehen, wie er es mit mir am Seehaus gemacht hatte.

Da nahm er einen letzten Zug von seiner Zigarette, schnippte den Stummel dann weg und beugte sich zu mir, kam so dicht, dass ich den Rauch an seinen Lippen riechen konnte. »Oder war deine Frage etwa nicht rein theoretischer Natur?«

Ich drehte mich zu ihm und dann berührte er mit seinen Lippen meinen Mund, mit diesen Lippen, die gleichzeitig weich und hart waren. Für einen kurzen Moment ließ er mich los, dann zog er mit einer Hand meinen Kopf fester zu sich hin und küsste mich wieder.

Wie oft hatte ich gelesen, dass irgendeine Luzie beim Küssen dahinschmolz, jedes Mal hatte ich das genervt überblättert, weil ich es für ausgemachten Käse gehalten hatte. Aber in diesem Moment . . .

Es war, als würde ich innen ganz weich, mich auflösen, und andererseits hämmerte mein Herz wie eine verrückt gewordene Maschine.

Plötzlich zog sich Valle zurück. »Mist!«, flüsterte er und horchte ins Dunkle. Ich schaute ihn fragend an, aber er legte warnend den Finger an seine Lippen.

»Ich höre etwas.« Er schlug sich auf die Stirn. »Ich Idiot hab vergessen, das Tor hinter uns wieder zuzuschließen!«

Ich musste mich sehr anstrengen, irgendetwas anderes zu hören als meinen Puls.

»Penner machen nicht so einen Lärm. Das heißt nichts Gutes! Bestimmt sind das Neonazis. Die haben den Friedhof schon öfter unsicher gemacht. Komm, lass uns abhauen.«

Er stand auf und zog mich zu sich.

»Meinst du, die werden uns gefährlich?«

»Dummheit ist immer gefährlich.«

Wir huschten Hand in Hand von Baum zu Baum. Zum Glück waren wir beide schwarz angezogen, sodass wir beinahe unsichtbar waren.

Während ich hinter ihm herstolperte, versuchte ich, klar zu denken, was fast unmöglich war, weil nur eins durch meine Hirnwindungen rauschte und das in 3D und Neonrot: Ich will Valle wieder küssen! Ich will mit ihm zusammen sein!

Plötzlich schepperte es laut. »Verdammt«, hörte ich Valle fluchen.

»Was ist denn?«

»Jemand hat seine Grabschaufel hier liegen lassen. Jetzt haben sie uns sicher gehört. Komm schnell weiter, wir haben es gleich geschafft.«

Die letzten Meter zum Tor rannte Valle und ich hatte Mühe, sein Tempo zu halten. Draußen blieben wir schnaufend stehen.

Valle schloss das Tor sorgfältig ab und im Schein der Straßenlaterne konnte ich sehen, dass er grinste, anbetungswürdig und ein bisschen teuflisch. »Dummheit muss bestraft werden.«

»Du meinst deine?«, rutschte es mir raus – denn wenn er abgeschlossen hätte, würden wir uns vielleicht immer noch küssen.

Er beugte sich zu mir, packte mich an der Taille, riss mich hoch und drehte sich mit mir übermütig im Kreis. »Sieht so aus, als hätte ich meine Meisterin gefunden!«, lachte er und wirbelte mich immer schneller und schneller, bis sich alles drehte wie im Kettenkarussell, schließlich blieb er völlig außer Atem stehen und stellte mich vor sich hin.

Mir war so schwindelig, dass ich gegen ihn taumelte und wir beide zusammen hinfielen, ich auf ihn drauf, wo ich seine Wärme genoss, seinen Geruch nach Rauch und irgendetwas hustensaftartig Würzigem.

»Dahinten kommen Leute«, murmelte Valle. »Die glauben noch, wir sind besoffen.«

»Ist mir egal«, flüsterte ich.

Doch er hielt mir seine Hand hin, wir zogen uns gegenseitig vom Boden hoch. Während wir zur U-Bahn rannten, ließ er meine Hand nicht wieder los.

Nachdem er allen Ernstes wissen wollte, ob ich ein Ticket hätte, gingen wir die Treppen hinunter. Er hatte mich wieder losgelassen und lief neben mir, als hätten wir uns nie geküsst.

Die U6 fuhr ein. Wir mussten beide bis zum Odeonsplatz fahren, um in die U4 umzusteigen. Er fuhr nur bis zum Lehel, ich musste noch weiter zum Arabellapark.

»Wie wird man eigentlich Satanist?«, fragte ich, als er sich neben mich auf die Bank fallen ließ. Die U-Bahn war ziemlich voll, Samstagnacht halt.

»Man wird nicht Satanist, man ist Satanist.«

»Bedeutet das etwa, man wird so geboren?« Ich musste lachen. »Dann müsste meine Schwester Kati eine Supersatanistin sein. Sie ist an einem Karfreitag geboren – genauer gesagt Karfreitag, der Dreizehnte. Die haben meine Mutter sofort nach der Geburt gefragt, ob sie nicht gleich mit dem Krankenhausgeistlichen eine Nottaufe arrangieren wollte. Die Hebamme hat sogar behauptet, dass Kinder, die am Karfreitag geboren würden, kränklich wären und nicht alt werden würden. Kannst du dir das vorstellen? Das war 1990!«

Valle schüttelte seine Haare. »Satanist zu sein, hat nichts mit einem Datum zu tun. Nein, irgendwann in deinem Leben stellst du einfach fest, dass du anders bist.«

»Ich war immer anders«, rutschte es mir spontan heraus. Und das stimmte. Ich brauchte nur an Kati oder meine Klasse oder an Schwallfi zu denken.

»Dann lies doch mal die Satanische Bibel von Anton Szandor LaVey. Vielleicht kannst du damit etwas anfangen.«

»Hmm. Hast du die?«

»Klar.«

»Wie wäre es dann, wenn ich morgen zu dir zum Bibelstudium komme?« Ich grinste Valle an, der zurückgrinste.

»Bibelstudium«, flüsterte er, »das ist gut, wirklich gut.« Wir schauten uns an und lachten so laut, dass die Leute in der U-Bahn uns anstarrten und sich dann vielsagende Blicke zuwarfen: Verrückte!

77

Damals hatte ich nicht die leiseste Ahnung, wie verrückt das noch alles werden sollte.

In der Nacht konnte ich kaum schlafen, denn immer wieder musste ich daran denken, wie unglaublich es gewesen war, Valles Lippen auf meinen zu spüren.

Als ich dann am nächsten Tag vor Valles Wohnungstür stand, hatte ich so großes Herzklopfen, wie ich es bei Robert nie gehabt hatte, selbst in den ersten Wochen des Verliebtseins nicht. Ich konnte es kaum erwarten, Valle wieder nahe zu sein, ihn zu küssen. Als ich dann aber in seiner Wohnung stand, war ich fassungslos, dass er mit mir tatsächlich die satanische Bibel lesen wollte. Er hatte das Buch schon auf seinem Küchentisch bereitgelegt.

Ich hörte nur mit halbem Ohr zu, und als er schließlich beim achten der neun »Satanic Dekolletés« angelangt war, dachte ich, das wäre die Überleitung zu den Themen, die mich wirklich interessierten.

»Satan bedeutet alle sogenannten Sünden, denn sie alle führen zu psychischer, geistiger oder emotionaler Erfüllung.«

Gerade als ich nachhaken wollte, von welchen Sünden denn da die Rede wäre, klingelte Valles Telefon und er hatte nichts Besseres zu tun, als abzunehmen. In diesem Moment!

Keine Ahnung, wer am anderen Ende war, aber ich war sicher, eine Frauenstimme zu hören.

Und dann kam der Knaller, er meinte nämlich, er müsste jetzt dringend weg, eine »Schwester« bräuchte seine Hilfe.

»Ich hätte nie gedacht, dass Satanisten selbstlose Samariter sind«, sagte ich patzig.

Er runzelte böse die Stirn. »Satan bedeutet Güte gegenüber denjenigen, die sie verdient haben!«, verkündete er und zerrte mich geradezu aus der Wohnung.

Als ich draußen auf der Straße stand, die Hände zu Fäusten geballt, Wut in meinem Bauch, war ich überzeugt davon, dass ich mit diesem Typen fertig war.

Was bildete Valle sich eigentlich ein?

Und wie sprang er mit mir um?

In den nächsten Tagen meldete er sich nicht und ich war zu stolz, ihn anzurufen oder bei ihm vorbeizugehen.

So gut es ging, versuchte ich, ihn aus meinen Gedanken zu streichen, aber es ging eben nicht gut. Mein Verstand sagte mir, dass er es nicht wert war, dass ich etwas Besseres verdient hatte, dass der Typ nach Ärger roch, aber mein Gefühl sagte mir etwas anderes.

Und unwillkürlich begann ich, darüber nachzudenken, was er auf dem Friedhof über Gefühle gesagt hatte. Dass man nichts unterdrücken sollte, dass man sie leben sollte. Das Leben findet im Jetzt statt.

Ich surfte im Internet und suchte nach LaVey, und je mehr ich las, desto logischer kam mir vieles davon vor.

Ich war mit dem Grundsatz aufgewachsen, dass alle Menschen gleich waren. Aber waren sie das tatsächlich? Es gab Dumme und Idioten, es gab Kluge und Bauernschlaue, Dicke und Dünne, Alkoholiker und Verrückte. Diese Gleichmacherei auf Teufel komm raus war doch wirklich Schwachsinn. Und was war mit dem Grundsatz, sich nicht zu wehren? Dem anderen die Wange hinzuhalten? Schon als kleines Kind hatte ich das nicht kapiert. Im Grund genommen wusste ich, dass man es sich nicht so einfach machen konnte, aber es tat gut, dass ich wenigstens anfing, zu denken, die Dinge zu hinterfragen, und nicht einfach nur in schwarzen Lederklamotten rumlief, ohne das Gehirn zu benutzen.

Es gelang mir sogar, Schwallfi in eine Diskussion über Gut und Böse und Erkenntnis zu verstricken, die Mama dann aber unterbrach, weil sie fand, dass wir zu sehr rumbrüllen würden.

Valles SMS kam genau zehn Tage nach unserem Treffen in seiner Wohnung.

»Morgen um 14 Uhr im Starbucks, Leopoldstraße«, schrieb er.

Ich las die kurze Nachricht, und obwohl ich es mir so fest vorgenommen hatte, explodierte ich nicht.

Ich ignorierte die SMS auch nicht, was das Naheliegende gewesen wäre. Wenn ich ehrlich war, konnte ich es kaum erwarten, ihn endlich wiederzusehen.

Und diesmal wollte ich, dass er mich schön fand, und versuchte deshalb, meine blau-pinken Haare zu überfärben. Grande Merde! Anstatt dass sich alles schön schwarz verfärbte, wurde das Pink zu schmutzigem Schweinchenrosa und das Blau wurde jägergrün. Übel!

Um das irgendwie wettzumachen, besorgte ich mir zu meiner Lederhose ein schwarzes, tief dekolletiertes Oberteil, so tief, dass sogar Schwallfi, der Gutmensch, ins Glotzen kam. Mama zog nur ihre Augenbrauen hoch, aber sagte kein Wort.

»Arbeiten wir jetzt in der Apfelbranche?«, meinte Kati und grinste mich an.

»Ich leih es dir gerne für deinen Job«, pfefferte ich zurück, »falls du mal etwas anderes als Staatstrauer tragen willst.«

Schwallfi murmelte daraufhin in seinem *Ich verstehe ja alles, aber es ist nicht leicht*-Ton etwas von »ständigem Zickenkrieg«, während Mama nur lachte und ihm erklärte, dass das gar nichts zu bedeuten hatte. Er stimmte ihr sofort zu, wie immer. Die beiden streiten sich fast nie, mit Ausnahme, wenn es um Schwallfis Sammelleidenschaft für alten Elektrokram geht.

Valle wartete schon im Café, als ich kam. Er lümmelte

nicht wie alle anderen herum, sondern saß gerade auf seinem Stuhl, schwarz angezogen und so aufrecht, dass ich unwillkürlich an Edgar Allan Poes Gedicht »The Raven« denken musste. Und als er mir dann sein Gesicht zuwandte, war da wieder dieser Blick, den ich nicht vergessen hatte können.

Im Gegensatz zu allen Jungs, die ich kannte, ließ er sich nicht von meinem Riesenausschnitt ablenken, sondern schien sich nur auf mich und meine Augen zu konzentrieren, auf mein Inneres, mit diesen blaugrün schillernden Seehimmeln schaute er direkt in mich hinein.

Ich versuchte zurückzustarren, aber natürlich sah ich als Erste weg. Nicht weil ich zu schwach war, nein, sondern weil ich Angst hatte, er könnte in meinen Gefühlen wie in einem Buch lesen.

Er wirkte unnahbar in seinem schwarzen Rollkragenpullover, irgendwie distanziert und in diesem Moment fühlte ich mich unendlich provoziert.

Ich weiß nicht mehr genau, warum ich den Vorschlag gemacht habe. Eigentlich wollte ich nur, dass er mich endlich ernst nahm, wollte, dass er mich bewunderte, wollte, dass er stolz auf mich war. Ich hatte keine Lust, die lächerliche Toni zu sein, wie er es ausgedrückt hatte. Die Toni, die wie eine Hardcorepunkerin herumlief mit nichts dahinter. Ich wollte etwas Ungesetzliches tun, wollte ihm und auch mir zeigen, dass nur ich in meinem Leben darüber entschied, was richtig und was falsch war. Mein Leben sollte nicht länger Fassade sein.

Ich setzte mich neben ihn und sagte mit kühler Stimme: »Hör zu. Ich habe nachgedacht. Ich habe mich informiert. Und ich habe beschlossen, an meine Grenzen zu gehen. Ich will mich einem Zustand aussetzen, in dem ich noch nie war, um mich selbst kennenzulernen.«

Ich fand, dass ich mich fast schon teuflisch lässig anhörte.

»Und an was hast du da gedacht?«, fragte er. Jetzt wirkte er viel interessierter. Er beugte sich näher, hellwach, neugierig. Schade nur, dass sein Schlüsselbein mit der pochenden Ader heute unter seinem Rollkragenpullover verborgen blieb.

Ich überlegte rasend schnell, schließlich war das, was ich gesagt hatte, völlig spontan gewesen. Aber dann fiel mir etwas ein.

»Ich dachte, ich klaue etwas. In einem Laden, wo es wirklich gefährlich ist. Mit Kaufhausdetektiv und Videokameras.«

Er lachte. »Satanisten vergreifen sich eigentlich nicht am Eigentum anderer«, sagte er. Doch seine Augen flackerten und ich spürte, dass ich ihn an der Angel hatte.

Endlich! Das erste Mal, seit wir uns kannten, hatte ich das Gefühl, die Oberhand zu haben!

»Langweiliger Laden, ihr Satanisten«, sagte ich.

Er hob die Augenbrauen, dann grinste er. »Kommt drauf an. Als Satanist sage ich dir nämlich auch: Etwas Riskantes reinigt dich von jeder Schwäche, du fühlst dich danach so stark, als hättest du dir einen Haufen Koks reingezogen. Du wirst sehen, das ist ein richtiger Kick.« Seine Augen leuchteten. »Wenn du's also wirklich tun willst, dann mach es. Aber lass dich nicht dabei erwischen!«

»Den ersten Prügel stopfte ich in sein weit aufgerissnes Maul, er verbiss sich so stark darin, dass ich ihm mit dem anderen Prügel den Schädel einschlagen konnte. Obwohl ich voller Wucht zuschlug, dauerte es erstaunlich lange.«

8

Das hatte Valle an jenem Tag tatsächlich gesagt. Ich sollte mich nicht erwischen lassen. Aber genau das war passiert und der Albtraum hatte begonnen.

Und das Ende des Albtraums?

Findet hier statt, hier in der Wohnung dieser Giltine mit den Fotos von mir an der Pinnwand und dem Kaufhausdetektiv, der mitnichten tot ist, sondern in voller Lebensgröße vor mir steht.

Mit seiner Glatze und seinem ekligen Bierbauch hat sich Thor Friedrichsen breitbeinig vor mir aufgebaut und grinst mich wie ein Bescheuerter an und mir wird klar, dass ich die Einzige bin, die sich an diesem miesen, abgekarteten Spiel überhaupt nicht freuen kann.

Denn ich bin das Opfer.

Ich denke keinen Moment nach, dränge mich an Giltine und Valle vorbei, der noch etwas sagen will, schnappe mir meine Jacke und stürme aus der Wohnung.

Nur weg von all diesen Irren, nur raus hier, ich presche davon, als wäre der Teufel selbst hinter mir her, und gerade, als ich das denke, fange ich an, hysterisch zu kichern, kriege keine Luft mehr, muss stehen bleiben.

Mitten auf der Tegernseer Landstraße, Leute rempeln mich an, schimpfen.

Ich hole ein paarmal tief Luft, merke, wie die Anspannung der letzten Tage von mir abfällt, und dann verrauchten mit einem Mal aller Zorn, alle Wut, alle Fassungslosigkeit, denn jetzt bin ich nur noch erleichtert, froh, so froh, dass ich keine Mörderin bin.

Doch schon während ich zur U-Bahn-Station Silberhornstraße zurücklaufe, drehen sich in meinem Kopf die Bilder weiter. Die Fotos an der Pinnwand in Giltines Zimmer. Wozu die Fotos? Vor allem Fotos mit mir und Kati. Und dann noch Thors lachendes Gesicht, Giltine und Valle.

Valle! Wie hat er mir das antun können?

Fast zwei Tage hat er mir vorgegaukelt, dass ich schuld am Tod eines Menschen bin. Mit Absicht. Wie kann ein Freund so etwas Schreckliches tun?

Ich muss mit jemandem reden. Nein, nicht mit jemandem, sondern mit Kati. Ich will, dass Kati alles weiß. Wer Valle wirklich ist. Was er getan hat! Sie ist die Einzige, die mich versteht. Die es immer wieder schafft, mich zum Lachen zu bringen. Die mich liebt, einfach so, wie ich bin.

Als ich die Wohnungstür aufsperre, weiß ich schon im Flur, dass meine gesamte Familie zu Hause ist. Aus dem Wohnzimmer kommt der Geruch nach Perwoll, meine Mutter hängt Wäsche auf, vom Badezimmer her wabert Herbal Essences Rainforest, heißt, Kati steht unter der Dusche; und der leckerste Duft schlägt mir aus der Küche entgegen, wo Schwallfi seine einzige, leider wirklich gute Spezialität kocht: Hühnercurry in Kokosnussmilch.

All diese vertrauten Gerüche machen etwas mit mir, schließen mich aus, meine Kehle wird plötzlich eng und ich muss schlucken.

Doch zum Glück kommt da gerade Schwallfi aus der Küche und meckert mich an, wie ich aussähe, wo ich herkäme und dass ich sofort den Tisch decken solle. Keine Spur mehr von schlechtem Gewissen wegen der Sache mit der Ohrfeige. Da wird mir wieder mal klar, was für ein scheinheiliger Typ Schwallfi doch ist; auf der Oberfläche immer wie geleckt, aber darunter wohnt ein übler Diktator.

Ich muss mich zum Essen zwingen und kann es kaum erwarten, bis es vorbei ist, weil ich endlich mit Kati reden muss.

Aber Kati ist verabredet und hat es eilig, weil sie jetzt noch ihre Löwenmähne stylen will. Erst als ich ihr sage, dass ich mit ihr reden muss, weil Valle Satanist ist, hört sie auf, ihre roten Haare mit Lockenschaum durchzukneten.

Sie reißt ihre Augen auf und starrt mich an.

»Valle ist was?«

»Satanist!«

»Das klingt ja fürchterlich!«

Ihre aufgerissenen Augen machen mich wütend, vielleicht, weil ich besser auch so reagiert hätte, anstatt diesen Mistkerl so hingebungsvoll anzubeten, aber das kann ich jetzt nicht zugeben, nicht mal vor mir selbst, deswegen blaffe ich Kati an. »Klar, dass eine ehemalige Messdienerin so denkt.«

»Hey, Moment mal! Das hat doch damit nichts zu tun! Satanisten sind eindeutig Irre!« Kati schüttelt ihre halbnassen Haare.

Ja klar, meine große Schwester, die weiß wirklich immer alles ganz genau. Wie kann sie das eigentlich behaupten? Warum fragt sie mich nicht aus, anstatt solch dämliche Statements von sich zu geben? Valle ist vielleicht ein Idiot, ein mieser Typ, aber kein Wahnsinniger!

»Valle ist nicht verrückt, nur weil er nicht an Gott glaubt.«

In genau diesem Augenblick taucht natürlich Schwallfi auf. »Wer glaubt nicht an Gott?«, mischt er sich ein.

Kati schenkt ihm einen spöttischen Blick. »Der Satanist, in den sich Toni . . .« Ich schaffe es gerade noch, sie durch einen bösen Blick zum Schweigen zu bringen.

Schwallfi schaut besorgt zwischen uns hin und her. »Wie kommt ihr denn auf Satanisten? Muss ich mir Sorgen machen?« Er mustert mich von oben bis unten.

Das fehlt mir jetzt gerade noch, Schwallfis Mitleid!

»Dann hat also selbst ein ach so toleranter Mensch wie du Vorurteile«, stelle ich provozierend fest.

»Wie meinst du das?«

»Na ja, du hast Satanisten mit Sorgen gleichgesetzt, oder?«

Schwallfi verdreht die Augen hinter seiner Brille. »Nun, Gutmenschen sind sie auch nicht gerade. Oder hast du schon einmal gehört: ›Diese Schule dort drüben hat ein Satanist gestiftet?‹ Oder: ›Wow, seit Madonna Satanistin ist, spendet sie alle Einnahmen ihrer Europatournee für arme Kinder in Afrika‹?«

»Ich hab auch noch nie gehört«, platze ich raus, »dass Anwälte ein Waisenhaus gekauft hätten oder freiwillig für Blinde arbeiten – oder hat man schon mal was von ›Anwälten ohne Grenzen‹ gehört?«

»Darum geht's doch jetzt gar nicht. Ich glaube, du hast schon verstanden, was ich gemeint habe. Viele Satanisten sind übrigens Neonazis. Die glauben an diesen Mist vom Übermenschen.«

Und genau in diesem Moment wird mir klar, dass es keinen Sinn hat, mit jemandem reden zu wollen. Valle hat mich zwar in das mieseste Spiel aller Zeiten reingezogen – aber Valle mit einem Neonazi zu vergleichen? Was für ein Müll!

Kati greift demonstrativ zum Föhn, zwinkert mir zu und schaltet ihn ein. Schwallfi versteht das Signal und verschwindet. Kaum ist er draußen, schlägt sich Kati auf seine Seite.

»Ich finde, er hat ausnahmsweise mal recht«, sagt sie.

»Aber keiner von euch beiden hat sich mit Satanismus wirklich je beschäftigt, oder?«

»Stimmt. Aber klar ist doch, die beten den Leibhaftigen an, das Böse. Mir reicht das.«

Irgendwie habe ich mir unser Gespräch anders vorgestellt. Ich wollte, dass Kati mir hilft, Valle zu verstehen, nicht dass sie ihn verurteilt. Doch jetzt merke ich, dass sie gar nichts kapiert. Und obwohl ich so sauer auf Valle bin, habe ich das Gefühl, ihn jetzt verteidigen zu müssen. Aus dem einfachen Grund, weil ich mich in ihn verliebt habe.

»Wer entscheidet denn, was gut und was böse ist? Luzifer hat den Menschen das Licht gebracht, also die Erkenntnis. So etwas kann doch nur ein bescheuerter Gott böse finden, oder?« Meine Stimme klingt leider etwas unsicher.

Kati schaltet den Föhn ab. »Hey, die haben dir ja schon eine richtige Gehirnwäsche verpasst.« Sie nimmt mich an den Schultern und schaut mich an. »Toni, ich mach mir Sorgen um dich. Hör zu, wenn ich nach Hause komme, dann reden wir noch einmal ausführlich, okay?«

»Und, kenn ich dein Date?«, erwidere ich statt einer Antwort schnippisch. Jetzt erst fällt mir auf, dass Kati heute schwarze Röhrenjeans anhat und eins von meinen schwarzen zerfetzten T-Shirts. Zerfetztes Shirt?

Kati wird rot. »Ich glaub nicht . . .«

»Du würdest ganz gut zu den Satanisten passen. Die finden es völlig okay zu lügen.« Ganz sicher trifft sie sich mit Robert. Meine Schwester, mein Ex.

»Hey, Toni, es ist ja nicht so, wie du denkst. Wir reden die ganze Zeit nur über dich. Ich . . . ich versuche bloß, ihn ein bisschen zu trösten.«

Mir kommt es vor, als ob mich jemand mit voller Wucht in den Magen geboxt hätte.

»Ist ja eklig«, würge ich hervor.

»Die Frage ist doch, wer hier zu wem eklig war! Du warst ziemlich gemein zu Robert!«

»Und das ist Grund genug, sich von meiner Schwester trösten zu lassen?« Mir reicht es jetzt, ich spüre, wie mir die Tränen kommen, drehe mich um und gehe Türen schlagend in mein Zimmer.

Ich verstehe selbst nicht so genau, was mich daran stört, wenn sich Kati mit Robert trifft. Ich will wirklich nichts mehr von ihm, doch allein der Gedanke, die beiden wären zusammen und würden bei uns in der Küche sitzen wie ein Paar, und ich weiß, wie Roberts Küsse schmecken . . . Der Gedanke schüttelt mich. So etwas würde Valle nie tun.

Ich gehe noch mal kurz ins Wohnzimmer, um Gute Nacht zu sagen. Schwallfi mustert mich stumm, meine Mutter schickt noch ein ironisches »Schön, dass es dir wieder besser geht« hinterher und ich bin froh, mich endlich in mein Zimmer verziehen zu können.

Aber kaum liege ich auf meinem Bett, kann ich nur eines tun, nämlich an Valle denken. Wie in einem Kaleidoskop schieben sich ständig Bilder und Szenen, die wir erlebt haben, vor mein inneres Auge. Immer wieder versuche ich, mich daran zu erinnern, was er gesagt, worüber wir gesprochen haben, und ich frage mich, ob ich irgendwas falsch verstanden habe.

Plötzlich kommt mir die Idee. Was, wenn diese elende Giltine Valle zu diesem miesen Spiel gezwungen hat? Aber warum? Und wieso sollte Valle bei so etwas mitmachen? Waren das nicht seine Worte gewesen: »Ich entscheide selbst, was gut und was böse ist?« Ja, Valle hat es gar nicht nötig, bei einem derartigen Schwachsinn mitzumachen. Mein Herz weigert sich einfach, daran zu glauben, dass Valle so fies ist. Denn so kann man sich doch nicht in einem Menschen täuschen? Oder doch?

Ich bin taumeln

Nein, wirklich, es geht mir gut. Auch wenn ich am Telefon anders geklungen haben mag. Ich bin verwirrt. Durchdrungen von Verwirrung. Kann man jemanden lieben, dessen Seele so schwarz ist, dass der Schatten eines Raben daneben bleich aussieht - geht das? Oder besser gefragt, wie lange geht das? Wann wird mein reines und gutes Gefühl zu einem klirrenden Spiegel der Verachtung vereisen? Und wessen Seele wird daran zerbersten?

Wenn wir einmal annehmen, dass Liebe ein gutes Gefühl ist, wie kann es dann sein, dass sie auf einen Menschen trifft, der für all das nur Hohn übrig hat?

Das ist natürlich alles noch eine Nummer zu hoch für dich, mein Kleiner, aber ich fühle mich außerstande, dir hier banale Details des Lebens aufzuschreiben. Wie erstaunlich gut das Essen ist, welche Lehrer welchen Spleen haben und dass unsere Zimmer regelmäßig auf Drogen durchsucht werden. Oder dass ich gestern im Wald ein Rehkitz gesehen habe . . . All diese Dinge berühren mich gar nicht mehr, weil ich nur von einem besessen bin. Wünsch du mir Glück! Und ich wünsche dir, dass du niemals solche Entscheidungen treffen musst.

Dein L.

*»Als er endlich tot vor mir lag, tat es mir beinahe
leid um dieses prächtige Tier, aber diese sinnlose
Aufwallung christlicher Gefühle wich sofort dem
Wissen um meine Macht.«*

9

30. Oktober

Wir hatten uns darauf geeinigt, dass ich die Klauaktion an
Halloween durchziehen sollte. Je näher der Tag kam, umso
mulmiger wurde mir. Am Abend davor hielt ich es zu Hause
einfach nicht aus und fuhr zu Valle.

Er öffnete mir in schwarzen Boxershorts die Tür, überrascht, die Haare noch ganz feucht und kringelig vom Duschen. Er sagte nichts, sondern ging einfach vor mir her in
die Küche. Etwas verlegen folgte ich ihm.

»Schön, dass du gekommen bist, aber warum bist du hier?«
Er drehte sich zu mir, und weil ich mich bereits hingesetzt
hatte, hatte ich vollen Blick auf seinen Bauchnabel, der so
merkwürdig zart mitten in seinen Bauchmuskeln lag, dass
ich ihn gern küssen wollte. Keine Haare, registrierte ich, alles
ganz glatt.

Er kam näher und mit jedem Schritt, den er näher kam, ver-
lor alles andere an Bedeutung. Valle ging vor mir in die Ho-
cke, sodass ich seinem Blick voll ausgeliefert war. Er schloss
mich in seine Arme, zog mich zu sich hoch und hauchte in
mein Ohr: »Ich glaube fast, du bist nervös. Es müsste mit dem
Teufel zugehen, wenn ich dich nicht in null Komma nichts auf
andere Gedanken bringen könnte, wetten?«

Ich hatte das Gefühl, gleich in Ohnmacht zu fallen, versuchte aber, lässig zu bleiben und den Aufruhr in meinem Magen zu ignorieren. Er nahm meine Hand, zog mich zum Schlafzimmer und öffnete die Tür.

Mein Blick glitt über die dunkellila Wände, über dem Bett hing ein plakatgroßer schwarzer Wandbehang, auf dem ich ein gewaltiges Pentagramm erkennen konnte – das Baphomet, Symbol der Church of Satan, dieses Ding war auch vorne auf der satanischen Bibel. Aus der Mitte des Pentagramms starrte mir ein hässlicher Ziegenbockkopf entgegen.

Wie angewurzelt blieb ich stehen.

Valle schaute mich von der Seite an. »Gefällt's dir?«

Ich war sprachlos und konnte nur nicken.

»Erinnerst du dich daran, was das zu bedeuten hat?«

»Ich bin gerade so durcheinander, dass ich nicht mal mehr sicher bin, wie man Antoinette schreibt«, versuchte ich einen Scherz.

»Also«, begann er, als wollte ich das wirklich wissen, und griff zu allem Überfluss auch noch nach einem Pulli, der auf dem Bett lag und den er sich nun überzog. »Dieses Fünfeck besteht aus drei Teilen, jedes stammt aus einer anderen Zeit, die fünf Ecken sind das Pentagramm des Pythagoras. Normalerweise zeigt die Spitze nach oben, aber bei uns zeigt die Spitze nach unten. Es ist das Zeichen für die Wissenschaft, die im Gegensatz zum Glauben steht.«

Gerade eben noch hatte ich vor lauter Herzklopfen fast zu atmen vergessen und jetzt das.

Doch als ich Valle so vor mir stehen sah, wie er mir mit feuriger Stimme und glänzenden Augen von diesem Pentagramm erzählte, als wäre es wirklich wichtig, war die Enttäuschung plötzlich wie weggeblasen. Genau deshalb hatte ich mich in ihn verliebt. Weil er bei allem so leidenschaftlich war.

»Der Ziegenbockkopf ist ein sehr altes Symbol, das an den ägyptischen Gott Amun, den Widderkopf, erinnern soll. Und hier in den Spitzen erkennst du die hebräischen Schriftzeichen L, V, J, T, N gegen den Uhrzeigersinn. Leviathan, der das Monster der Meere ist.« Valle wendete sich von dem Wandbehang ab und schaute zu mir.

Ich dachte, ich sollte etwas mehr Begeisterung zeigen, ging näher heran und sah mir das Baphomet genauer an. Mir kam es so vor, als würden mich die Augen des Ziegenbocks anstarren. Ich spürte den Impuls, diesem Bock die Zunge herauszustrecken, was ich natürlich nicht tat, weil es ziemlich lächerlich gewesen wäre. Ich fragte mich, wie Valle darauf reagieren würde.

Jetzt entdeckte ich auch so etwas wie einen Altar. Ein Tischchen, verhüllt mit einem glänzenden schwarzen Tuch, auf dem eine dicke schwarze Kerze mit angebranntem Docht stand. Daneben eine alte große Eisenglocke und ein dunkelroter Glaskelch, lang wie mein Unterarm, aus dickem ornamentiertem Glas. Dahinter befand sich eine kupferne Schale mit Ascheresten.

Unsicher drehte ich mich zu Valle um, aber der schien es in Ordnung zu finden, dass ich mich umschaute, seine Augen leuchteten regelrecht.

Ich ging zur gegenüberliegenden Seite des Zimmers. Direkt an der Wand lehnte ein merkwürdiges Krummschwert, das in einer mit Steinen reich verzierten Scheide steckte. Zwischen Wand und Schwert war ein Foto geklemmt. Unwillkürlich griff ich danach und zog es hervor. Es zeigte das Porträt eines Jungen, der etwa sechzehn Jahre alt sein mochte. Er hatte schulterlanges Haar, die Farbe war wie bei Valle. Leuchtend nasse Kiefernbaumstämme.

»Bist du das?«

Valle wurde blass. »Das geht dich nichts an. Am besten vergisst du sofort, dass du es gesehen hast.« Mit einem Schritt stand er vor mir, nahm mir das Foto aus der Hand und ging mit dem Bild aus dem Zimmer.

Irritiert blieb ich stehen; als Valle wenige Sekunden später wieder hereinkam, lächelte er versöhnlich und kam direkt auf mich zu. Ich atmete seinen Geruch ein, vergaß seine komische Reaktion, den Ziegenkopf und nicht mal der Gedanke an den morgigen Tag konnte die wohligen Schauer stoppen, die sich in meinem Körper ausbreiteten. Ja, es war fast so, als würde ich genau deshalb alles noch viel intensiver spüren.

Valle drückte mich fester an sich und küsste ganz zart meine Augenlider, knabberte an meinen Ohren und flüsterte immer wieder »Meine kleine Rebellin«. Dabei glitten seine Hände über meinen Rücken, schoben sich unter mein T-Shirt und lagen auf meiner nackten Haut.

Ich schloss die Augen, ich wollte nur noch diesen Mund auf meiner Haut spüren, presste mich stärker an ihn, wollte mich ganz ausziehen, seine Haut an meiner spüren.

Doch da hörte er plötzlich auf und räusperte sich.

Ich hielt ihn fest umschlungen, aber Valle schob mich sanft von sich und schaute mich fragend an. »Wir sollten das lieber auf morgen verschieben. Morgen, wenn alles vorbei ist!« Er zögerte einen Moment, als wollte er noch etwas hinzufügen, doch dann schüttelte er nur sein Haar, küsste mich noch einmal so fest auf den Mund, als wollte er ihn versiegeln, und schob mich zur Tür.

*»Jetzt kam der schwierige Teil. Ich durfte den
Fuchs nicht mit bloßen Händen anfassen. Aber ich
brauchte seinen Speichel. Und zwar sehr schnell.
Außerdem musste L. entsprechend vorbereitet
werden.«*

10

Am nächsten Tag in der Schule bin ich unkonzentriert. Ich
habe kaum geschlafen. Denn egal, wie ich Valles Rolle in
diesem miesen höllischen Spiel gedreht und gewendet habe –
Fakt ist, er hat mir bewusst vorgegaukelt, ich sei schuld am
Tod eines Menschen. Ihm muss klar gewesen sein, was das
für mich bedeutet.

Als ich dann heute Morgen vollkommen erschöpft aufgestanden bin, war mein erster Gedanke, dass ich fertig mit
ihm bin.

Ein für alle Mal. Ich werde ihn mir aus dem Kopf schlagen.
Und ich werde darüber hinwegkommen. Das Leben weiterle-
ben.

Doch gleich nach der Schule wird mein neuer Entschluss
auf den Prüfstand gestellt, denn er steht vor dem Schultor
und scheint zu glauben, alles wäre wie immer.

»Toni, warte!«

Ich gehe wortlos an ihm vorbei.

»Toni, bitte!«

Ich ignoriere ihn, laufe weiter, jetzt schneller.

»Toni, bitte, warte doch!«

Ich renne los.

Bloß weg von diesem Typen!

Valle erwischt mich am Ärmel und hält mich fest. Zieht mich an sich, ich wehre mich und schlage meine Fäuste gegen seine Brust.

»Lass mich sofort los, du Spinner! Wenn die Show, die du da abgezogen hast, zu deinem viel gepriesenen Satanismus gehört, dann scheiß ich drauf! Such dir eine andere Dumme für deine perversen Spielchen.«

Er hält meine Arme fest, Leute schauen zu uns her. Ich frage mich flüchtig, ob und wann sich jemand einmischen würde.

»Hey, hey, hey«, flüstert er mit beruhigender Stimme in mein Ohr, während er meine Fäuste fest umklammert. Die warme Luft an meinem Ohr macht mich kribbelig, legt irgendwelche Schalter um. Ich bin plötzlich unendlich müde, ich würde mich am liebsten einfach fallen lassen, habe das Gefühl, meine Beine können mein Gewicht nicht mehr halten.

Ich reiße mich von ihm los. »Hau ab, lass mich in Ruhe und komm nie wieder!«

Valle lässt mich los, bleibt aber dicht neben mir. Ich laufe stur geradeaus.

»Toni, ich verstehe dich, wirklich.«

Ich verbeiße mir ein zynisches »Ach ja« und gehe eisern schweigend weiter, Richtung U-Bahn.

»Ich wollte das nicht, jedenfalls nicht so. Aber ich möchte gerne mit dir zusammen sein . . . Ich möchte . . . « Seine Stimme hat einen ganz neuen Tonfall angenommen, keine Spur mehr von Härte und Überlegenheit. Und mir dämmert, dass er zum ersten Mal kurz davor ist, etwas von sich preiszugeben.

»Hör mal, das Ganze war nicht meine Idee. Toni, du kannst doch jetzt nicht einfach so weglaufen.«

Na klar kann ich, denke ich und gehe wieder schneller.

Interessiert mich nicht, dass er plötzlich so andere Töne anschlägt. Außerdem, was soll das denn bedeuten, es wäre nicht seine Idee? Will er jetzt etwa auch noch die Schuld auf seine tollen Freunde schieben? Macht man das so als wahrer Satanist?

Leider kann ich den Mund dann doch nicht halten. »Ich hätte nicht gedacht, dass du ein solcher Loser bist, der sich von anderen rumkommandieren lässt!« Meine Wut und Enttäuschung lassen meine Worte bitter klingen.

Doch Valle grinst erleichtert. Mist, ich hätte schweigen sollen.

»Das liebe ich so an dir. Deine direkte Art!«

»Ach, und weil du mich so liebst, spielst du fiese höllische Spielchen mit mir?«

Valle dreht seine Hände entwaffnend nach oben. »Es war eine Scheißidee, okay. Aber als du vorgeschlagen hast, etwas zu klauen, dachte ich, es wäre gut, dich dorthin zu dirigieren, wo Thor arbeitet. Damit dir auf keinen Fall etwas passiert.« Er sieht mich von der Seite an. Ich kann seinen Blick förmlich spüren, doch ich starre stur geradeaus.

»Deshalb habe ich Thor verraten, dass du kommen wirst. Er gehört auch zu unserer Gruppe. Aber Giltine und Thor haben daraus dann etwas ganz anderes gemacht. Meinten, das wäre eine Art Aufnahmetest. Wirklich, die haben das hinter meinem Rücken ausgetüftelt. Und glaub mir, ich fand das genauso beschissen wie du!«

»Wenn du's gewusst hättest, hättest du nicht mitgemacht?« Nun starre ich direkt in seine blaugrünen Seehimmelaugen und hoffe, dass ich dort die Wahrheit finden kann.

»Natürlich nicht«, kommt es nicht gerade besonders überzeugend über seine Lippen.

»Warum hast du mir nicht von Anfang an erzählt, dass du zu einer Gruppe gehörst?«

»Weil das für mich nicht wichtig war. Diese Gruppe ist nicht mein Leben.« Seine Stimme wird zu einem Flüstern. »Ich habe wirklich gute Gründe dafür«, seine Stimme wird noch leiser, »aber ich kann es dir nicht . . . Toni, ich kann dir nicht alles erzählen.« Jetzt räuspert er sich und spricht wieder viel lauter, als wäre ihm der letzte Satz unangenehm, als wolle er ihn schnell vergessen machen. »Hör zu, heute Abend findet eine Messe statt. Und ich darf dich mitbringen.«

»Kein Interesse. Ich habe genug von euren doofen Spielchen.«

»Ich verspreche dir, es wird nichts Schlimmes passieren.«

»Und warum sollte ich dorthin gehen?«

»Weil es unglaubliche Energien freisetzt.« Valle zögert, schaut mich prüfend an, so als ob er nicht sicher wäre, dass ich seine Worte verstehen würde.

»Ach! Und werden dabei noch mehr Fotos geschossen, die sich Giltine an die Pinnwand hängen kann?«

Valle kommt näher. »Hey, Toni, lass uns diese dumme Geschichte einfach vergessen, ja?«

Er legt seine Arme um mich, zieht mich an sich. Zuerst wehre ich mich, doch dann lasse ich es geschehen. Valles Duft steigt mir in die Nase, ich atme tief ein, lege meinen Kopf auf seine Brust, kann seinen Herzschlag spüren, und obwohl nichts vergessen ist, meine Wut nicht verraucht ist, mache ich mich dennoch nicht los.

»Du bist nicht zur Polizei gegangen und hast uns verpetzt.« Er flüstert mir die Worte ins Ohr. »Sieh das Ganze einfach mal als Lernerfahrung. Du weißt jetzt, dass nicht alles so ist, wie es scheint.« Er lacht leise, schaut mir in die Augen. »Du hast erlebt, wie leicht man manipuliert werden kann. Und fühlst du dich nicht gerade eben jetzt sehr lebendig? Spürst du, wie du lebst? Fühl mal, wie wild dein Herz klopft.« Seine rechte Hand streichelt die Schlagader an meinem Hals.

Ich möchte protestieren, weiß, dass ich lebe, auch ohne so einen Wahnsinn, doch er verschließt meine Lippen mit seinen, flüstert, ohne sie wieder wegzunehmen: »Komm mit zu der Messe. Sei neugierig! Vertrau mir.«

»Du hast doch gesagt, so etwas machst du nicht?«

Er küsst jetzt abwechselnd meine Augenlider, meine Ohren, meine Nasenspitze. Ab und zu werden wir unsanft von Passanten angerempelt, denen wir im Weg stehen, aber es macht mir nichts aus, solange Valle mich festhält.

»Warum gehst du zu dieser Messe?«, murmle ich.

Er löst sich einen Moment von mir, streicht mir ganz sanft mit dem Finger über die Wange, schaut mich an. »Vertrau mir, Toni«, flüstert er noch einmal. »Keine lächerlichen Blutrituale, das alles ist mir genauso zuwider wie dir. Aber es gibt einen Grund, warum ich zu dieser Messe gehen muss.«

»Wer sagt mir, dass ihr dort nicht schon den nächsten Horror für mich vorbereitet habt?«

»Ich. Komm für mich mit. Danach kannst du immer noch entscheiden, was du tun willst. Komm einfach mit . . . für mich.«

Er legt so viel Wärme und Zärtlichkeit in seine Seehimmelaugen, dass ich kurz davor bin zu nicken, doch dann wird mir klar, was hier geschieht.

Toni, wach auf!

Genügen ein paar Küsse, um dir das Hirn zu vernebeln? Was ist, wenn Valle dich ein zweites Mal wie eine Spielfigur hin und her schiebt?

Plötzlich kommt mir eine Idee. Was, wenn ich diesmal der Spielverderber bin? Was, wenn ich den Spieß einfach umdrehe?

Ich stelle mir vor, wie ich Giltine mit verschränkten Armen gegenüberstehe und ihr eiskalt ins Gesicht lache. Ich habe zwar keine Ahnung, wie es zu dieser Szene kommen soll, aber es fühlt sich trotzdem gut an. Und dazu muss ich das Risiko eingehen und mir anschauen, was die bei ihrer Messe treiben. Dann erst kann ich sie mit ihren eigenen Waffen schlagen! Und Valle beeindrucken.

»Ist das ein Ja?«, fragt Valle und küsst mich auf die Stirn. »Dann hole ich dich um drei Uhr heute Nacht ab.«

Ich starre ihn für einen Moment verwirrt an. »Um drei Uhr?«

»Das ist eine gute Zeit, da schlafen anständige Christen.« Valle lächelt. »Die Zeit, in der man am besten mit Luzifer kommunizieren kann.«

Er küsst mich ein letztes Mal und geht davon. Erst jetzt fällt mir auf, dass winzige Eiskristalle vom Himmel fallen, die Laternen schon angegangen sind, mir kalt ist und ich müde und hungrig bin.

Langsam mache ich mich auf den Weg zur U-Bahn-Haltestelle. Und obwohl ich es nicht wahrhaben will, macht sich in meinem Bauch ein heißes Prickeln breit.

Satanisten glauben an Rache? Na bitte, sollen sie haben! Ich weiß zwar noch nicht, wie, aber ich fühle mich gleich sehr viel besser. Vielleicht kann ich meine Erlebnisse in dieser Teufelsmesse in einen richtig gruseligen Text für die Grunks verwandeln. Einen, der sogar Roberts Songtexte toppt und dabei gleichzeitig die Satanisten lächerlich macht.

Und von aller Rache mal abgesehen, bringt mich der Gedanke daran, was Schwallfi dazu sagen würde, zum ersten Mal seit zwei Tagen wieder zum Lachen. Eine gute Entscheidung.

Toni, here she comes!

...ch of Satan or downloaded
...ay be invalid.

APPLICATION FOR ACTIVE MEMBERSHIP

Provide accurate answers to all questions to the best of your ability. All data is held in strict confidence.
False answers are grounds for immediate termination of membership.

PART I

Complete legal Name:_____

Mailing Address:_____

Telephone:_____

Email:_____(required if you wish to be included on the i-Bulletin list)

Sex:_____ Date of Birth:_____

Place of Birth:_____

Height:_____ Weight:_____ Color of Eyes:_____ Color of Hair:_____

Marital Status:_____

Name, Birthdate, and Birthplace of Spouse (if married):_____

Number of Children/Ages:_____

Previous Religious Affiliations and Offices:_____

Nationality:_____ Ethnic Background:_____ Current Citizenship:_____

Educational Background and Degrees:_____

Present Occupation:_____

Special Interests, Talents, Abilities:_____

Hobbies or Collections:_____

I am interested in participating in Special Interest Groups (Internet access required): ____Yes ____No
I am interested in participating in contact with local Active Members: ____Yes ____No
I am interested in training to serve as a contact point or media representative in my area: ____Yes ____No

PLEASE ENCLOSE A RECENT PHOTOGRAPH WITH THIS MEMBERSHIP APPLICATION

Warum ich Mitglied der Church of Satan werden möchte?

Eine schwachmatische Sache, so ein Aufsatz. Wie in der Schule. Ich könnte hier alles hinschreiben, euch ordentlich was vorschleimen, zum Beispiel darüber, wie sehr ich den Doc verehre, oder anderen Schwachsinn. Ich könnte die einzelnen satanischen Statements interpretieren und ganz nebenbei auf einige Schwachstellen hinweisen, aber mal ehrlich, wem wäre damit gedient? Ich könnte das Ganze auch von jemand anderem verfassen lassen und nur unterschreiben. Was gibt euch die Sicherheit, dass der Unterzeichnende auch der Verfasser ist? Und genau deshalb verweigere ich diese Aufgabe, denn sie beleidigt meine Intelligenz.

Diese meine Intelligenz verbietet mir auch, daran zu glauben, dass Satan ein lächerlich bockbeiniger, ziegenbärtiger Kerl ist, weshalb ich vorschlagen würde, das Baphomet zu ändern. In die Mitte sollte kein Ziegenbockkopf, sondern das Porträt eines schönen jungen Mädchens sein oder wenigstens das von einem Adonis.

In der Anlage schicke ich mal einen Entwurf mit. Nicht übel, oder? Da auch der Doc ein überragend intelligenter Mann war, bin ich sicher, dass er begeistert wäre, wenn sich endlich jemand nach über vierzig Jahren traut und den Staub vom Emblem fegt. Auch euer Internetauftritt erinnert an all die alten Kerle, die heutzutage eine Harley-Davidson fahren. Man könnte glauben, ihr denkt, dass Satan längst tot ist. Dabei lebt er.

So wie ich lebe – oder besser gesagt: weil ich lebe?

»Hier oben funktionierte mein Handy nicht. Ich musste runter zur Darsberghütte, fotografierte mein Geschenk, markierte den Weg mit Stofffetzen, die ich aus meinem Umhang riss, rannte zur Hütte, wo ich sie anrief und meine Anweisungen gab. Dann dankte ich dem Bringer des Lichts für diese Gabe.«

11

Als um kurz vor drei Uhr das Handy neben meinem Ohr vibriert, reißt es mich aus einem düsteren Traum. Ich stand auf einer Bühne und konnte keinen Ton herausbringen. Die Band wartete hinter mir, und als ich nicht anfing zu singen, begannen sie zu lachen, sie lachten mich aus und am lautesten lachte Robert.

Noch ganz benommen setze ich mich im Bett auf. Doch als mir wieder einfällt, warum ich den Wecker gestellt habe, bin ich schlagartig wach.

Leise ziehe ich mich an, erwarte jeden Moment, dass Schwallfi aufs Klo schlurft und mich erwischt, aber es bleibt still in der Wohnung – sogar als ich den Schlüssel umdrehe und die Tür zum Hausflur aufsperre und es mir so vorkommt, als würde das Klirren des Schlüsselbunds sich anhören wie Heavy Metal.

Ich schleiche auf Socken aus der Wohnung, versuche, die Tür so sanft wie möglich zu schließen, und ziehe mir erst im Treppenhaus die Schuhe an.

Irgendwie wundert es mich, dass das so problemlos geklappt hat. Heißt es nicht immer, Mütter hätten so etwas wie einen sechsten Sinn?

Valle steht schon unten vor unserer Haustür.

»Ganz schön kalt für November, oder?«, sagt er und lächelt mich an, doch sein Lächeln wirkt gequält.

»Und wo ist deine Kutte?«, frage ich.

»Wir halten unsere Messe immer nackt ab.« Jetzt wird sein Grinsen spöttisch.

»Wir müssen dort drüben lang.« Er geht neben mir zur Straßenbahnhaltestelle.

Die Stimmung zwischen uns ist seltsam angespannt, trotz des Scherzes. Er holt ein paarmal Luft, als wollte er etwas sagen, bleibt dann aber stumm und ich denke nicht daran, ihm die Genugtuung zu geben nachzufragen. Kurz bevor wir an der Haltestelle angelangt sind, sagt er dann doch etwas. »Eigentlich müsste ich dir die Augen verbinden. Du darfst erst dann sehen, wo unser Ritualraum ist, wenn du endgültig zu uns gehörst, zum Orden V.I.S., dem Vivat Imperium Satanas. Aber ich vertraue dir. Ich . . .«

Er verstummt, weil in diesem Augenblick die Tram die Haltestelle erreicht und wir einsteigen.

Wir fahren mit der Nachttram Richtung Schwabing. Außer uns sitzen nur einige wenige Betrunkene und Obdachlose in der Bahn. Auf dem Boden sind Pfützen, die nach Bier stinken.

»Toni!« Valle nimmt meine Hand und hält sie sehr fest. »Wenn diese Messe vorbei ist, dann muss ich mit dir reden. Kannst du ein Geheimnis für dich behalten?«

»Ein Geheimnis? Warum sagst du's mir nicht jetzt gleich?«, sage ich schnippisch.

»Weil du keine gute Schauspielerin bist und es deshalb zu gefährlich für dich wäre.« Er drückt meine Hand noch einmal und lässt sie dann los.

Jetzt bin ich verwirrt. Ich weiß nicht, womit ich genau gerechnet habe. Damit bestimmt nicht.

»Aber . . .«

Er schaut sich in der Tram um, als wäre er ein Spion, der gleich irgendwelche Staatsgeheimnisse verraten wird, dann schüttelt er den Kopf. »Toni, ich hab schon zu viel riskiert, um jetzt alles zu ruinieren. Und was noch schlimmer ist, ich hab dich mit reingezogen. Das hätte ich niemals tun dürfen. Versprich mir, dass du gut auf deine Schwester aufpasst, ja?«

»Was hat denn Kati damit zu tun?« Ich verstehe nur Bahnhof, aber jetzt wird mir mulmig zumute.

»Valle . . .«, beginne ich.

»Wir sind da.« Er springt auf und geht mit mir zur Tür.

»Valle, jetzt sag schon, was ist los?« Mein Gefühl im Bauch weitet sich zu Panik aus, aber Valle ignoriert mich einfach.

»Es dauert nicht mehr lange.« Wir steigen aus und gehen ein großes Stück zu Fuß, bis Valle schließlich am Seiteneingang einer Kirche stehen bleibt. »Hier ist es.«

»In einer Kirche?« Ich weiß nicht genau, welchen Ort ich mir für so eine satanische Messe vorgestellt hatte, aber ich muss zugeben, dass ich das nun ziemlich daneben finde. Ziemlich sehr daneben. Außerdem erkenne ich jetzt, dass es die St.-Angela-Kirche ist. Die Kirche, deren Gemeinde unser Erntedank-Konzert bezahlt hat. An dem Abend, als Valle wieder aus der Versenkung aufgetaucht ist.

»Ich verstehe, dass es dir merkwürdig vorkommt. Sieh es doch mal so: Die meisten Kirchen sind an magischen Orten gebaut worden. Wer weiß, vielleicht ist diese Kirche auf den Fundamenten irgendwelcher germanischer oder keltischer oder weiß der Geier was für Kultstätten erbaut worden.«

»Trotzdem . . .«

Valle zieht eine Taschenlampe aus seiner Jacke und hält sie sich so unters Gesicht, dass er wie ein Monster aussieht.

Er nickt. »Tut mir leid, ich muss dir diese Augenbinde umlegen, für den Fall, dass uns jemand beobachtet.« Valle gibt mir die Taschenlampe, holt ein schwarzes Tuch aus der Hosentasche, legt es über meine Augen und verknotet es. Dann greift er wieder nach der Lampe.

»Geht es so?«

Ich antworte nicht. Plötzlich drängt etwas in mir instinktiv zur Flucht, ich will mich losreißen, will hier nur weg, weg von alldem. Ja super Toni, gib hier das Baby, renn heim zu Mami, wenn's ernst wird.

Ich hole tief Luft und versuche, mich daran zu erinnern, warum ich eigentlich mit auf die Messe gehen wollte. Okay, die Typen um diese bescheuerte Giltine wollen Spielchen spielen? Na dann! Ich würde nicht kneifen!

Valle nimmt mich am Arm, öffnet die dicke Holztür, die ohne jedes Quietschen aufschwingt.

»Vorsicht, es geht jetzt viele Stufen nach unten. Die Treppen sind sehr alt, gewunden wie ein Schneckenhaus und total krumm.« Er nimmt meine andere Hand. »Hier ist ein Eisengeländer, halt dich dort fest, ja?«

Es strengt mich so an, nicht hinzufallen, dass ich anfange zu schwitzen – dabei fühlt sich das Geländer unglaublich kalt an, als würde ich mich an Eiszapfen festklammern.

Die Treppe kommt mir endlos vor. Mit jedem Schritt dringt mehr frostige Feuchtigkeit durch meine Jacke, meine rechte Hand wird langsam taub vor Kälte.

Endlich erreichen wir das Ende der Treppe, dort wenden wir uns nach links und gehen weiter. Obwohl der Boden betoniert zu sein scheint, riecht es nach feuchter Erde und nach etwas widerlich Süßlichem. »Was stinkt denn da so ekelhaft?«

»Verwesende Ratten, denk lieber nicht dran.«

Wir biegen mal rechts, mal links ab, ich versuche, mir das

zu merken, bin aber so damit beschäftigt, nicht zu stolpern, dass ich mich nicht wirklich darauf konzentrieren kann.

Plötzlich hält Valle inne, klopft in einem merkwürdigen Rhythmus an eine Tür, die, das höre ich an einem leichten Knarzen, langsam geöffnet wird.

Valle zieht mich hinter sich her in einen Raum, der mir nach dem eiskalten Flur fast heiß vorkommt. Würzig holzartiger Duft dringt an meine Nase, vermischt sich mit dem Geruch nach nassen Teeblättern und die Luft wirkt verbraucht, es riecht wie in unserem Klassenzimmer nach einer Doppelstunde Mathe.

Dann wird mir die Augenbinde abgenommen und ich bin im ersten Moment wie geblendet, obwohl der Raum nur vom Licht vieler brennender schwarzer Kerzen erhellt ist. Deshalb erkenne ich erst nach ein paar Sekunden, dass alle der Anwesenden tatsächlich schwarze Kutten tragen. Thor Friedrichsen ist auch unter ihnen. Am Ende des Raumes entdecke ich Giltine. Unwillkürlich verschränke ich meine Arme. Vor dcm Kerzenhintergrund wirkt sie in ihrer glänzenden Kutte mit der Kapuze fast wie eine schwarze Madonna.

Sie steht am Ende des Raumes vor einer Wand, die mit dem gleichen Wandbehang wie in Valles Zimmer geschmückt ist: ein riesiges Baphomet, das umgedrehte Pentagramm mit dem Ziegenbockkopf. Davor befindet sich ein schwarzer Altar, auf dem ein armdicker silberner Kelch steht, groß wie eine Babybadewanne. Daneben liegt ein reich geschmücktes Schwert mit einer Schneide, die fast so lang ist wie ich. Wozu braucht man so ein großes Schwert? Unwillkürlich muss ich doch an Blutopfer denken.

Komischerweise gruselt mich das aber gar nicht, sondern ich spüre ein aufgeregtes Kribbeln im Bauch wie bei unseren Bandauftritten, kurz bevor ich auf die Bühne muss.

Im Hintergrund läuft Musik, die mich irritiert, weil ich sie eher im Esoterikladen vermutet hätte als hier, eine Art atmosphärisches *Klingklongklong*. Plötzlich kommt mir das alles vor wie ein absurdes Theaterstück, eine Art Show, in der sich schüchterne Typen maskieren, um sich dann mordswichtig zu fühlen. Aber Valle hat so was nicht nötig. Warum macht er hier mit? Wenn ich nur wüsste, was er vorhin in der Tram gemeint hat.

Schweigend warten die anderen darauf, dass wir unseren Platz einnehmen. Valle bedeutet mir, neben ihm stehen zu bleiben, dann nickt er Giltine zu.

Thor reicht Giltine eine große silbern schimmernde Glocke, die sie sechsmal schlägt.

»Sechs Minuten Silentium!«

Wieso reden die Latein? Überhaupt, warum hat die Gruppe einen lateinischen Namen? Ist Luzifer altmodischer als der Papst?

Alle schließen ihre Augen und plötzlich erscheint mir der Raum noch stiller als eben. Dabei wird die Musik lauter und geht in ein merkwürdig bedrohliches Knistern über, das in gewaltigen Paukenschlägen mündet.

Plötzlich erkenne ich, was das ist. Richard Strauss, »Also sprach Zarathustra«. Schwallfi hat die CD.

Ich öffne meine Augenlider gerade so weit, dass ich etwas sehen kann.

Giltine denkt offensichtlich nicht daran, ihren eigenen Anweisungen zu folgen. Auch sie hat die Augen offen, zupft an ihrer Kutte herum, schlägt die Kapuze zurück und drapiert ihre langen Haare über der Schulter. Dann kontrolliert sie, ob alle Gruppenmitglieder die Augen geschlossen haben. Ob sie gesehen hat, dass ich sie beobachte? Mein Herz klopft schneller, als sie vor mich tritt, aber natürlich habe ich jetzt die Augen geschlossen, sie geht sofort weiter.

Kaum ist sie weg, spähe ich wieder zu ihr hinüber. Und dann tut sie etwas sehr Merkwürdiges: Sie läuft zum Wandbehang, zieht ihn zur Seite und flüstert etwas, als würde dort jemand stehen. Ihre Schultern zucken, ich kann nicht wirklich etwas hören, vielleicht ein leises Zischen, dann lässt sie das schwere Tuch fallen und stellt sich in Position. Ich kneife meine Augen zusammen; der Wandbehang hängt ganz glatt herunter, dort kann eigentlich niemand stehen. Jedenfalls kein Mensch. Mir läuft ein Schauer über den Rücken.

Kann es sein, dass sie mit einem Geistwesen gesprochen hat? Nein, Quatsch, hey, Toni, cool bleiben.

Alles nur Maskerade. Oder doch nicht?

Ich betrachte noch einmal das Baphomet mit dem hässlichen Ziegenbockkopf. Und plötzlich – ich muss mich sehr beherrschen, um die Augen nicht weit aufzureißen – bilde ich mir ein, dass der Ziegenbock mich anschaut, sein Blick trifft mich, seine Augen sind lebendig, bewegen sich.

Ob sie vielleicht Drogen oder irgendein Gas hier im Raum verteilt haben, die Sinnestäuschungen hervorrufen?

Giltine schlägt wieder die Glocke, alle öffnen die Augen und schauen sie an.

Sie streckt ihre Arme nach oben, Arme, die sich seltsam weiß und nackt von ihren schwarzen Kuttenärmeln abheben. Mit lauter Stimme fängt sie an zu sprechen:

»Schwarzes Licht,
Schwarze Flamme,
Schwarzes Feuer,
erleuchte unseren Geist
unendlich
unbegrenzt
atme durch uns ein und aus
ein und aus

ein und aus . . .«

Beim »ein und aus« atmen alle hörbar ein und aus, ich atme unwillkürlich mit, schiele dabei zum Wandbehang, ja, diese Augen sehen aus wie echt. Oder könnte es sein, dass dieser Wandbehang Glasaugen hat?

Ich atme automatisch mit der Gruppe mit, weiß nicht, wie lange wir das tun, aber ich merke, wie ich immer ruhiger werde. Egal, ob dort echte Augen sind, egal, ob Valle Luzifer anbetet, egal, dass ich eigentlich hier bin, um mich an Giltine und ihren beiden Gruppen zu rächen, egal, egal, egal.

Es ist so, als ob ich nur mit meinem Atem allen Ballast aus meinem Kopf hinausschaffen könnte.

»Ein und aus

ein und aus . . .«

Dann schlägt Giltine sechsmal mit der Glocke und ich fühle mich unglaublich wach.

Giltine wendet sich zum Altar, malt ein Pentagramm in die Luft, dreht sich wieder zu uns und ruft, wobei sie ihre Arme hebt:

»Centum Regnum Chiamata Di Lucifero,

Luzifer!«

Alle Anwesenden wiederholen den Namen Luzifer und es kommt mir wie die natürlichste Sache der Welt vor, Luzifer zu rufen. Dann geht es weiter mit Ouia, Kameron, Alisco, Poemi, Oriet, Magreuse und es folgen noch viele weitere, die ich auch noch nie gehört habe, und es endet damit, dass Giltine sich einmal um sich selbst dreht, ein großes Schwert vom Altar nimmt und auch mit diesem ein Pentagramm in die Luft schlägt. Dabei verfällt sie in eine Art Sprechgesang:

»Venite Luzifer!«

Und die Gruppe fällt ein und singt:

»Heil dir, Satan!«

Dann wieder Giltine:

»Venite Belial!«

Und die Gruppe:

»Heil dir, Satan!«

Schließlich schlägt Giltine wieder die Glocke, verbrennt Weihrauch und deklamiert:

»Ich opfere dir den Weihrauch als das Reinlichste, das ich gefunden habe, oh großer Luzifer. Oh Kaiser Luzifer, Prinz der rebellischen Geister, ich bitte dich, dass du, egal wo du auf dieser Welt gerade bist, mit mir redest!«

Die Luft ist mittlerweile sehr schwer vom Rauch der schwarzen Kerzen und den Aromen des verbrannten Weihrauchs.

Mir ist schwindelig, aber gleichzeitig bin ich so wach und kribbelig, als hätte ich vier Liter Cola getrunken.

Danach beschwört Giltine »das schwarze Licht des Mondes« und wirft ihre Kutte dann so dramatisch von sich, dass ich wieder etwas zur Besinnung komme. Was, wenn das doch nicht alles nur Show ist? Vielleicht ist sie nackt und ihre Nacktheit soll das Signal zu einer Orgie sein?

Doch unter der Kutte trägt sie nur einen tief ausgeschnittenen schwarzen Lederoverall, in dem sie mich an eine dickere Version von Lara Croft erinnert. Ihr Haar scheint plötzlich zu leuchten.

Sie nimmt das Schwert und hält es sich vor ihr Dekolleté.

»Der Prinz der Finsternis ist da.

Ich höre seinen Atem,

das Weltenfeuer!

Ich fühle seine Kraft,

Luststrom der Leidenschaften!

Ich spüre sein Licht,

Strom der Erkenntnis!

Heil dir, Satan!«, jubelt sie und verneigt sich tief, als wäre ein Fürst hereingekommen.

Die anderen verneigen sich ebenfalls. Ich gehe auch in die Knie und schaue mich dabei verstohlen um. Wenn Satan hier ist, muss er unsichtbar sein. Tatsache ist jedoch, dass von irgendwoher plötzlich Kälte durch den Raum weht. Die Hölle habe ich mir immer heiß vorgestellt. Alle meine Haare stellen sich auf, doch nicht von der Kälte.

»Wir wollen Reichtum!«, jubelt Giltine.

Und die Gruppe antwortet: »Wir werden Reichtum haben.«

»Wir wollen Sex!«, singt Giltine

»Wir werden Sex haben!«, antwortet die Gruppe.

Giltine zählt dann noch viel mehr auf, Macht, Klugheit, Tod den Verrätern, Rache den Unwürdigen, Kampf den Schwachen und dann noch mal Tod den Verrätern, immer wieder Tod den Verrätern. Ich verliere den Überblick und merke, dass meine Beine zu zittern beginnen, fast als wäre ich stundenlang gejoggt.

Schließlich spricht sie noch so etwas wie ein Gedicht von den neun Pforten, dazu läuft wieder Musik im Hintergrund. Schließlich schlägt sie mit dem Schwert über den Kelch ein Pentagramm in die Luft und sagt: »Ich weihe dich Luzifer.« Danach geht sie zu jedem Einzelnen der Gruppe, hält ihm den Kelch hin, und während er trinkt, schlägt sie ein Pentagramm über dessen Kopf und sagt: »Ich weihe dich im Angesicht Satans.«

Als sie vor mir steht und mich mit ihren Pharaonenaugen anschaut, zucken Lichtstrahlen durch meinen Kopf, als ob sie wirklich die Macht hätte, Blitze zu schleudern.

Während sie das Pentagramm über meinem Kopf schlägt, kommt es mir so vor, als würden sich die fünf Spitzen in meinen Schädel bohren. Ich setze den schweren Kelch an meine Lippen. Frage mich, ob ich damit nicht wirklich meine Seele dem Teufel verkaufe, schaue wie in Trance noch mal zum Baphomet – und wirklich, es kommt mir so vor, als würde mich der alte Ziegenbock persönlich anstarren.

Giltine steht wartend vor mir, ihre Augen glühen. Jemand schubst mich und ich bilde mir ein, ein Flüstern zu hören. »Hey, Toni, scheiß drauf, du trinkst das jetzt. Alle anderen haben das ja auch getan!«

Ich kann kaum schlucken. Die Flüssigkeit schmeckt scharf, wie eine Mischung aus Hustensaft und Rotwein. Sie brennt erst im Hals, dann im Bauch und von dort verbreitet sich Hitze durch den ganzen Körper. Ich reiche Giltine den Kelch zurück. Sie hat ihre Lippen zu einem spöttischen Grinsen verzogen, was mir Angst macht. Plötzlich kommen mir meine Rachepläne lächerlich vor. Ich selbst komme mir lächerlich vor.

Nachdem auch der Letzte getrunken hat, schlägt Giltine wieder sechsmal die Glocke und alle zusammen rufen sechsmal:

»Die Welt ist Feuer! Ave Satanas!«

Valle packt meinen Arm und zischt mir etwas zu. »Toni, du musst etwas für mich tun. Bewahr das auf.« Etwas Kaltes wandert in meine Hand. »Mach alles, was von dir verlangt wird. Und wenn mir etwas zustößt, finde heraus, wozu dieser Schlüssel passt.«

In diesem Moment hat sich Thor vor mir aufgebaut. Er wedelt mit einer schwarzen Augenbinde.

»Ich bringe dich raus«, sagt er.

»Valle?«, frage ich.

»Giltine hat noch etwas mit Valle zu besprechen«, erwidert Thor. Valle nickt, doch da greift Thor schon in mein Haar und schnürt das Tuch so fest, dass es schmerzhaft auf die

Augäpfel drückt. Als ich protestiere, murmelt er etwas von kleinen Mädchen, die sich anstellen, lockert aber den Knoten wieder etwas. Ich nutze den Moment, um den Schlüssel von Valle in meiner Hosentasche verschwinden zu lassen.

Einen Moment später werde ich nach draußen in den Gang gezerrt. All das passiert so schnell, dass ich überhaupt keine Zeit habe, einen klaren Gedanken zu fassen.

Was hat Valle mir da eben in die Hand gedrückt? Und was hat er damit gemeint, dass ihm etwas zustoßen könnte? Das klingt für mich ein bisschen zu sehr nach einem schlechten Tatort.

Plötzlich habe ich das Gefühl, hier unten zu ersticken. In mir macht sich ein furchtbares Angstgefühl breit, während ich mich den Gang vorantaste. Thor nimmt keinerlei Rücksicht auf mich, sodass ich ständig stolpere.

Ich komme mir ausgeliefert vor, tappe neben Thor her und versuche, ihn so wenig wie möglich zu berühren. Was, wenn er mich gar nicht nach oben bringt? Sondern in einen anderen Keller, um das zu tun, was er mir im Aufzug mit seinem miesen Grinsen vorgeschlagen hat? Der Gedanke lässt mich erstarren.

»Wenn du zu uns gehören willst, musst du noch etwas härter im Nehmen werden«, flüstert Thor in mein Ohr, wobei sein Atem meine Ohrmuschel befeuchtet.

»Wie hart?«, frage ich und gebe mir alle Mühe, so zu tun, als wäre genau das mein Ziel.

Er lacht auf. »Es gibt noch einige Tests zu bestehen.«

»Wieso eigentlich?«

Thor bleibt stehen und presst sich von hinten an mich. Angeekelt versuche ich, mich ein Stück von ihm zu entfernen, doch er hält mich fest. »Weil wir, das Vivat Imperium Satanas, keine von diesen Freizeitteufelsanbetern sind. Wir leben

V.I.S., wir sind die Besten und deshalb nehmen wir auch nur die Besten. Diejenigen, die es schaffen, uns davon zu überzeugen, dass sie wie wir Auserwählte sind. Die alles tun, um den Weg der Erkenntnis zu gehen.«

Dass Thor, dieser Möchtegern-Bruce-Willis, auserwählt sein soll, würde mich unter anderen Umständen sicher zum Grinsen bringen, aber mit ihm allein irgendwo in einem Keller, durch eine Augenbinde zur Blindheit verdonnert, verkneife ich mir jeden Kommentar. Und versuche lieber, mich von ihm loszumachen.

»Und was heißt alles?«

Thor lacht meckernd. »Alles heißt alles Vorstellbare.«

Bei meinem Versuch, mich aus seinem Griff zu winden, stolpere ich über etwas im Boden und falle hart auf die Knie. Versuche, mich abzustützen, aber es misslingt, ich schramme mit den Händen über eine rostige Eisenfläche und reiße mir die Haut auf. Ich verbiete mir jegliche Schmerzensäußerung, weil ich den Eindruck habe, dass Thor mich sehr genau beobachtet. Stehe sofort wieder auf. Bloß nicht vor Thor auf dem Boden liegen.

Ein Gutes hat mein Sturz doch gehabt: Die Augenbinde ist verrutscht. Ich kann trotz des Stoffes etwas erkennen. Immerhin.

»Meinst du nicht, ich bin schon genug getestet worden?«, frage ich und versuche, so viel Ironie wie möglich in meine Stimme zu legen.

»Der Test in der Tiefgarage war nicht für dich, sondern für Valle bestimmt«, erwidert er. »Wir wollten sehen, ob er es schafft, dich dorthin zu bestellen, und ob er dichthält.« Er lacht schon wieder, so, als wäre er der lebendig gewordene Ziegenbockkopf aus dem Pentagramm.

Ich atme scharf ein. Valle hat mich nicht angelogen. Es war

tatsächlich ein abgekartetes Spiel! Aber es hatte nicht etwa mir, sondern ihm gegolten!

Ich denke an seine Worte in der Tram.

»Ich hab dich mit reingezogen.

Das hätte ich niemals tun dürfen.«

Wieder versuche ich, mich loszumachen, aber ich habe keine Chance.

Thor beugt sich vor. »Du bekommst eine andere Aufgabe. Etwas Spezielles«, flüstert er heiser.

»Und was soll das sein, das Spezielle?«, fauche ich.

»Von dir wollen wir deine Schwester. Denn sie hat den Atem des Teufels.«

Ich bin straucheln

Bestes Brüderchen von allen, es kann sein, dass du nie wieder Post von mir bekommst. Dann musst du wissen, ich habe es bewusst getan, dann darfst du nicht traurig sein, versprich mir das.

Ich habe ihm gesagt, dass ich nicht länger dulden werde, was er hier im Internat treibt. Ich habe ihn dabei mit meinem neuen Handy gefilmt und diese Filme muss ich dem Rektor zeigen, auch wenn es wie petzen aussieht. Glaub mir, es gibt keine andere Möglichkeit, ihn zu stoppen.

Außerdem habe ich den Schlüssel zu seinem Schrein geklaut und nachmachen lassen. Er ist so schlau und bewahrt seinen Schrein hinter seinen Büchern versteckt auf. Aber ich hab ihn trotzdem gefunden und ganz ehrlich - du möchtest dort lieber nicht reinschauen.

Seine Maske ist perfekt, niemand würde glauben, was ich über ihn weiß. Er wirkt völlig harmlos, dabei gibt es nur eine Sache, für die er sich brennend interessiert, und das ist Macht.

Ich höre, dass jemand vor meiner Zimmertür herumschleicht. Ich werde diesen Brief jetzt lieber zu meinem Tutor bringen. Er ist der Einzige, den ich noch nie in seinem Dunstkreis gesehen habe. Ich glaube, ich kann ihm vertrauen.

Ich hab dich lieb.

Dein Leon.

»Sie kam schnell und führte meine Befehle präzise aus, sodass ich mein Geschenk sicher nach unten bringen konnte, wo man uns voller Spannung erwartete.«

12

Von dir wollen wir deine Schwester!

Für einen Moment bin ich völlig verwirrt, doch plötzlich fällt mir das Foto an Giltines Pinnwand ein, das Foto von Kati und mir.

»Kati hat doch mit alldem nicht das Geringste zu tun.«

»Aber sie hat den Atem des Teufels!«

Thor klingt ehrfürchtig, ohne jegliche Belustigung in der Stimme.

Den Atem des Teufels? Das ist doch verrückt.

Okay, Valles Gerede davon, wie frei Satanisten im Denken sind und wie mordsrebellisch – das klang ja vielleicht noch logisch. Aber das hier?

Mir wird übel. Das Ganze hier kommt mir plötzlich auf eine gefährliche Art und Weise unkontrollierbar vor.

Wir erreichen die Treppe, und während ich an Thors Arm die Stufen hochstolpere, rasen mir Valles Andeutungen durch den Kopf, die Art, wie er mir den Schlüssel in die Hand gedrückt hat. Das merkwürdige Getränk aus dem Kelch kommt mir wieder hoch, mir ist schwindelig.

Endlich sind wir am Ende der Treppe, Thor schiebt mich durch die Tür nach draußen, ich sauge die Luft ein und reiße mir die Augenbinde ab.

Es dämmert schon.

Es dämmert?

Oh Mann, dann muss ich jetzt sofort nach Hause, meine Mutter kocht bestimmt schon die Eier fürs Frühstück. Und das erscheint mir in diesem Moment so unglaublich tröstlich, so unglaublich normal, dass es mir die Tränen in die Augen treibt.

»Hey, wann du wieder sehen darfst, das entscheide ich!« Thor kommt näher, schnappt mich und bindet mir das Tuch wieder um.

»Ich muss sofort nach Hause. Meine Eltern flippen aus, wenn die merken, dass ich in der Nacht nicht da war.« Ich gebe mir Mühe, das Zittern in meiner Stimme zu unterdrücken.

»Heim zu Mutti? Und du willst eine Satanistin sein?«

Nein, will ich brüllen, das will ich nicht, aber ich kann mich gerade noch bremsen, wer weiß, was Thor dann mit mir anstellt, inzwischen traue ich diesen Typen alles zu.

Also gebe ich vor, sein Spiel mitzuspielen, doch ich muss fast würgen, als er mich über die Straße zerrt, so hilflos fühle ich mich, blind, ihm ausgeliefert. Inständig hoffe ich, dass er mir an der Straßenbahnhaltestelle endlich die Augenbinde abnimmt, das fällt doch auf, es muss mindestens schon halb acht sein, da sind jede Menge Menschen unterwegs.

Ich höre eine Straßenbahn heranrattern, die muss ich unbedingt kriegen, muss endlich weg von diesem ganzen Irrsinn.

Ich reiße mich los, zerre die Binde runter, sehe, dass die Bahn in die richtige Richtung fährt.

»Ave Satanas«, rufe ich Thor zu und laufe, so schnell ich kann.

Der spurtet sofort hinter mir her, verheddert sich aber in seiner Kutte. Er holt mich deshalb erst kurz vor der Haltestelle ein. »Ich hab dir gesagt, ich entscheide, wann du wohin gehst!«, keucht er in mein Ohr und packt mich am Arm.

Die Straßenbahn fährt ein und bremst.

»Lass mich sofort los«, zische ich ihm zu, »sonst schreie ich und behaupte, dass du mich belästigst. Bei deinem Outfit glaubt mir das jeder.«

Thor schaut an seiner Kutte hinunter, dann grinst er plötzlich breit und lässt mich los. »Vielleicht wird das doch noch was mit dir. Klar, beim Anblick von so einer Mönchskutte glaubt jeder sofort das Schlimmste. Das haben sich die Christen selbst zuzuschreiben.«

Die Türen öffnen sich, ich steige ein, bleibe am Eingang stehen. Halte die Luft an, weil ich Angst habe, dass Thor mir folgt, aber er bleibt zurück und winkt dann salbungsvoll, als wäre er mein Beichtvater.

Ich lasse mich auf einen Sitz fallen und überlege verzweifelt, was für ein Märchen ich zu Hause erzählen kann. Klar übernachte ich öfter mal bei Freunden, aber ich muss vorher Bescheid sagen – eine bescheuerte Idee von Schwallfi, dem Kontrollfreak, angeblich, damit sie immer wissen, wo wir sind. In Wirklichkeit ist das nur eine weitere Maßnahme, um mir das Leben schwer zu machen.

Ich habe noch nie ausprobiert, was passiert, wenn ich einfach mal eine Nacht wegbleibe. Könnte ich vielleicht behaupten, dass ich Schlafstörungen hatte und deshalb spazieren gegangen bin? Nein, mir kommt noch eine bessere Idee. Ich gehe beim Bäcker vorbei und tue so, als wäre ich nur beim Brötchenholen gewesen.

Als ich zu Hause mit der großen Tüte Brötchen ankomme, wartet Mama schon auf mich und überschüttet mich mit Fragen.

Wo ich gewesen bin, was mir einfällt, und selbst, als ich die

Brötchentüte hochhalte und vor ihrem Gesicht damit herumwedle, hört sie nicht auf.

»Schau dich doch mal an!« Mama hat rote Flecken im Gesicht. »Du sagst mir jetzt auf der Stelle, wo du gewesen bist. Ich hab mir solche Sorgen gemacht!«

Ich gebe ihr die Brötchentüte und schaue dabei unauffällig an mir herunter und erkenne Dreckspritzer auf meinen Stiefeln, abgewetzte Knie von dem Sturz im Gang, meine Hände sehen noch schlimmer aus, überall Schürfwunden, in denen Rostpartikel stecken.

Schwallfi kommt in die Küche.

»Die Wahrheit!«, sagt er salbungsvoll. »Wir wollen die Wahrheit.«

Jetzt reicht es mir. Können sie haben, die Wahrheit!

Ich hole tief Luft und erzähle dann, dass ich mit meinem neuen Freund auf einer satanischen Messe war.

Während ich davon berichte, kommt Kati dazu und wird ganz blass, als sie mich sieht.

»Genug jetzt«, unterbricht mich Schwallfi, »für diese Frechheit bekommst du Hausarrest. Ab sofort. Da kannst du in aller Ruhe darüber nachdenken, was du deiner Mutter mit deinem unmöglichen Verhalten und deinen dreisten Lügengeschichten antust.«

»Aber...« Kati versucht wie immer, eine Lanze für mich zu brechen. Und ich bin mir sicher, ihr ist klar, dass ich die Wahrheit gesagt habe, so blass, wie sie geworden ist.

»Kein Aber, Kati! Halt dich da raus. Deine Schwester benimmt sich reichlich seltsam in letzter Zeit.«

Kati schaut mich merkwürdig an, zuckt mit den Schultern, sie weiß, wann man sich bei Schwallfi geschlagen geben muss.

Dann setzen sich alle drei an den wie immer üppig gedeckten Frühstückstisch.

Ich bleibe davor stehen, habe keine Ahnung, was ich jetzt tun soll, alles dreht sich, die Wurst, Putenmortadella bleich wie die Arme von Giltine, der Kaffee, sattschwarz wie Thors Kutte, die blutrot schimmernde Marmelade im Glas, mir kommt das Zeug aus dem Kelch hoch, Schwallfi haut seinem Ei den Kopf ab, sofort quillt reichlich Eigelb hervor und ich schaffe es gerade noch bis zum Klo. Ich würge, aber es kommt nichts.

Die Krämpfe in meinem Magen treiben mir Tränen in die Augen. Da, eine Hand auf meiner Schulter. Ich drehe mich panisch um, ringe nach Luft. Mama macht einen erschreckten Satz rückwärts. »Toni, was ist denn nur los mit dir? Gestern Morgen war dir auch schon übel . . . bist du etwa . . .?« Sie schaut mich ermutigend an.

Ich starre sie an, habe in diesem Moment keine Ahnung, wovon sie überhaupt redet, obwohl sie mir signalisiert, ich müsste es wissen.

Kati taucht hinter Mama auf und legt ihr den Arm um die Schulter. »Nein, Mama, Antoinette ist nicht schwanger.«

Schwanger? Wovon reden die beiden da? Auf welchem Stern leben die denn?

Ich kann nicht mehr stehen und lasse mich auf den Boden sinken.

Kati setzt sich neben mich. Sie duftet unglaublich lecker nach exotischen Früchten.

Von dir wollen wir deine Schwester.

Denn sie hat den Atem des Teufels.

Ich muss mich beherrschen, um nicht hysterisch loszukichern.

»Mama«, sagt Kati beschwichtigend, »schau doch mal, Toni geht's wirklich schlecht. So kann sie nicht in die Schule gehen. Vielleicht hat sie sich ein Virus eingefangen.« Tröstend legt sie den Arm um mich und schafft es, Mama mit ihrem Blick weichzukochen.

Schließlich zuckt Mama mit den Schultern. »Na gut. Vielleicht war Toni wirklich nur draußen, um Luft zu schnappen und Brötchen zu holen.« Mamas Stimme wird schärfer. »Aber wie auch immer: Heute bleibst du hier und gehst nirgends hin, hast du mich verstanden? Nirgends!«

»Was ist hier eigentlich los? Soll ich alleine frühstücken?« Schwallfi steht im Türrahmen und schüttelt den Kopf. Mama dreht sich zu ihm um. »Nein, natürlich nicht, ich komme.«

»Das ist die Pubertät . . .«, raunt Schwallfi Mama zu, was mich dermaßen nervt, dass ich am liebsten demonstrativ auf meine Wange gezeigt hätte.

Nachdem die beiden das Badezimmer verlassen haben, wird mir klar, dass ich jetzt endlich mit Kati reden muss. Sie wird mich verstehen, sie ist die Einzige, bei der ich mir wirklich sicher bin, dass sie mich so liebt, wie ich bin. Mama fällt es, glaube ich, manchmal schwer, mich zu lieben, von unserem Erzeuger mal ganz zu schweigen. Der hockt in der Provence in einem verrotteten Steinhaus zwischen Lavendel und Sonnenblumen mit seiner mittlerweile vierten Frau, wo er eine Hundepension betreibt und froh ist, wenn wir in den Ferien nicht anreisen. Kati nimmt meine Hände und dreht sie um. »Was ist das denn?«

»Keine Ahnung.«

»Wir müssen das sauber machen und verbinden.«

»Danke.« Ich überlege, wie ich anfangen soll, wo . . . Kati beugt sich vor und streckt mir ihre Hand entgegen.

Ich packe sie, durch den Druck merke ich, wie weh diese Schürfwunden tun. Weil ich wirklich sehr schlapp bin, kostet Kati das Hochziehen so viel Kraft, dass sie sich noch weiter vorbeugen muss, und da sehe ich es.

Aus ihrem Ausschnitt rutscht ein silberner Pegasus. Der sieht genauso aus wie der, den ich Robert geschenkt habe.

Ich lasse ihre Hand los, als hätte ich mich verbrannt, falle hart auf meinen Hintern zurück. Kann ich jetzt nicht mal mehr Kati vertrauen?

»Was ist denn?«

»Nichts.«

Der Atem des Teufels . . .

So ein Unsinn.

Kati zuckt mit den Schultern und verlässt das Badezimmer, an der Tür bleibt sie kurz stehen, dreht sich um, versucht, etwas zu sagen, lässt es dann aber doch.

Mühsam rapple ich mich auf, sehe mich im Spiegel an und verstehe jetzt wirklich gut, warum Mama mir kein Wort geglaubt hat. Über mein Gesicht ziehen sich schwarze Balken, offensichtlich war die Augenbinde voller Ruß oder Asche. In meinen Haaren sind ebenfalls graue Teilchen hängen geblieben und unter meinen grünen Augen prangen Ringe, die wie dunkle Blutergüsse aussehen.

Kann es sein, dass Robert meiner Schwester den Anhänger gegeben hat, um mich zu ärgern? Aber Kati muss sich doch daran erinnern, wie wir diesen Anhänger in der Stadt gekauft haben, sie sich einen Phönix und ich den Pegasus für Robert.

Langsam und zittrig ziehe ich mich aus, so muss man sich fühlen, wenn man alt ist, denke ich. Als ich meine Jeans auf den Boden werfe, klirrt es leise.

Valles Schlüssel!

Obwohl ich gerade schon in die Dusche steigen wollte, bücke ich mich und hebe ihn auf. Er funkelt silbern, kein einziger Kratzer, keine Delle, er sieht völlig unbenutzt aus, brandneu.

Während das heiße Wasser auf meinen Kopf prasselt und an den Schürfwunden meiner Hände brennt, überlege ich, wozu dieser Allerweltsschlüssel passen könnte. Zu einem teuren Fahrradschloss fällt mir ein, genauso wie zu einer mäßig sicheren Haustür, einem Kellerverschlag, einer Gartenlaube.

Wenn ich nur mehr darüber wüsste!

Nach dem Duschen fühle ich mich zwar besser, aber in meinem Bauch rumort es noch immer.

Die Wohnung ist inzwischen leer, unruhig tigere ich in der Küche auf und ab.

Auf das Rumoren im Bauch folgt ein Echo in meinem Kopf. Was für ein Geheimnis? Was für ein Schlüssel? Was ist während der Messe geschehen? Was hat Valle so beunruhigt? Meine Gedanken drehen sich im Kreis.

Ich muss mit ihm reden. Aber ich erreiche ihn weder auf seinem Handy noch bei sich zu Hause. Für einen Moment lege ich mich in meinem Zimmer aufs Bett, doch an Schlaf ist nicht zu denken, obwohl ich todmüde bin, bis in die Knochen erschöpft.

Deshalb rapple ich mich wieder auf und beschließe, den Schlüssel gut zu verstecken. Nachdem ich kurz überlegt habe, weiß ich auch den perfekten Ort dafür. Ich verstecke ihn in den Gürtel, den Schwallfi mir mal auf dem Tollwood-Festival geschenkt hat. Er fand es unheimlich cool, als Anwalt etwas so Verbotenes zu kaufen. Die silberne Schnalle besteht nämlich aus einem riesigen, mit Steinen besetzten Hanfblatt. In den breiten schwarzen Ledergürtel ist innen ein kleines Täschchen eingearbeitet, für einen Schlüssel oder ein paar Münzen. Und weil ich diesen Gürtel immer trage, kann ich den Schlüssel nicht verlieren.

Dann schaue ich auf die Uhr. Es ist kurz nach zehn. Wieder

versuche ich es auf Valles Handy, wieder erreiche ich nur die Mailbox.

Ich zögere noch einen winzigen Moment, doch dann greife ich nach meiner Jacke und gehe aus dem Haus.

»L. war schon vorbereitet und wir begannen sofort mit der Zeremonie. Wie immer hielt ich mich im Hintergrund und beobachtete die Gruppe.«

13

Unterwegs versuche ich, so logisch wie möglich nachzudenken, aber das einzige Ergebnis, zu dem ich immer wieder komme, ist dieses: Der Schlüssel hat mit dem Geheimnis zu tun, das Valle mir nach der Messe verraten wollte.

Obwohl die U-Bahnen heute alle pünktlich sind, kommt es mir wie eine Ewigkeit vor, bis ich endlich sein Haus im Lehel erreicht habe.

Ich klingle Sturm, aber es rührt sich nichts. Offensichtlich ist er noch nicht zu Hause. Ich fummle den Schlüssel aus dem Geheimversteck.

Für das Haustürschloss passt er schon mal nicht, aber das habe ich auch nicht wirklich erwartet, schließlich hat Valle gesagt, ich soll herausfinden, wozu er gehört. Außerdem hat die Haustür eines so prächtigen Hauses mit mehreren Anwalts- und Steuerkanzleien natürlich ein Sicherheitsschloss.

Ich klingle alle Kanzleien durch, bis endlich jemand öffnet.

Renne die breiten Marmorstufen zu dem alten Holzfahrstuhl hoch, steige ein, betrachte die Klapptür.

Plötzlich sehe ich Thors Hände, wie sie in der letzten Sekunde vorm Schließen die eisernen Aufzugtüren im Parkhaus umklammern, halte unwillkürlich die Luft an, starre auf die Tür. Es ist still, nichts passiert.

Da höre ich, wie die schwere Haustür geöffnet wird und jemand direkt zum Aufzug gelaufen kommt.

Schnell quetsche ich mich in die Ecke der winzigen Kabine.

Ein Mann in schwarzem Anzug und rosa Hemd steigt ein, mustert mich abschätzig, murmelt schließlich trotzdem »Guten Morgen«, wendet mir den Rücken zu, stellt seinen Aktenkoffer zwischen seinen Beinen auf den Boden und klappt dann die Türen mit den Händen auseinander.

Sofort ruckelt der Aufzug los. Der Mann bleibt mit dem Rücken zu mir stehen, was gut ist, denn ich starre ihn fassungslos an.

Ich habe glatt vergessen, dass der Aufzug zu alt ist, um automatisch zu funktionieren. Als der Mann im dritten Stock aussteigt, Steuerkanzlei Strickmann & Partner, kann ich immer noch nichts sagen, nur ein »Danke« stammle ich leise, schließe die Türen und fahre weiter nach oben.

Ich hole den Schlüssel aus meiner Gürteltasche und nähere mich der Haustür. Vorsichtshalber klingle ich erst noch einmal.

Das Klingeln kommt mir merkwürdig laut vor.

Ich versuche, den Schlüssel ins Schloss zu stecken.

Er passt nicht. Doch als ich den Schlüssel wieder wegziehe, geht die Tür auf. Einfach so, wie in Zeitlupe.

Rasch verstaue ich den Schlüssel im Gürtel und trete auf Zehenspitzen in den Flur.

Und was ich dann sehe, kann ich erst mal nicht begreifen. In der Wohnung herrscht eine schreckliche Unordnung – nein, keine Unordnung. Zerstörung! Chaos!

Überall sind Scherben von zerbrochenen Keramikfiguren, das Bücherregal ist umgeworfen, das Sofa aufgeschlitzt, der Monitor des Fernsehers zertrümmert.

»Valle?« Oh Gott, Valle!

Ich rufe lauter: »Valle?« Dann renne ich vom einen Zimmer zum nächsten, voller Panik, Valle im gleichen Zustand wie seine Möbel vorzufinden.

Vor der Schlafzimmertür zögere ich einen Moment, plötzlich habe ich Angst, diejenigen, die das hier getan haben, könnten noch in der Wohnung sein. Nein, nein, schau nach! Mit einem Ruck reiße ich die Tür auf.

In dem Zimmer sieht es noch schlimmer aus als in der restlichen Wohnung.

Die Matratze wurde an vielen Stellen brutal aufgeschlitzt, die Federn der zerschnittenen Kopfkissen fliegen bei jeder Bewegung, die ich mache, durch die Luft.

Das Einzige, was nicht zerstört wurde, ist der Wandbehang mit dem riesigen Baphomet. Der bösartige Ziegenbockkopf scheint sich prächtig zu amüsieren. Am liebsten würde ich ihn runterreißen und auf ihm herumtrampeln.

Wenn die Vandalen den heil gelassen haben, dann kann das ja nur eins bedeuten. Es war einer von den Satanisten.

Warum wundert mich das nicht? Ich weiß auch sofort, wonach sie gesucht haben, es ist sonnenklar. Natürlich nach dem Schlüssel – oder besser nach dem, was hinter dem Schlüssel verborgen ist.

Worum geht es hier wirklich? Drogen? Nein, das glaube ich nicht, Valle ist kein Dealer. Obwohl die Wohnung in diesem Haus bestimmt sehr teuer ist. Und ich nicht die leiseste Ahnung habe, wovon er lebt. Einmal mehr wird mir in diesem Moment bewusst, wie wenig ich über ihn weiß.

Ich muss hier abhauen, ich muss sehen, dass ich verschwinde, vielleicht kommen die Typen wieder zurück. Ja genau, Toni, sicher waren die nur mal kurz Pizza essen und suchen dann weiter.

Ich muss blöd grinsen, merke erst jetzt, dass sich meine

Beine seltsam weich anfühlen, und lasse mich auf das zerfetzte Bett sinken.

Es riecht nach Valle, ich greife nach einem Kopfkissenbezug, Federn schweben heraus. Ich presse die Stofffetzen an mein Gesicht, sauge den Duft in mich auf.

Valle.

Was wollte er mir vorhin sagen?

Ich rapple mich auf. Ich darf mich jetzt nicht von meinen Gefühlen überrennen lassen, sondern muss nachdenken! Suchend blicke ich mich im Schlafzimmer um. Valle ist schlau . . .

Nur mal angenommen, er hat etwas versteckt, das Giltine und ihre Truppe haben wollten. Wo hätte er es dann versteckt?

Ich lasse meinen Blick über das Chaos im Zimmer gleiten. Wieso haben sie den Wandbehang nicht angerührt? Vielleicht, weil dort das sicherste Versteck von allen war. Ja, ein Safe hinter dem Wandbehang, zu dem mein Schlüssel passt.

Ich gehe zur Wand hinüber, schiebe den Vorhang ein kleines Stück beiseite und schaue dahinter.

Nichts.

Die Wand ist glatt und ohne einen einzigen Kratzer.

Ich lasse den Vorhang zurückgleiten und überlege verzweifelt, wo ich noch suchen könnte. Das Badezimmer habe ich bisher ausgelassen. Eine müde Stimme in meinem Kopf merkt hämisch an, dass es gar keinen Sinn macht weiterzusuchen. Dass die anderen sicher längst gefunden hatten, wonach sie gesucht haben.

Gerade, als ich ein paar Schritte in Richtung Schlafzimmertür machen will, sehe ich, dass die Federn von einem größeren Luftzug bewegt werden. Jemand muss die Wohnungstür aufgemacht haben.

Ich zögere einen Moment, überlege kurz, ob es Valle sein könnte, doch dann höre ich Stimmen.

»Und wo hast du dein Feuerzeug verloren?«

»Keine Ahnung, im Schlafzimmer vielleicht.«

Ich kenne die Stimmen, ich kenne sie leider nur zu gut. Das sind Thor und Giltine.

Die Schritte nähern sich schnell. Verzweifelt schaue ich mich um. Wo kann ich mich verstecken? Im Schrank oder unter dem Bett?

Mein Körper rennt schon auf das Bett zu, bevor meinem Hirn klar wird, dass ich mich dafür entschieden habe. Schnell krieche ich darunter und hoffe, dass die aufgewirbelten Federn mich nicht verraten.

Ich habe gerade die Füße angezogen, als die beiden auch schon hereinkommen. So leise wie möglich versuche ich, weiter nach hinten an die Wand zu rutschen, an das Kopfende des Bettes. Plötzlich bohrt sich etwas Hartes in meinen Rücken. Ich quetsche meine Hand zwischen Po und Boden und ziehe es hervor.

Ein schweres Metallfeuerzeug. So ein Mist! Meine Finger spüren trotz der Schürfwunden, dass sich auf dem Feuerzeug eine Gravur befindet. Deshalb ist Giltine also so wild darauf, es wiederzufinden!

Verdammt! Sie wird sicher in der nächsten Sekunde unters Bett schauen. Verzweifelt rutsche ich noch weiter nach hinten, umklammere dabei das Feuerzeug.

Der Wandbehang raschelt über meine Haare, was mich sofort erstarren lässt. Hoffentlich haben die beiden das nicht gehört.

»Der kleine Dreckskerl wird sich noch wundern!«, sagt Thor in diesem Moment und lässt sich so schwer aufs Bett fallen, dass der Lattenrost über mir ächzend nachgibt.

Ich versuche, nicht zu atmen, und halte mir die Nase zu, um ja nicht zu niesen.

Giltine kichert. »Davon abgesehen, dass der kleine Dreckskerl wesentlich größer ist als du, bin ich sicher, dass er sich gerade nicht mehr wundert, sondern nur noch leidet.«

Thor meckert sein Ziegenbocklachen und wirft sich auf dem Bett herum. »Da hast du recht. Wenn er dort lebend rauskommt, wird er bestimmt nicht mehr viel reden.«

»Ich glaube, du hast die Regeln immer noch nicht kapiert. Er wird nie mehr reden.«

Ich kriege keine Luft mehr. Das war unmissverständlich.

Mein Herz beginnt, so laut und schnell zu pochen, dass ich mir sicher bin, die beiden können es hören. Der Schock sitzt so tief in meinem Körper, dass ich zu keinem klaren Gedanken fähig bin.

»Wo ist jetzt dein verdammtes Feuerzeug?«, nölt Thor. »Wieso kaufst du dir nicht einfach ein neues?«

»Du solltest längst kapiert haben, dass man keine Spuren hinterlässt! Niemals!«

Giltines Schritte kommen näher, ich sehe ihren langen dunklen Rock über den schwarzen Lederstiefeln hin und her schwingen.

Ich fixiere das Bettende, versuche, nicht zu atmen, einfach nur starr dazuliegen, und erwarte jede Sekunde, dass mich ihre Pharaonenköniginnen-Augen durchbohren und sie mich an den Beinen unter dem Bett hervorzieht.

Aber sie setzt sich neben Thor. Ich presse mich noch stärker auf den Boden.

»Lass das! Finger weg«, sagt Giltine plötzlich scharf. »Für so etwas haben wir jetzt keine Zeit.«

»Wieso eigentlich nicht?«

»Wenn er das Zeug nicht hier aufbewahrt hat, dann muss es woanders sein. Und wir müssen es finden.«

»Kannst du nicht einmal an etwas anderes denken?«

»Nein!« Sie steht auf. »Wir wollen doch so kurz vor deiner Priesterweihe nicht alles wieder aufs Spiel setzen und den Meister verärgern. Außerdem, mein Lieber, es ist einzig und allein deine Schuld, dass wir hier sind. Sich erwischen zu lassen, ist nur etwas für Idioten. Und bei uns gibt es keine Idioten. Im Übrigen hab ich immer wieder darauf hingewiesen, dass mir der Typ nicht geheuer ist. Er war einfach zu perfekt. Immer allein, keine Familie, keine Freunde und dann die Bibel vom Doc auswendig in jeder Lebenslage.«

»Jaja.« Thor steht auf. »Die Einzige, mit der er sich je getroffen hat, ist Toni.« Er schnaubt. »Moment mal. Vielleicht hat die ja das Zeug?«

Mir wird schwarz vor Augen. Ich glaube, ich werde gleich ohnmächtig.

Aber dann beginnt Giltine zu lachen, kichernd.

Hihihihihi.

Es klingt nach einer Hexe auf Drogen.

Jedes »Hi« durchzuckt mein Herz wie ein Stromschlag und macht mich so wach, so angespannt, dass ich am liebsten von unten gegen den Lattenrost getreten hätte, um sie zum Aufhören zu bringen. Ich muss mich sehr beherrschen, stumm und regungslos liegen zu bleiben.

»Die Kleine hat es bestimmt nicht. Die ist derart harmlos, die kapiert gar nichts. Null.« Wieder dieses Kichern. »Wenn die wüsste, was für einen schweren Fehler sie mit Valle gemacht hat.«

»Du hast gut reden. Schließlich hast du ihn auch vernascht.« Thor klingt so eifersüchtig wie Robert in seinen schlimmsten Zeiten.

»Ich gehöre niemandem.« Giltines Stimme ist scharf und unmissverständlich.

Sie schweigen einen Moment.

Mann! Wollen die hier Wurzeln schlagen? Wann hauen die endlich ab?

»Komm schon«, sagt Giltine jetzt. »Wir müssen weitersuchen.«

Zu früh gefreut. Mir ist nach Weinen zumute, als beide vom Bett aufstehen. Der Lattenrost ächzt gequält. Doch plötzlich höre ich ein anderes Geräusch. Der Aufzug!

»Pass auf«, zischt Giltine.

Sie scheint zu lauschen. Dann höre ich ein »Nichts wie weg hier« und endlich Schritte, die sich eilig entfernen.

Ich weiß nicht, ob ich lachen oder weinen soll.

Was, wenn ich jetzt in der Wohnung entdeckt werde? Niemand wird mir glauben, dass nicht ich es war, die hier eingebrochen ist.

Weil ich keine Ahnung habe, was ich sonst tun soll, bleibe ich erst mal unter dem Bett liegen, die Augen fest zugepresst, stocksteif. Selbst wenn ich gewollt hätte, ich hätte mich nicht rühren können.

Es vergeht eine Ewigkeit, bis mir klar wird, dass gar nichts passieren wird.

Weder Giltine noch Thor haben mich unter dem Bett gefunden.

Und kein Sondereinsatzkommando steht in der Wohnung und ruft »Hände hoch«.

Langsam, schwerfällig rutsche ich unter dem Bett hervor, meine Beine und meine Arme sind eingeschlafen. Ich stampfe ein paarmal auf, es prickelt und fängt an zu brennen, ich muss mich strecken. Überall an meinen Klamotten sind Staubflusen.

Giltines Feuerzeug habe ich noch in der Hand, ich stecke es, ohne nachzudenken, in meine Tasche.

In meinem Kopf arbeitet es. Natürlich frage ich mich, was Giltine mit ihren miesen Andeutungen gemeint hat. Gleichzeitig weigere ich mich zu glauben, dass Valle mit mir irgendein Spielchen getrieben hat – von der Sache mit dem toten Detektiv mal abgesehen. Und trotzdem fragt eine leise Stimme in meinem Kopf, wie zum Teufel ich Valle eigentlich überhaupt hatte vertrauen können.

Teufel! Früher ist mir nie aufgefallen, in wie vielen Redensarten der Teufel vorkommt. Zum Teufel mit Giltine!

Und Valle und Giltine ein Paar? Oder was heißt hier Paar, sie hatten Sex, wenn ich das richtig verstanden habe. Oder hat sie das nur erfunden, um Thor zu ärgern? Aber es war Thor, der das Ganze aufgebracht hat, nicht andersherum.

Aufwachen, Toni, schießt es mir plötzlich durch den Kopf. Grübeln kannst du zu Hause.

Hier in der Wohnung zu bleiben, ist viel zu gefährlich! Nichts wie raus hier. Weg von all dieser Zerstörung.

Hastig sehe ich mich noch einmal in der Wohnung um, ob ich nichts vergessen habe. Plötzlich fällt mir das Foto ein, das neulich zwischen Schwert und Wand eingeklemmt gewesen war und das Valle mir sofort weggenommen hat. Ob es noch hier ist?

Ich renne zurück ins Schlafzimmer, wo mich wieder der elende Ziegenbockkopf angrinst. Keine Sekunde länger kann ich das ertragen, ich springe aufs Bett und reiße mit aller Kraft den Wandbehang herunter. Der Stoff ist viel schwerer, als ich erwartet habe, fällt raschelnd auf mich und wirft mich glatt um. Dieses elende Zeug! Ich strample das verfluchte Ding von mir und hoffe, dass es dabei kaputtgeht.

Mitten im Strampeln meldet sich mein Kopf, sagt, dass hier irgendetwas nicht stimmt. Ich bleibe ganz still liegen, voller

Angst, ich könnte bei dem Lärm überhört haben, dass jemand gekommen ist. Aber in der Wohnung bleibt alles ruhig.

Ich schiebe den letzten Rest Stoff beiseite. Es raschelt wieder.

Und da dämmert es mir. Ein Wandbehang aus Stoff raschelt nicht. Papier raschelt!

Ich springe auf, rase in die Küche und suche eine Schere. So bewaffnet mache ich mich daran, den Saum aufzuschneiden.

Und tatsächlich – zwischen der Wattierung und dem Außenstoff sind zwei braune DIN-A4-Umschläge eingenäht. Das muss es sein, was Thor und Giltine gesucht haben! Ich schneide den Wandbehang noch weiter auf, aber es gibt nur diese beiden Umschläge.

Am liebsten würde ich sofort nachschauen, was drinsteckt, aber dafür habe ich jetzt keine Zeit.

Ich schiebe mir die Umschläge zwischen Jacke und T-Shirt und mache, dass ich aus der Wohnung komme. Diesmal warte ich nicht erst auf den Aufzug, sondern renne die fünf Stockwerke nach unten, zur U-Bahn und dann nach Hause.

»In dieser Nacht wurde mir wieder klar, wie wichtig es ist, immer einen klaren Kopf zu behalten. Beinahe hätten sie vergessen, ihre Gummihandschuhe anzuziehen, obwohl ich sogar schwarze besorgt hatte. Immerhin schafften sie es, L.s Körper unter Anrufung aller Dämonen des Schreckens mit dem Saft unserer Rache zu salben. Es war ein Hochgenuss, dabei zuzusehen und zu wissen, was kommen würde.«

14

Als ich völlig außer Atem die Haustür aufschließe, erwarte ich eigentlich, dass Schwallfi oder Mama sich auf mich stürzen und zur Rede stellen. Aber es ist niemand da.

Ich gehe in die Küche und ziehe die Briefumschläge hervor.

Mir graut davor, sie zu öffnen. Wer weiß, was ich darin finde? Trotzdem greife ich mir ein Messer aus der Küchenschublade, gebe mir dann einen Ruck und schlitze die Umschläge auf. Ratsch. Zuerst nehme ich mir den dünneren vor.

Ein Foto fällt mir entgegen, und zwar das gleiche, das ich in Valles Schlafzimmer entdeckt hatte. Ich drehe es um.

Leon 9.1.1987–31.12.2004.

Sonst nichts. Mir läuft eine Gänsehaut über den Rücken. Leon – wer auch immer das war – ist nur siebzehn Jahre alt geworden.

Ich schneide den dickeren Umschlag auf und ziehe vorsichtig einen Packen liniertes Papier heraus. Die Seiten sehen aus, als ob sie aus einem Deutschheft herausgerissen worden wären. Die Blätter sind zerknittert, wirken, als hätte man sie

in einer Hosentasche herumgetragen. Ich löse die Büroklam-
mern, mit der sie zusammengeheftet sind, und beginne, sie
der Reihe nach zu lesen. Auf den ersten Blick sehen die Texte
aus wie Deutsch-Hausaufgaben, doch dann merke ich, dass
es Briefe sind.

Der erste beginnt mit »Ich bin fliegen«, dann kommt »Ich
bin schwingen«, »Ich bin taumeln«, »Ich bin straucheln« und
es endet mit dem letzten Brief:

Ich bin sterben

*Danke für all deine Anrufe. Es hat gutgetan, deine Stim-
me zu hören, auch wenn ich dir nicht antworten konnte.
Außer heiserem Bellen kommt nichts mehr aus meiner
Kehle.*
*Ich erinnere mich nicht daran, was passiert ist, nur, dass
ich gestürzt bin. Man hat mich draußen in der Nähe der
Burgruine gefunden. Hatte wohl eine Gehirnerschütterung und überall Schürfwunden. Aber ich war noch so
weit bei Verstand, dass ich den letzten Text an dich raus-
schmuggeln konnte. Hast du ihn bekommen? War der
Schlüssel drin? Du hast am Telefon nichts darüber gesagt.
Also jedenfalls, kaum dass mit meinem Kopf alles wieder
okay war, begann das merkwürdige Jucken, dann kamen
die Pusteln, überall dort, wo ich mich aufgeschürft hatte,
und das Licht fing an, unerträglich für mich zu werden.
Das wird nun jeden Tag schlimmer und ich sabbere und
schäume wie ein zahnloser Greis. Manchmal sind meine
Glieder wie gelähmt, dann wieder bäumen sie sich so
merkwürdig auf. Für diesen Text habe ich mehrere Tage
gebraucht.*

Brüderchen, ich will dich nicht beunruhigen, aber ich habe Angst, schreckliche Angst, dass er doch die Macht hat. Dass er wirklich der ist, für den er sich hält.
Dein L.

Beim Lesen habe ich eine Gänsehaut bekommen, da muss wirklich etwas Furchtbares passiert sein. Aber was?

Jetzt nehme ich mir alle Briefe vor, lese sie von vorn bis hinten und versuche, aus dem Geschriebenen einen Zusammenhang zu rekonstruieren.

Im ersten Brief geht es nur darum, dass L. schrecklich verliebt ist.

Offenbar befindet er sich an einem Ort, wo ziemlich abgedrehte Leute sind – »pathologisch und kriminell« –, also auf alle Fälle nicht ganz normal.

Könnte er in einer Klinik gewesen sein? Zumal es dort kein Internet gibt.

Im zweiten Brief geht es um einen Kuss, für den L. einen hohen Preis bezahlt, und im dritten wird mir dann klar: L. befindet sich nicht in einer Klinik, sondern in einem Internat, das in einem Wald liegen muss.

Ihm scheint es dort alles andere als gut zu gehen, die Situation wird immer unerträglicher. Er hat den Menschen, in den er verliebt ist, bei üblen Sachen gefilmt. Außerdem hat er den Schlüssel zu dessen Schrein kopiert (irgendeine Art Safe vielleicht?) und an Valle geschickt.

Valle ist der Bruder.

Und L. ist Leon.

Das Foto ist der Beweis.

Leon hat sich eindeutig bedroht gefühlt, schon bei dem dritten Brief, doch er schreibt nicht, was genau er gefilmt hat. In seinem letzten Brief heißt es dann, dass er »sabbert und schäumt wie ein Greis«.

Was für eine Krankheit soll das denn sein? Vielleicht Gift? Aber ziehen sich Vergiftungen so lange hin? Ich habe keine Ahnung. Oder hat er sich bei jemandem angesteckt?

Ich lese noch einmal den letzten Absatz des Briefes, denke an Valle und an die Gruppe um Giltine.

Können Satanisten jemandem Krankheiten anhexen?

War es das, was mir Valle erzählen wollte? Dass sein Bruder sich in einen Satanisten verliebt hat, etwas Furchtbares über ihn herausbekommen hat und deshalb sterben musste?

Ich merke, dass sich meine Haare aufstellen. Ich muss unbedingt herausfinden, wie Leon genau gestorben ist und wozu dieser Schlüssel passt.

Warum hat Valle mir nie von seinem Bruder erzählt? Warum hat er mir das Foto gleich wieder weggenommen?

Wenn ich nur daran denke, dass Kati etwas passieren könnte, wird mir schwindelig. Seit ich auf der Welt bin, ist meine Schwester auch da, und sooft wir uns auch streiten, würde ich mich ohne sie wie amputiert fühlen.

Ich schaue mir das Bild noch einmal an. Bis auf die Haarfarbe sind die beiden Brüder sehr verschieden. Valles Mund ist viel größer und die Oberlippe stärker geschwungen, dafür ist Leons Nase schmaler und kürzer. Leon sieht freundlich aus, wie jemand, mit dem man gut reden kann.

»Leon«, ich spreche seinen Namen laut aus, als könnte ich damit irgendetwas bewirken. »Leon!«

Plötzlich habe ich eine Idee, ich renne schnell in mein Zimmer und fahre meinen Laptop hoch.

Es dauert eine Weile, bis mein alter Rechner endlich läuft, viel zu lange für meine Ungeduld, dann gebe ich hektisch Leons Namen ein. Denn wenn mit Leons Tod etwas nicht in Ordnung war, dann hat es vielleicht in der Zeitung gestanden. Oder es wurde in irgendwelchen Internetforen darüber diskutiert.

Doch dann muss ich innehalten, als ich überlege, wie Valle eigentlich mit Nachnamen heißt.

War ich wirklich bei einem Jungen zu Hause, bin mit ihm zu einer satanischen Messe – einem Jungen, dessen Nachnamen ich noch nicht mal kenne?

Toni, reiß dich zusammen! Das ist doch Unsinn! Was steht unten auf dem Klingelschild? Ich schließe die Augen und versuche, mir das Schild vorzustellen. Irgendwas mit B und mit Mann. Biomann . . . Blödmann, nein, jetzt hab ich's: Behrmann.

Spitze, es gibt über 15.000 Einträge zu Leon Behrmann. Und wenn ich zum Namen noch das Stichwort Tod eingebe, kommt rein gar nichts über einen Leon, der gestorben ist.

Und wenn ich Valentin Behrmann eingebe, werden zwar nur 8.000 Einträge angezeigt, aber es kommt nichts, was mit Valle und einem mysteriösen Tod oder Unfall zu tun haben könnte.

Ich muss Valle möglichst schnell finden. Wenn ich nur wüsste, wo ich suchen soll.

Eine Möglichkeit wäre Giltines Wohnung, aber als ich die beiden in Valles Wohnung belauscht habe, hatte ich nicht den Eindruck, dass sie ihn in ihrer Wohnung festhalten. Ich versuche, mich zu erinnern, was sie über ihn gesagt haben, irgendetwas darüber, wie sehr er leiden wird. Und Thor hatte gesagt: »Wenn er lebend dort rauskommt.«

Ich habe das Gefühl, als würde neben mir eine riesige Uhr ticken. Ich kann förmlich spüren, wie die Sekunden verstreichen, wie die Zeit zwischen meinen Fingern zerrinnt.

Noch einmal rufe ich Valle auf seinem Handy an. Nichts.

Wenn er dort lebend rauskommt.

Dort . . . damit kann Giltine nicht ihre Wohnung und auch nicht die von Thor gemeint haben, das hätte sie anders formuliert. Dort.

Denk nach, Toni. Wo haben sie ihn hingebracht?

Und was, wenn sie ihn gar nicht weggebracht haben? Wenn er noch immer in der Kirche ist?

Natürlich! Das ist es!

Ich muss sofort dorthin.

Und wie stellst du dir das vor? Toni allein gegen den Rest der Welt, Toni sieht rot oder was?

Ich sollte besser die Polizei verständigen. Aber was soll ich denen für eine Geschichte erzählen?

»Unter der St.-Angela-Kirche in Schwabing treffen sich Satanisten. Sie haben meinen Freund in ihrer Gewalt. Glaub ich zumindest.«

Ich kann mir schon vorstellen, wie die Beamten reagieren.

Ich könnte Schwallfi fragen – nein, auf gar keinen Fall! Und Kati arbeitet.

Aber trotzdem, bei einem Notfall würde meine Schwester alles stehen und liegen lassen, das weiß ich genau.

Ich entscheide mich dafür, erst einmal nur zu überprüfen, ob Valle wirklich in der Kirche ist. Dann kann ich immer noch weitersehen.

Ich werfe mir meine Jacke über und stürze zur U-Bahn. In der Bahn hole ich mein Handy aus der Tasche, in der Hoffnung, dass Valle sich gemeldet hat.

Was natürlich völliger Blödsinn ist. Aber ich schaue trotzdem nach.

Wie erwartet habe ich keine neuen Nachrichten.

Ich stecke das Telefon wieder ein und dabei stößt meine Hand auf das Feuerzeug von Giltine, das ich vorhin eingesteckt habe.

Ich hole es heraus und untersuche es nachdenklich. Es sieht aus wie ein kleiner Goldbarren, allerdings einer mit Rillen. Auf der einen Seite befinden sich zwei Wort: *tibi praemio.* Auf der anderen steht: *sacra sunt facienda.*

Ich starre auf die Worte und komme mir so vor, als ob irgendwo ein kleiner Teufel in meinem Gehirn sitzt und mich auslacht, weil alles, aber auch alles, worauf ich stoße, ein Rätsel für mich ist.

*»Ich selbst war so neugierig, dass ich es kaum aus-
halten konnte, ihn zu beobachten. Achtete auf Zeichen, aber zunächst passierte nichts. Man behielt
ihn lediglich wegen Gehirnerschütterung auf der
Krankenstation. Immerhin konnte er dort keinen
Schaden anrichten, weil sie dort arbeitete und er
so unter meiner Kontrolle war.«*

15

Als ich mit der Rolltreppe aus der U-Bahn wieder ans Licht
fahre, zerrt der Wind so stark an meiner Jacke, dass ich den
Reißverschluss schließen muss.

Plötzlich beschleicht mich ein ganz merkwürdiger Gedanke. Was, wenn das alles auch wieder nur ein Spiel ist? Die
haben mich ja sogar im Glauben gelassen, dass ich jemanden
getötet habe, und Valle hat mitgemacht. Was, wenn hinter
dieser Sache eine neue Inszenierung steckt? Hat Valle die
Andeutungen vielleicht extra gemacht, genauso, wie er mir
absichtlich den Schlüssel gegeben hat?

Plötzlich kommt es mir unnatürlich vor, dass Thor und Giltine in der Wohnung nur so oberflächlich nach dem Feuerzeug gesucht haben. Vielleicht wussten die beiden genau,
dass ich unter dem Bett liege und mir vor Angst beinahe in
die Hosen mache?

Ich schaue über meine Schulter nach hinten. Wie immer in
Schwabing sind viele Menschen unterwegs, aber niemand,
der mir bekannt vorkommt oder schnell wegschaut, als hätte
er etwas zu verbergen. Das beruhigt mich ein wenig.

Außerdem, und das fällt mir erst jetzt ein, warum sollte

Valle die Kuverts vor den anderen versteckt haben? Und was ist mit Leon?

Trotzdem, ein leiser Zweifel bleibt.

Einen Moment später bin ich bei der Kirche und gehe zum Seiteneingang. Jetzt im Hellen erkenne ich, was für eine schön geschnitzte Holztür das ist. Schwarze Eisenverstrebungen halten eine Darstellung von Noahs Arche. Über der Holztür starrt eine steinerne Fratze auf mich herab.

Nachdem ich mich noch einmal umgeschaut habe und niemanden entdecken kann, drücke ich die schwere schwarze Metallklinke, die sich wie ein Eisbarren anfühlt.

Nichts passiert.

Ich versuche es noch einmal, nichts. Rüttle ein bisschen stärker. Die Tür ist abgeschlossen. Und der Schlüssel von Valle passt niemals in dieses alte Schloss, das brauche ich gar nicht auszuprobieren.

Ich fühle mich so hilflos, dass ich mich am liebsten vor der Tür zusammenkauern und weinen würde. Doch ich schlucke meine Tränen herunter und überlege, wie ich sonst noch in den Kirchenkeller kommen könnte.

Kurz entschlossen gehe ich einmal um die Kirche herum. Vielleicht habe ich mich ja im Eingang geirrt und es gibt noch andere Seitenportale. Tatsächlich, sogar drei, aber auch sie sind abgeschlossen. Außerdem bin ich jetzt sicher, dass der erste Eingang der richtige war. Vor den anderen Eingängen liegen große Haufen toter Blätter, die der Wind bestimmt nicht erst jetzt dorthin geweht hat; heute Nacht lag zumindest kein Laub vor der Tür.

Die Glocken läuten viermal zur vollen Stunde.

Die Zeit läuft.

Benutz endlich dein Gehirn, Toni!

Ich gehe zum Haupteingang. Ich könnte den Pfarrer bitten,

die Tür aufzusperren. Klar, dem erzähle ich, dass in seiner Unterkirche teuflische Messen abgehalten werden. So wie ich aussehe, wird der mir aufs Wort glauben.

Weil ich nicht weiß, was ich sonst tun soll, betrete ich den großen Kirchenraum. Jemand spielt auf der Orgel und eine Handvoll Menschen singt ein Kirchenlied.

Ich setze mich hinten hin, hoffe, dass ich keinem auffalle, und verfolge den Gottesdienst. Als der Messdiener eine Glocke läutet, erinnere ich mich daran, dass Kati eine Zeit lang Messdienerin war. Sie war damals in einen anderen Messdiener verliebt, das hat sie mir verraten, weil ich nicht verstehen konnte, warum sie so etwas tun wollte.

Schwallfi, der schon als Student aus der Kirche ausgetreten ist, fand Katis Entscheidung »sehr spannend« und verbrachte damals jeden Sonntag in der Kirche, um Kati zu bewundern, was wiederum Mama sehr beeindruckt hat.

Diese Erinnerung schubst irgendetwas in meinem Kopf an. Es war etwas, das Kati erzählt hat. Irgendwas während ihrer Zeit als Messdienerin, was ihr viel Spaß gemacht hat.

Spaß in der Kirche . . . was war das noch gleich? Es hatte mit den anderen Messdienern zu tun, die alle Jungs und ziemlich wild waren. Irgendwann hat sie denen mal ein Schnippchen geschlagen . . . Beim Versteckspielen, ja das war's, sie haben in der Kirche verstecken gespielt – natürlich nur, wenn der Pfarrer nicht da war.

Kati ist immer durch eine verborgene Tür hinter dem Altar in den Keller entwischt, wo die anderen sie nicht gefunden haben.

Natürlich war Kati damals nicht Messdienerin in St. Angela, aber bestimmt gibt es in den meisten Kirchen einen Zugang zum Keller, oder? Schließlich kann man ja auch meistens in eine Krypta gehen, die unter der Erde liegt.

Am liebsten würde ich dem Pfarrer zurufen, er solle sich beeilen, damit ich nach vorne stürzen und nachsehen kann.

Aber gerade greift der Organist wieder in die Tasten und alle erheben sich und singen, ich stehe auch auf, um nicht aufzufallen. Einen Moment lang frage ich mich, ob ich jetzt für immer im Höllenfeuer schmoren muss: Letzte Nacht habe ich noch »Heil dir, Luzifer« gerufen und jetzt singe ich »Lobet den Herren«. Ich muss verrückt sein.

Die Ereignisse der letzten Tage liegen plötzlich bleischwer auf meinen Schultern. Es ist unglaublich, was alles passiert ist. Und einen kurzen Moment übermannt mich bleierne Müdigkeit.

Ich will mein altes Leben zurück, mein Leben vor Valle. Nein, falsch, so stimmt das nicht ganz. Ich will mein altes Leben, aber mit Valle.

Das wird mir jetzt erst richtig klar. Und ich kann nicht glauben, dass ich vorhin noch gedacht habe, dass dies auch nur wieder ein Spiel von ihm ist.

Valle, wo bist du?

Jetzt verschwindet der Pfarrer nach hinten, die wenigen Zuhörer bekreuzigen sich und verlassen die Kirche.

Ich bleibe.

Endlich sind alle weg.

Eilig stehe ich auf und gehe vor zum Altar.

In dem Moment humpelt eine ältere Dame mit Stock herein. Schnell verdrücke ich mich in die allererste Bank und sinke auf die Knie. Dabei schiele ich über die Schulter nach hinten. Sie zündet eine Kerze an und betet vor dem Marienbild, das dort an der Wand hängt. Hoffentlich hält sie das rein körperlich nicht allzu lange durch . . .

Da, sie steht auf, aber dann sucht sie irgendetwas in ihrem karierten Wollmantel . . . das dauert. Endlich hat sie es gefunden und wirft mit einem lauten Klimpern Kleingeld in die Büchse. Schließlich humpelt sie wieder hinaus.

Ich husche weiter nach vorne. Was, wenn jetzt der Mesner mit einem Blumenstrauß kommt? Oder noch mehr Betende? Ich traue mich kaum, die zwei Stufen zum Altar hochzusteigen, es kommt mir falsch vor, Valle hat recht, eigentlich bin ich eine ziemliche Spießerin. Ich atme tief durch und laufe los, an dem prächtigen Goldkreuz mit den beiden Posaunenengeln vorbei und schaue hinter dem Altar nach, aber da ist keine Tür, kein Eingang.

Dort neben der Nische, wo der große Abendmahlpokal steht, ist ein Wandbehang. Vorsichtig schiebe ich den Stoff beiseite und kann in dem dämmrigen Licht, das hier im Altarraum herrscht, tatsächlich die Umrisse einer Tür erkennen.

Ich schaue mich ein letztes Mal um, gerade bewegt sich schon wieder die Haupttür. Schnell drücke ich die Klinke, und als sich die Tür geschmeidig öffnet, stürze ich beinahe, denn gleich hinter der Tür beginnt eine Treppe. Vorsichtig schleiche ich die Stufen hinunter. Sie führen auf einen schmalen Gang. Es ist finster hier unten, ich kann kaum etwas erkennen. Mein Herz schlägt wie wild gegen meine Rippen und plötzlich habe ich Angst, dass ich hier nicht alleine bin. Was, wenn ich dem Pfarrer über den Weg laufe? Dann sage ich einfach, dass ich zur Beichte wollte, und tue verwirrt. Zu beichten hätte ich schließlich mehr als genug.

Auf der rechten Seite des Ganges hängen Priesterroben an der Wand. Am Ende des Flurs entdecke ich zwei Türen. Hinter der linken stoße ich auf eine Art Abstellkammer, aber die rechte Tür führt in einen Flur, von dem wieder etliche Türen abgehen. Wie soll ich nur jemals wieder in die Kirche zurückfinden?

Ich bleibe einen Moment stehen, schließe die Augen und versuche, mir den Grundriss der Kirche vorzustellen. Schließlich entscheide ich mich für die letzte Tür. Auch diese Tür ist nicht verschlossen, und nachdem ich sie wieder hinter mir zugezogen habe, halte ich kurz inne, um mich zu orientieren. Ich stehe vor einer Treppe, die sowohl nach oben führt – ich vermute, dass das der Zugang zum Ostturm sein muss – als auch nach unten.

Ich atme tief durch und beginne dann, die Treppe nach unten zu laufen, plötzlich voller Panik, dass Thor oder Giltine hier aufkreuzen könnten. Ich nehme zwei Stufen auf einmal, bis ich am Ende der Treppe ankomme.

Hier stehen Kartons mit angeschimmelten Gebetbüchern. Und es wird dunkler, ich finde keinen Lichtschalter. Ich taste mich vorwärts, stoße mir das Schienbein an etwas Hartem, nach und nach gewöhnen sich meine Augen an die Dunkelheit und ich erkenne, dass es sich um altes Chorgestühl handelt.

Weiter, Toni, weiter.

Jetzt ist es fast so dunkel, als würde ich eine Augenbinde wie gestern Nacht tragen. Der Gang kreuzt wieder einen anderen. Oh Mann, ich komme mir vor wie in einem Labyrinth. Und nun?

Ich halte einen Augenblick inne und da – ein Geräusch.

Ratten, hier laufen bestimmt hungrige, hasengroße Ratten herum. Wie gut, dass ich meine Lederstiefel anhabe. Trotzdem schüttelt es mich.

Da wieder. Aber das ist kein Scharren oder Huschen, das klingt ganz anders.

Ich schleiche in die Richtung, aus der das Geräusch kommt. Wind, der durch Ritzen heult? Im Keller? Ich gehe weiter. Es ist kein Heulen, eher ein Jammern, das Stöhnen eines Menschen.

Valle?

Mit laut pochendem Herzen schleiche ich weiter. Meine Hände sind schweißnass und ich merke, wie kalt es hier unten in diesem Gemäuer ist. Meine Finger fühlen sich taub an. Schließlich stehe ich vor einer Tür. Das Geräusch ist nun noch lauter zu hören.

Was, wenn Valle nicht alleine hier ist? Wenn jemand bei ihm ist, irgendein Folterknecht?

Entschlossen schiebe ich alle Angst von mir. Ich muss da jetzt rein!

Ich halte die Luft an, lege meine klammen Finger um die Klinke, drücke fest nach unten, stoße die Tür auf. Und bleibe wie angewurzelt stehen, weil ich nicht glauben kann, was ich da sehe.

Es ist der Raum, in dem die Messe stattgefunden hat. Der Altar wurde von der Wand und dem Baphomet weggerückt und steht nun in der Mitte des Raumes.

Über den Altar ist ein schwarzes Tuch ausgebreitet, rechts und links stehen jeweils sechs flackernde schwarze Kerzen, aber das Schlimmste ist das, was sich auf dem Altar befindet:

Valle.

Er liegt nur mit einem Tuch über den Hüften auf dem Altar, zusammengekrümmt, über den ganzen Körper sind Schnittwunden verteilt, aus denen Blut sickert, was im Kerzenlicht gespenstisch aussieht. Ich stürze zu ihm, traue mich aber nicht, ihn anzufassen. »Valle, Valle«, flüstere ich, »kannst du mich hören?«

Keine Reaktion. Sein Atem geht flach.

»Valle!« Jetzt rüttle ich ihn doch an der Schulter.

Er blinzelt, dann öffnet er die Augen und verzieht den Mund, als könnte er sich nicht entscheiden, ob er lachen oder weinen soll.

»Hmm«, sagt er.

Ich möchte ihm so viele Fragen stellen, in meinem Kopf dreht sich alles, was ist passiert, wer hat ihm das angetan, was soll ich nur tun?

Mir wird übel, kalter Schweiß tritt auf meine Stirn.

Das Wichtigste ist jetzt, ihn von hier wegzubringen.

»Glaubst du, wir schaffen es zusammen raus?«, frage ich mit zitternder Stimme.

Er blinzelt. »Müssen wir. Die sind noch nicht fertig mit mir. Toni, ich bin keiner von denen.«

»Sieht ganz so aus. Oder richten die ihre eigenen Leute auch immer so hübsch her?« Ich versuche ein Grinsen, um nicht zu heulen. »Kannst du aufstehen?«

»Es sieht schlimmer aus, als es ist«, flüstert er. »Nur ein paar Kratzer.«

Ich versuche, das flaue Gefühl in meinem Magen zu ignorieren, und stütze ihn, damit er sich aufrichten kann.

Im Licht der Kerzen leuchtet seine nackte Haut wie Alabaster und das Blut sieht aus wie erstarrte rote Wachstropfen.

»Wo sind denn deine Klamotten?«

Er zuckt mit den Schultern und fährt dann vor lauter Schmerz zusammen. »Au!«

Ich streife meine Lederjacke ab, um sie ihm anzuziehen.

Aber sobald ich den Ärmel über seinen Arm schiebe, verzerrt sich Valles Gesicht vor Schmerzen. Das Leder ist zu schwer, drückt auf die Wunden. Ich ziehe kurzerhand mein Sweatshirt aus, streife es ganz behutsam über seinen Kopf und helfe ihm dann, in die Ärmel zu schlüpfen. Dabei berühren meine Hände seine Brust und die Schultern und es erschreckt mich, wie kalt sich seine Haut unter meinen Händen anfühlt. Obwohl ich ihn so sanft wie möglich anfasse, beißt Valle sich auf die Lippen, stöhnt und hält inne.

Schneller, schneller, wir müssen zusehen, dass wir hier rauskommen, möchte ich ihn drängeln, aber sein Anblick ist so jämmerlich, dass ich immer nur »schsch« flüstere und »alles wird gut«. Dabei weiß ich nicht genau, wen von uns beiden ich damit beruhigen will.

Endlich haben wir es geschafft. Ich ziehe mir die Lederjacke wieder an.

»Schuhe?«, frage ich.

»Weg.«

Ich würde ihm sofort meine geben, aber die sind ihm viel zu klein. Hastig schnüre ich meine Lederstiefel auf und ziehe die Socken aus, stülpe sie ihm über seine unterkühlten Füße, schlüpfe barfuß wieder in meine Schuhe und binde sie zu.

Er ist immer noch halb nackt, ich möchte ihn umarmen, ihn wärmen, ihm sagen, dass ich ihn liebe, aber wir müssen hier raus. Schleunigst.

»Das Altartuch, wir legen dir das um und binden es mit diesem Hüfttuch fest. Glaubst du, dass das so gehen wird?«

»Hmm.«

Ich stemme ihn von dem Altar, zerre das schwarze Samttuch hoch und lege es um ihn wie eine Stola.

Ein Poncho wäre besser. Das Schwert vom Altar fällt mir ein, mit dem könnte ich eine Öffnung für den Kopf in den Stoff schneiden.

Es wäre mir geradezu eine Freude, da ein Loch reinzuhacken, zu fräsen, zu sägen.

Aber das Schwert ist nirgends zu sehen. Auch kein Pokal – nichts.

Ich versuche es mit den Zähnen, aber dieser verdammte Stoff ist dermaßen dicht gewebt . . . und vor allem müssen wir endlich los.

Also lege ich Valle den Stoff wieder um und versuche, ihn

mit dem anderen Tuch in der Taille fest an seinen Körper zu binden. Valle zuckt wieder zusammen.

»Tut mir leid, aber ich muss das etwas fester machen, sonst hält es nicht, bis wir oben sind.« Ich ziehe einmal probehalber daran. Ja, es geht. »Du musst jetzt aufstehen, bitte, halte dich gut an mir fest.«

Valle lässt seine Füße vom Altar auf den Boden hinab und stützt sich schwer auf mich. »Geht es?«

»Nein.« Er stöhnt.

»Du musst, Valle, du musst. Oder willst du sterben, so wie dein Bruder?«

Er dreht mir den Kopf zu, seine Augen weiten sich.

Gerade, als ich es ihm erklären will, woher ich das weiß, wird mir klar, dass er gar nicht erstaunt ist, sondern wieder ohnmächtig wird. Seine Augäpfel verdrehen sich, dass ich nur noch das Weiße sehen kann, und er sackt in sich zusammen. Das kann nicht nur von den Schnittwunden kommen. Die müssen ihm irgendwelche Drogen gegeben haben, irgendetwas, damit er nicht weglaufen kann.

Ich versuche, ihn zu halten, stemme mich gegen ihn, er darf nicht auf diesen dreckigen Boden fallen, mit all diesen offenen Wunden!

Er ist so unglaublich schwer, ich fange an zu keuchen. Halte ihn, verdammt, Toni, halte ihn!

Ich kann nicht mehr, verliere das Gleichgewicht und wir fallen beide auf den Boden. Oh Gott und jetzt?

»Valle, komm schon!« Er muss wach werden, so schaffe ich das niemals. Ich schreie ihn an. »Valle, wach auf, los, Valle, wir müssen hier weg!« Tränen laufen über mein Gesicht.

Alles in mir sträubt sich dagegen, aber ich muss das jetzt tun. Ich schlage ihm auf die Wange, einmal, zweimal. Keine Reaktion, er bleibt völlig leblos liegen.

153

Ich versuche, ihn aufzuheben, packe ihn mit dem Rettungsgriff, den wir im Erste-Hilfe-Kurs gelernt haben, aber ich bin zu schwach.

Verdammt.

Was jetzt? Ich kann ihn doch nicht so liegen lassen, hier auf dem kalten Boden. Ich habe alles nur schlimmer gemacht. Ich hätte bei der Polizei anrufen sollen – wie bin ich nur auf diese verrückte Idee gekommen, alleine hierherzugehen? Ich brauche Hilfe, und zwar sofort. Ich muss einen Krankenwagen rufen.

Ich bücke mich zu ihm, versuche, das Altartuch unter ihm so zurechtzuziehen, dass er nicht direkt auf dem dreckigen Kellerboden liegen muss, küsse ihn auf den Mund, dann rase ich los.

Suche im Laufen nach meinem Handy, sofort muss ein Krankenwagen her, wieso habe ich nicht gleich daran gedacht? Wie konnte ich glauben, ich würde das allein schaffen?

Ich versuche es schon in den Gängen, aber ich habe keinen Empfang. Ich muss nach oben, verdammt, wo war nur diese Treppe? Ich stolpere im Dunklen über eine Kiste, rapple mich auf und suche diese gottverdammte Treppe.

Da ist eine Tür. Ich reiße sie auf, bitte, die Treppe, bitte, bitte – oder meinetwegen der Pfarrer oder der Kirchendiener, irgendjemand!

Nichts, nur ein leerer Raum.

Ich renne im Dunklen weiter, versuche, mich zu erinnern, da kommt wieder eine Tür.

Und diesmal führt sie tatsächlich zur Treppe, ich rase hoch, aber selbst dort habe ich noch immer keinen Empfang. Ich renne weiter und weiter, die Treppen scheinen kein Ende zu nehmen, mein Atem geht stoßweise. Als ich endlich das Ende der Stufen erreicht habe, wird mir bewusst, dass ich in einem der Türme gelandet bin. Hektisch zerre ich an der Eisenklinke und stehe plötzlich draußen auf der winzigen Brüstung des Kirchturms. Der Wind reißt mir beinahe das Handy aus der Hand. Endlich Empfang, ich wähle den Notruf.

Ich bin so außer Atem, dass sie mich dreimal fragen müssen, wie ich heiße; ist doch egal, wie ich heiße, es geht hier um einen Notfall. »Kommen Sie schnell zur St.-Angela-Kirche, sofort!«

Der Wind heult so laut, dass ich kaum verstehe, was am anderen Ende der Leitung gesagt wird.

»Wie bitte?«

»Was ist denn passiert?«

»Hier stirbt jemand, im Keller! Bitte kommen Sie sofort.« Meine Stimme überschlägt sich, ich schreie, Tränen laufen über mein Gesicht.

»Beruhigen Sie sich«, sagt der Mensch am Telefon. »Sie müssen uns genau sagen, was passiert ist. Muss die Feuerwehr auch kommen oder die Polizei? Handelt es sich um einen Unfall?«

»Keine Ahnung, aber schicken Sie endlich jemanden her.«

»Und wohin genau?«

»In den Keller der St.-Angela-Kirche. Bringen Sie einen Arzt mit.«

»Bleiben Sie am Apparat. Ein Einsatzwagen ist schon unterwegs.«

Ich höre aber nur den Wind und keine Sirenen, überlege kurz, was ich jetzt tun soll. Ich muss schleunigst wieder nach unten, muss den Sanitätern helfen, Valle zu finden.

Ich drücke den Anruf weg, stecke das Handy ein und renne die Treppen des Turms hinunter. Wieder brauche ich viel zu lange, bis ich den richtigen Eingang in den Hauptraum der Kirche gefunden habe.

Noch immer höre ich keine Sirenen.

Die Mauern der Kirche sind zu dick, tröste ich mich.

Ich zucke zurück, weil direkt vor dem Altar eine kleine Gruppe von Touristen steht, die andächtig einem Vortrag ihres Reiseführers lauscht. Die Leute erschrecken und starren mich an, egal, ich renne die Stufen des Altars hinunter, durch die Kirche nach draußen.

Stürme hinüber zum Seiteneingang, weil das schneller gehen würde, aber der ist immer noch abgeschlossen. Wieso ist in dieser verdammten Kirche niemand, der dazugehört? Der Pfarrer, der Mesner, die Putzfrau, irgendjemand muss doch hier sein!

Jetzt höre ich die Martinshörner, endlich steht der Krankenwagen vor der Kirche. Ich renne auf die beiden Sanitäter zu.

»In der Kirche im Keller«, presse ich hervor, als ich vor den jungen Typen zum Stehen komme, die mich erst einmal mustern und sich dann schulterzuckend merkwürdige Blicke zuwerfen.

»Wo ist der Arzt?«, frage ich.

»Kommt noch«, sagt der Blonde, er hat seine langen Haare zu einem Pferdeschwanz gebunden.

»Los, wir haben keine Zeit«, schreie ich, »vielleicht stirbt er! Und wir brauchen eine Trage!«

Die beiden holen die Trage aus dem Rettungswagen – im Zeitlupentempo, wie ich finde – und folgen mir dann. Ich stürze wieder in die Kirche, diesmal rufe ich den Leuten zu: »Ein Notfall, es handelt sich um einen Notfall!« – und ich habe den Eindruck, dass die Sanitäter jetzt doch etwas schneller laufen. Die Gruppe weicht vom Altar zurück, ich bete, dass ich mich diesmal nicht verlaufe.

Die Sanitäter folgen mir in den Keller, was sich mit der Trage schwierig gestaltet. Vorhin ist mir gar nicht aufgefallen, dass die Treppenaufgänge fast so eng wie in einem Schneckenhaus sind. Ich drängle trotzdem, laufe voraus, hoffe, dass ich den richtigen Weg nehme.

Und ja, endlich, dort vor mir ist die richtige Tür, ich reiße sie auf, rufe den Sanitätern zu, dass sie herkommen sollen, und bleibe wie angewurzelt auf der Türschwelle stehen.

Der Raum ist leer. Valle ist weg.

Ich sehe noch einmal hin.

Ja, der Raum ist wirklich der richtige, der Altar steht noch da und dann bemerke ich erst, dass nicht nur Valle verschwunden ist, auch die Kerzen und der Wandbehang sind weg, das Baphomet – nichts von alldem ist zu sehen.

»Valle! Valle! Wo bist du?« Panik steigt in mir auf, ich renne hinaus, laufe in den Flur, reiße jede Tür auf, die ich finden kann, nirgends eine Spur von Valle.

Die Sanitäter haben es aufgegeben, mir zu folgen, sie stehen einfach nur da und mustern mich.

»Die andere Richtung!«, keuche ich und versuche dort mein Glück.

Nichts. Es ist, als ob nie jemand hier gewesen wäre. Ich bin dermaßen außer mir vor Zorn, dass ich mit den Schuhen gegen die letzte Tür trete, wieder und wieder.

Bis mir jemand eine Hand auf die Schulter legt.

Der Sanitäter mit dem blonden Pferdeschwanz sieht mich freundlich an.

»Hey, hey, was ist denn eigentlich los?«

Der andere hat die Trage abgestellt. »Du ziehst hier eine ganz schön merkwürdige Nummer ab!«

»Hier unten war ein Schwerverletzter.« Ich stammle bloß noch.

Die beiden werfen sich einen Blick zu. »Und wo soll der jetzt sein?«, fragt der mit der Trage.

»Ich weiß es nicht.« Über meine Lippen kommt nicht mehr als ein heiseres Flüstern. Ich fange an zu weinen, fühle mich so hilflos und allein wie selten zuvor in meinem Leben.

Die beiden kommen einen Schritt auf mich zu, packen mich rechts und links unter dem Arm.

»Jetzt gehen wir erst mal wieder nach oben und dann erzählst du uns die ganze Geschichte, ja?«, sagt der mit dem Pferdeschwanz freundlich, aber der Unterton ist sonnenklar – die denken, ich ticke nicht ganz richtig.

»Lassen Sie mich sofort los!«, brülle ich.

»Gleich, wenn wir oben sind. Das ist nur zu deiner Sicherheit.«

Ich zerre an den Armen der beiden, aber sie halten mich fest umklammert. Plötzlich habe ich schreckliche Angst, dass auch sie zu diesem satanischen Orden gehören könnten, frage mich, ob sie vielleicht bei der Messe waren, in Kutten verhüllt, und genau wissen, was hier los ist.

Aber dann zwinge ich mich, ruhiger zu werden. Ich darf jetzt nicht durchdrehen. Einatmen, ausatmen. Ich muss sie dazu bringen, mir zu glauben.

Brav gehe ich neben ihnen die Stufen hoch. Draußen vor der Kirche hat sich ein riesiger Menschenauflauf gebildet. Weil alle sehen wollen, wie der Herr Pfarrer hier herausgetragen wird, oder warum?

Die Sanitäter versuchen, die Leute zu verscheuchen. »Es gibt hier nichts zu sehen. Bitte gehen Sie weiter!«

Aber ich werde trotzdem von allen Seiten angestarrt und irgendein Idiot macht auch noch Fotos von mir. Jedenfalls blitzt es. Und dieser Blitz wirkt wie ein Schlag auf den Kopf. Ich schaue an mir herunter und plötzlich wird mir klar, wie ich aussehe. Ich trage die offene Lederjacke direkt über dem BH, meine Schnürsenkel sind aufgegangen, an meinen Händen klebt Blut, mein Gesicht ist wahrscheinlich dreckverschmiert.

Ich kann froh sein, wenn sie mich nicht in eine Zwangsjacke stecken. Ich muss mit den Sanitätern reden, ihnen alles erklären. Die beiden steigen mit mir ein, schnallen mich an einem Sitz fest.

»Es tut mir leid, dass Sie umsonst gekommen sind«, versuche ich einen freundlichen Ton und setze ein Lächeln auf. »Aber im Keller war wirklich ein Schwerverletzter.«

»Und wie ist der dorthin gekommen?«

»Dort unten ist der Ritualraum einer Gruppe von Satanisten. Sie sind dafür verantwortlich.«

Ich denke, es ist langsam Zeit, irgendjemandem die Wahrheit zu sagen. Alles andere wäre jetzt auch sinnlos. »Sie wollten meinen Freund bestrafen, Valle hat irgendwas über sie herausgefunden. Genau wie sein Bruder.«

Die beiden schauen sich an.

»Satanisten!«, sagt der eine und um seine Mundwinkel zuckt es.

Der nette Blonde zuckt mit den Schultern. »Man hat schon Pferde vor der Apotheke kotzen sehen. Können wir dann vielleicht mit diesem Bruder sprechen?«, fragt er.

»Nein, der ist tot. Das ist es ja.«

»Ja«, sagt der andere. »Klar, das ist alles sehr, sehr fürchterlich. Darf ich mal?«

Dann zieht er mir vorsichtig meine Lederjacke aus, ich schäme mich fürchterlich, nur im BH vor den beiden zu sitzen, auch wenn es Sanitäter sind. Doch mein Busen interessiert sie gar nicht, sondern nur meine Arme und dann wird es mir klar: Die denken nicht, dass ich verrückt bin, sondern die glauben, ich wäre drogensüchtig.

»Ich bin nicht verrückt und nehme auch keine Drogen. Bit-

159

te rufen Sie einfach meine Mutter an.« Mir fällt nichts anderes mehr ein. Ich hasse mich für diesen weinerlichen Ton, aber ich kann nicht mehr, ich bin am Ende. Ich zittere am ganzen Körper, mir ist wahnsinnig kalt. Flüchtig denke ich daran, dass Schwallfis Kanzlei gleich nebenan ist, aber nein, wenn ich gerade eine Person nicht ertragen kann, dann ist es Schwallfi!

»Hast du einen Ausweis dabei?«, fragt der Blonde schon wieder in diesem sanften Tonfall, der mich wahnsinnig macht.

Während ich nach meiner Jacke greife und in den Taschen wühle, frage ich mich, was mit Valle ist. Wo haben sie ihn nur so schnell hingebracht? Allein die Vorstellung, dass Giltine und Thor und ihre Glaubensbrüder wirklich in der Nähe waren, macht mich ganz krank.

Immerhin, ein Trost bleibt mir: Ich bin ihnen entkommen und kann alles tun, um Valle zu retten.

Während ich meinen MVV-Schülerausweis hervorziehe, unterhalten sich die beiden flüsternd. Sie überlegen, ob sie mich in die Nussbaumstraße zur Beobachtung bringen sollen oder nach Hause. Der Blonde ist für zu Hause, der andere für die Nussbaumstraße. Ich glaube, dort ist die Psychiatrie.

Schnell reiche ich dem Blonden meinen Ausweis. »Bitte«, sage ich, »was ich erzählt habe, stimmt wirklich.«

»Siehst du«, sagt der andere zum Blonden.

Aha. Wenn man auf seiner Geschichte beharrt, scheint das ein Zeichen dafür zu sein, dass man besonders durchgeknallt ist.

Der Blonde wirkt verunsichert.

Ich überlege, was ich sagen könnte, um mich irgendwie aus der Affäre zu ziehen. Räuspere mich schon mal laut. Hauptsache, die Sanitäter hören auf, sich da reinzusteigen.

»Also, es tut mir wahnsinnig leid, dass Sie umsonst gekommen sind. Wahrscheinlich habe ich mir das Ganze nur eingebildet. Wissen Sie, ich bin die Treppe hinuntergefallen . . .«

»Was hattest du denn dort unten überhaupt zu suchen?«, fragt der Blonde.

»Ich, ich . . . ähm . . . ich weiß es nicht mehr. Irgendwie kann ich mich an nichts erinnern. Nur als ich unten am Treppenabsatz lag, kam es mir so vor, als ob dort ein Mensch liegen würde, verletzt. Er wimmerte, glaube ich. Und weil mir so schwindelig war und ich solche Angst hatte, habe ich das nicht überprüft und dachte, ich sollte lieber gleich einen Krankenwagen rufen.«

Schon besser! Der Blonde lächelt.

»Und was ist mit der satanischen Bruderschaft, die hier ihre Messen abhält, und den Brüdern, die nicht da sind?«, fragt der andere.

Mist, wie komme ich aus dieser Nummer bloß wieder raus? »Verrückt, oder?« Ich versuche ein Grinsen. »Ich weiß nicht genau, was ich da eben für Zeug erzählt habe. Könnte es sein, dass das Folgen des Sturzes sind?«, frage ich und hoffe, ich klinge einigermaßen normal. »So etwas wie eine Halluzination?«

Der Blonde schüttelt den Kopf. »Eine Halluzination? Und deine Klamotten? Was ist damit?«

»Komisch«, sage ich und schaue sie offen an. »Daran erinnere ich mich auch nicht mehr.«

»Partieller Gedächtnisschwund«, sagt der Blonde und wirkt sehr erleichtert.

»Wir müssen sie ins Krankenhaus bringen«, wendet der andere ein. »Vermutlich eine Gehirnerschütterung.«

»Ja, mir ist auch ein bisschen schlecht.«

Das ist noch nicht mal gelogen. Mir ist übel vor Erleichterung. Krankenhaus ist besser als Psychiatrie.

Der Blonde setzt sich ans Steuer und startet den Motor.

Und ich schließe meine Augen und überlege, was ich jetzt nur machen soll.

»Trotzdem haben wir zu spät gemerkt, dass der Elende noch einen Brief an seinen Bruder rausgeschmuggelt hat, aber das war auch sein letzter. Denn dann hat Satan seine Kraft so herrlich entfaltet, dass selbst der hartnäckigste Zweifler von seiner und damit meiner Macht überzeugt war.«

16

Das Röntgenbild zeigt natürlich, dass mein Hirn in bester Verfassung ist, und auch sonst deutet nichts auf eine Gehirnerschütterung hin, wie auch. Trotzdem entlässt man mich nur widerwillig. Mama ist mit Schwallfi im Eiltempo in die Klinik gekommen und will genau wissen, von welcher Treppe ich wann, wie und wo gefallen bin. Ihr Gesicht ist so blass, dass ihre Falten stärker als sonst hervortreten. Sie nimmt mich stürmisch in den Arm und betrachtet mich wie einen Schatz, den sie beinahe verloren hätte.

Und das ist mein Glück, denn als Schwallfi davon anfangen will, dass genau so etwas eben passiert, wenn man sich über Verbote hinwegsetzt, bittet ihn Mama, den Mund zu halten. Sie stellt sogar die Theorie in den Raum, dass alles nur geschehen ist, weil sie zu streng mit mir waren.

»Aber jetzt gehst du duschen und dann bleibst du erst mal im Bett!«, ordnet sie an, als wir in der Wohnung ankommen, und ich nicke, weil ich mir genau das wünsche.

Schließlich habe ich bestimmt schon seit vierundzwanzig Stunden nicht mehr geschlafen und fühle mich zittrig und bleischwer.

Doch kaum liege ich dann im Bett, sehe ich Valle vor mir

und mir wird klar, dass ich unter keinen Umständen schlafen kann.

Mama und Schwallfi kommen herein, um mit mir zu reden. Ich muss versprechen, im Bett zu bleiben und mich nicht von der Stelle zu rühren.

Schwallfi muss wieder zurück in die Kanzlei und Mama fragt, ob sie noch etwas einkaufen kann, ohne dass ich gleich wieder abhaue. Zutaten für Hühnersuppe, die kocht sie immer, wenn jemand krank ist.

Ich verspreche alles, damit sie mich endlich alleine lassen, denn ich muss irgendwie herausfinden, wohin sie Valle gebracht haben.

Die beiden gehen, aber sie sehen nicht glücklich dabei aus.

»In einer halben Stunde bin ich zurück, ja?«, ruft Mama, bevor sie die Haustür hinter sich zuzieht.

Okay. Was habe ich für Optionen?

Polizei? Keine Chance. Die werden genauso reagieren wie die Sanitäter. Die Leute aus meiner Band? No way! Selbst wenn sie mich nicht gleich für völlig verrückt erklärten, hieße das, Robert würde von der Sache erfahren. Und darauf kann ich gut verzichten.

Im Grund genommen gibt es nur einen Menschen, der mir glauben wird und dem ich vertraue: Kati. Ganz egal, ob sie sich mit Robert trifft oder nicht, sie ist die beste Schwester der Welt und sie wird mir helfen!

Ich greife nach meinem Handy und rufe sie an.

Mailbox. Ich spreche ihr drauf und schicke ihr gleich noch eine SMS hinterher, die ich mit Lilsis unterschreibe, damit sie weiß, wie dringend es ist. Das heißt Little Sister. Wenn Kati dringend meine Hilfe oder eine Antwort braucht, unterschreibt sie immer mit Bigsis.

Die Wartezeit verbringe ich damit, mir eine Liste zu machen, wo Valle sein könnte. Es tut gut, etwas schwarz auf weiß vor sich zu haben, denn mein Kopf scheint nur noch aus tapetenkleistergetränkter Watte zu bestehen.

1. Noch in der Kirche?

Nein, das will ich nicht glauben. Andererseits, wer weiß, ob es dort nicht weitere Räume gibt? Vielleicht existiert ein unterirdischer Gang zur U-Bahn. Das streiche ich gedanklich wieder durch. Schwachsinn. Ich muss mich konzentrieren.

2. Giltines Wohnung?

Ja, das würde ich gern glauben, denn ich weiß, wo sie wohnt. Aber wie sollen sie Valle von Schwabing nach Giesing transportiert haben?

Manchmal bist du ziemlich beschränkt, Toni, nur weil du noch keine achtzehn bist! Ist doch ganz klar: mit dem Auto!

3. Thors Wohnung?

Wenn ich nur wüsste, wo er wohnt. Kann ich das irgendwie herausfinden?

4. XY – ein unbekannter Ort

Ja, das scheint mir am wahrscheinlichsten. Warum sollten sie so blöd sein, ihn zu sich nach Hause mitzunehmen? Mir wird wieder ganz flau. Warum sollten sie ihn überhaupt irgendwohin mitnehmen? Vielleicht liegt er schon tot in ihrem Kofferraum. »Er wird nie wieder reden«, hat Giltine gesagt.

5. Der Schlüssel

Wenn ich herausfinde, wozu der passt, dann weiß ich zumindest, was hinter alldem steckt.

6. Was weiß ich noch?

Valles Bruder ist tot. Und Leon ist nicht eines natürlichen Todes gestorben, zumindest nimmt Valle das an. Er wollte herausfinden, was mit seinem Bruder geschehen ist. Und

165

mir ist inzwischen klar, dass er sich deswegen in die Gruppe eingeschlichen hat.

Wenn er die Beweise in dem Wandaltar mit dem satanistischen Abbild versteckt hat, dann muss ich vielleicht an ähnlichen Stellen nach weiteren Hinweisen suchen.

Was ist zum Beispiel mit der satanischen Bibel in Valles Wohnung?

Mein Handy klingelt.

»Was ist denn los? Ich hab hier echt zu tun.« Kati klingt genervt.

»Du musst sofort nach Hause kommen. Verstehst du, sofort. Es geht um Leben und Tod.«

»Ist was mit Mama oder . . . Schwallfi?«

»Nein, aber mit mir. Bitte, Kati, komm jetzt gleich.«

Ihre Stimme wird ganz ruhig. Sie stellt keine weiteren Fragen. »Okay, ich bin in einer halben Stunde da«, sagt sie. »Mach keinen Scheiß in der Zwischenzeit, ja?«

»Versprochen, beeil dich.«

Eine halbe Stunde, das ist eine Ewigkeit, da wird Mama wieder zurück sein, es wird nicht leicht sein, an ihr vorbeizukommen. Aber trotzdem fühle ich mich unendlich erleichtert.

Kati wird kommen. Ich werde nicht mehr allein mit alldem sein!

Hastig ziehe ich mich wieder an, hole mir in der Küche etwas zu trinken und zwinge mich, an einem Knäckebrot zu nagen. Ich muss dringend ein bisschen Kraft sammeln.

Anschließend starre ich aus dem Fenster, auf den asphaltierten Weg und warte auf Kati. Die Küchenwanduhr muss kaputt sein, die Zeiger bewegen sich gar nicht.

Ich beobachte eine Papiertüte von Interspar, die durch die Luft gewirbelt wird, Blätter, die sich dazugesellen, und wie schließlich alles in einer Ecke in sich zusammensackt und zu Boden sinkt. Ich sehe den Tauben am Springbrunnen beim Kacken zu, betrachte ein kleines Mädchen, das die Tauben mit seiner Baby Born verjagt, einen altersschwachen schmutzig beigen Pudel, der sein Bein an jedem Strauch am Weg hebt, was sein noch viel älteres Frauchen zum Schimpfen bringt.

Und endlich sehe ich Kati, wie sie zum Haus rennt, der Wind bläst ihr Haar auf zu einer brennenden Fackel, ihr Gesicht ist vom Laufen gerötet. Sie späht hoch zum Fenster, winkt mir, ich drücke den Türsummer, dann ist sie da. Und anstatt ihr zu erklären, was los ist, falle ich in ihre Arme und schluchze.

Sie lässt mich eine Weile weinen, doch danach will sie jedes Detail wissen, und weil sie meine Schwester ist, glaubt sie mir alles, sogar das, was sich völlig schwachsinnig anhört.

Dann schlägt sie vor, zur Polizei zu gehen.

»Spinnst du?«

Sie mustert mich, betrachtet die Briefe, das Foto und den Schlüssel, die einzigen Beweise, die wir haben. Dann seufzt sie tief. »Du hast recht, die Polizisten würden uns für bekloppt halten.« Sie schaut mich fragend an. »Hast du dir überlegt, was wir sonst tun könnten?«

»Wir müssen herausfinden, wo Valle ist. Was, wenn sie ihn umbringen wollen, so wie seinen Bruder?«

»Bis jetzt wissen wir gar nicht, dass der Bruder wirklich umgebracht wurde.«

»Du hast doch die Briefe gelesen.«

Kati nickt. »Aber Leon drückt sich ziemlich unklar aus. Wahrscheinlich wollte er kein Risiko eingehen. Aber der Tonfall ist schon ziemlich verrückt. Am Ende glaubt er sogar an eine Macht, die schuld an seiner Krankheit ist.«

Kati stöhnt und überlegt einen Augenblick. »Wir müssen mit Thor und Giltine anfangen, eine andere Wahl haben wir gar nicht. Auch wenn sie Valle bestimmt nicht in Giltines Wohnung gebracht haben. Aber vielleicht können wir sie vor der Haustür abfangen und ihnen von dort aus folgen!« Die Augen meiner Schwester leuchten auf.

»Kati, das hier ist nicht irgendein Film, sondern bitterer Ernst! Wenn du Valle gesehen hättest . . .« Vielleicht liegt es an meiner Übermüdung, aber ich könnte schon wieder heulen.

»Was glaubst du denn, wer von den beiden gefährlicher ist – Giltine oder Thor?«

Definitiv Giltine. Schließlich war sie die Priesterin bei der Messe. Aber Thor ist mir auch unheimlich.

Natürlich möchte Kati jetzt jedes Detail von dieser Messe wissen, aber ich will, dass wir verschwinden, bevor Mama nach Hause kommt. »Lass uns gehen«, dränge ich. »Ich erzähl dir alles unterwegs, okay?«

Statt einer Antwort zieht Kati ihren kamelhaarfarbigen Wollmantel an, dann setzt sie eine riesige Sonnenbrille auf. »Was soll das denn?«, frage ich.

Kati grinst. »Undercover . . .«, wispert sie.

Ich möchte ihr das Ding am liebsten von der Nase reißen. »Mann, Kati, ich sag's dir noch mal! Wir spielen hier nicht TKKG! Diese Satanisten, das ist eine Sekte. Die Vivat Imperium Satanas sind gefährlich und schrecken vor nichts zurück! Und von wegen undercover! Mit der Brille bist du so auffällig wie ein Nashorn beim Minigolf.«

Kati zieht die Brille kommentarlos wieder ab, pfeffert sie auf den Garderobenschrank und dann machen wir uns auf den Weg. Aber wir kommen nur bis zur Haustür, denn dort treffen wir auf Mama, die zwei große Einkaufstüten heranschleppt, die Taschen mit einem Plumps abstellt und dann ihren Hausschlüssel aus der Manteltasche fischt. Als sie uns bemerkt, zieht sie ihre Augenbrauen zusammen und runzelt die Stirn.

»Darf ich fragen, wohin ihr wollt? Was machst du überhaupt schon zu Hause, Cathérine?«

Kati erklärt Mama, dass sie wegen all ihrer Überstunden heute früher gehen durfte und mich zu einem Mini-Spaziergang überredet hätte, der mir doch ganz sicher guttun würde. Ich nicke dazu nur.

Mama schaut grimmig zwischen uns hin und her. »Das kommt überhaupt nicht infrage! Ich habe Toni vor zwei Stunden aus dem Krankenhaus abgeholt und jetzt wollt ihr spazieren gehen? Ihr spinnt wohl!«

Ich will schon protestieren, da legt Kati mir beruhigend die Hand auf den Arm und lächelt Mama an. »Mama, du hast natürlich total recht. Toni muss sich unbedingt wieder hinlegen. Aber ihr war dermaßen flau und elend, da dachte ich, wir gehen nicht nur spazieren, sondern schauen mal vor zur Apotheke und lassen ihren Blutdruck messen und hören, was die Apothekerin sagt. Oder was meinst du, Mama?«

Mama schaut unschlüssig zwischen uns hin und her. »Toni sieht müde aus. Sie gehört ins Bett. Und Blutdruck messen kann ich auch bei ihr.«

Mist, was machen wir denn jetzt?

»Wir haben Schwal-, äh Ralf angerufen und ihn gefragt und er fand es eine gute Idee.« Kati lügt, ohne mit der Wimper zu zucken. Wenn ich nicht so durcheinander wäre, müsste ich mich jetzt wundern. Kati lügt doch sonst nie.

Mama zuckt mit den Schultern. »Ihr habt euch von Ralf das Okay geholt?«

Kati nickt treuherzig.

Meine Mutter zögert. »Okay, aber in zehn Minuten seid ihr wieder da.«

»Versprochen, Mamsi!« Kati beugt sich zu Mama, gibt ihr rechts und links zwei Küsschen, nimmt die beiden Tüten und trägt sie in die Küche. Mama schaut mich noch einmal kopfschüttelnd an und folgt dann Kati.

Kati ist schnell zurück. »Ich hab Mama noch erzählt, dass Schwallfi zum Gericht musste, damit sie ihn nicht gleich anruft. Aber wir müssen uns beeilen.«

Sie zieht mich mit sich auf die Straße und wir laufen zur U-Bahn-Haltestelle. »Jetzt erzähl endlich, was es mit diesen Satanisten auf sich hat«, sagt sie. »Komischer Name: Es lebe die Herrschaft Satans!«

Ich starre sie überrascht an, denn sie grinst. »Ja, manchmal lohnt es sich eben doch, Latein gelernt zu haben! Vivat Imperium Satanas heißt: Es lebe die Herrschaft Satans! In der Abkürzung VIS bedeutet das Kraft oder Macht.«

Plötzlich fällt mir etwas ein. Die Inschrift auf Giltines Feuerzeug! War die Gravur nicht lateinisch? Ich hole es heraus und erkläre Kati, woher ich es habe.

»Sieht teuer aus«, sagt sie und dreht das Feuerzeug, das golden schimmert, nachdenklich hin und her. »Ich schaue es mir in der U-Bahn mal genauer an.«

Auf dem Weg zur Haltestelle berichte ich meiner Schwester, wie die Messe abgelaufen ist, und dabei frage ich mich, was ich eigentlich getan hätte, wenn Valle wirklich zu dieser Gruppe gehören würde.

»Was du da erzählst, das klingt ziemlich langweilig. Ständig diese Luziferbeschwörungen. Da war es ja als Messdienerin noch spannender.« Kati grinst mich an und ich habe den Verdacht, dass sie mich aufheitern will.

»Ehrlich gesagt – nach allem, was passiert ist, glaube ich,

dass die mir eine zahme Anfängerversion präsentiert haben.«
Unwillkürlich schieben sich Bilder von Valles zerschnittener
Haut vor meine Augen und plötzlich fällt mir wieder ein,
dass Giltine in Valles Wohnung von Thors Priesterweihe gesprochen hat. Wie so etwas wohl ablaufen mag? Ob sie deshalb Valle vorerst am Leben gelassen haben?

Nein, Blödsinn. Energisch versuche ich, diesen Gedanken
zu verdrängen.

»Was ist los? Du siehst ziemlich grün aus!« Kati flüstert,
weil wir mittlerweile in der U-Bahn Richtung Giesing sitzen.

»Nichts.« In Wirklichkeit lege ich mir gerade einen Plan zurecht, aber den möchte ich Kati nicht verraten. Noch nicht
jedenfalls, sonst wird sie mich zwingen, wieder zurück nach
Hause zu fahren.

Meine Schwester hat sich mittlerweile dem Feuerzeug zu-
gewendet. »Tibi praemio«, liest sie vor. »Das heißt so viel wie
›dir zur Anerkennung‹. Und das auf der Rückseite? Sacra
sunt facienda? Blöd, dass wir kein Wörterbuch haben.« Kati
dreht das Feuerzeug in der Hand hin und her. »Könnte bedeuten ›Opfer müssen gebracht werden‹.« Sie schaut mich an
und zuckt mit den Schultern. »Schade, das nutzt uns nichts.«

»Nichts außer der Erkenntnis, dass Luzifers Freunde offensichtlich gut Latein können.«

Wir steigen an der Silberhornstraße aus und gehen die Tegernseer Landstraße entlang. Der Wind treibt uns eiskalten
Sprühregen ins Gesicht, der im Gesicht prickelt wie fliegende
Stecknadeln, und in meinem Bauch fühlt es sich ganz ähnlich an. Beißendes Rumoren.

Als wir Giltines Haus erreicht haben, bleiben wir stehen.

»Sieht total normal aus«, stellt Kati fest und trampelt mit
den Füßen auf der Stelle, um warm zu werden.

»Was hast du denn gedacht? Dass die in einem Hexenhäuschen wohnen?« Trotz meiner Worte fühle ich mich genauso, als wäre ich Hänsel auf dem Weg in den Ofen.

Ich hole tief Luft. Jetzt muss ich mit der Wahrheit heraus-rücken.

»Okay, Kati. Ich geh da jetzt rein. Und zwar allein.«

Kati starrt mich entgeistert an. »Das meinst du doch nicht im Ernst, oder?«

Ich nicke so entschieden, wie ich kann. »Hör zu. Die Zeit wird knapp. Valle ging es wirklich schlecht. Wir können uns hier nicht ewig auf die Lauer legen, bis irgendjemand aus dem Haus kommt.«

»Und stattdessen gehst du einfach rein?«, sagt Kati. »Aber Giltine weiß doch, dass du Valle in St. Angela gefunden hast, oder? Einer von ihren Leuten muss ihn da schließlich wegge-schafft haben.«

»Keine Ahnung, ob sie mich beobachtet haben«, sage ich. »Vermutlich schon.«

»Guter Plan.« Kati reibt ihre Hände zusammen, um sie auf-zuwärmen. »Du spazierst da also einfach rein und bittest sie höflich, Valle herauszugeben, oder was?«

»Natürlich nicht!« Ich verdrehe die Augen. »Ich muss ihr drohen.«

»Ach, na klar«, sagt Kati. »Wie konnte ich das nur verges-sen! Natürlich, du drohst ihnen!« Sie schlägt sich mit der Handfläche gegen die Stirn. »Hallo? Wer nimmt denn hier die ganze Sache nicht ernst?«

Ich stampfe mit dem Fuß auf. »Das ist meine einzige Chan-ce, Kati. Ich behaupte einfach, dass ich genug Beweise habe, um zur Polizei zu gehen, wenn sie mir nicht verraten, wo Valle ist.«

Kati sieht mich immer noch kopfschüttelnd an. »Denkst du wirklich, die lassen sich darauf ein? So nach dem Motto

›Wenn du so lieb drum bittest, Toni, lassen wir Valle selbstverständlich sofort frei.‹ Vorher allerdings bekommst du noch eins über den Schädel. Nur zur Sicherheit.«

Ich gebe mir Mühe, meine aufsteigenden Tränen zu unterdrücken. Ich weiß ja auch, dass mein Plan an allen Ecken und Enden hinkt. Aber habe ich eine Wahl?

»Giltine wird bestimmt ausrasten, ja klar«, erwidere ich. »Doch da kommst du ins Spiel. Wenn sie mir etwas tun wollen, behaupte ich, dass ich dir alle Beweise übergeben habe. Um mich abzusichern. Und falls ich mich nicht in einer Viertelstunde bei dir melde, dann gehst du damit wirklich zur Polizei.«

Kati schüttelt den Kopf. »Das ist doch Wahnsinn, Toni. Ich lass dich nicht allein da rein!« Aber sie sieht schon so aus, als ob ihr Widerstand langsam aber sicher erlahmt.

»Wenn wir zu zweit gehen, sind wir im Zweifelsfall auch beide dran«, setze ich noch eins hinterher. »Kati, eine Viertelstunde! Und du wartest vor der Tür! Da kann doch überhaupt nichts passieren!«

Ich versuche, meine Stimme zuversichtlich klingen zu lassen, aber ich höre selbst, dass ich kläglich damit scheitere. Der Gedanke an Giltines Pharaonenaugen jagt mir Schauer über den Rücken.

Kati seufzt. »Ich weiß nicht.« Plötzlich hellt sich ihre Miene auf. »Ich hab eine andere Idee!« Sie strahlt mich an. »Ich rufe Robert an. Der wird uns helfen, bestimmt Toni, der würde sofort kommen, dann kann der Schmiere stehen und ich geh mit dir da hoch.«

Robert? In mir zieht sich alles zusammen, wenn ich daran denke, wie er mich in den letzten Wochen behandelt hat. Ausgerechnet Robert! Als ob der uns helfen würde, Valle zu retten! Andererseits muss ich zugeben, dass wir nicht viele

Optionen haben. Und Robert kennt mich immerhin so gut, dass er weiß, dass ich keine verrückten Geschichten erzähle. Aber ob er mir deswegen auch hilft?

»Kati, lass Robert aus dem Spiel, okay?«, sage ich so bestimmt wie möglich. »Ich geh da jetzt allein hoch. Und wenn ich in einer Viertelstunde nicht wieder zurück bin, rufst du die Polizei.«

Bevor Kati mich aufhalten kann, renne ich zur Wohnungstür, drücke wahllos ein paar der zahllosen Klingeln, bis mir jemand öffnet, und steige diese merkwürdig stummen Betonstufen zu Giltines Wohnung hoch. Einmal drehe ich mich noch nach Kati um.

Sie steht hilflos dort, ihre Hand auf der Hosentasche, als wolle sie ihr Handy hervorholen. Aber sie tut es nicht.

Dankbar lächle ich ihr zu und dann bin ich auch schon oben.

Okay, ich kann das hier tun.

Ich bekomme das hin.

Gerade will ich die Hand heben, um zu klingeln, da wird die Tür schon geräuschlos von innen geöffnet. Giltine deutet mit der linken Hand eine einladende Geste an.

Sie haben mich erwartet.

Warum wundert mich das nicht?

Ich atme tief durch und gehe hinein. Als sie die Tür hinter mir schließt, habe ich plötzlich das sichere Gefühl, Kati nie mehr wiederzusehen. Sie hatte recht. Was für ein Irrsinn, sich freiwillig in die Höhle des Löwen zu begeben.

»Was zu trinken?«, fragt Giltine übergangslos.

»Gerne«, antworte ich automatisch und denke im nächsten Moment daran, dass sie etwas in mein Glas schütten könnte. »Leitungswasser wäre gut«, sage ich deshalb, weil ich hoffe, damit auf der sicheren Seite zu sein. Dann fällt mir ein, irgendwo gelesen zu haben, dass K.-o.-Tropfen farb- und geruchlos sind. Ich werde einfach gar nichts trinken.

Es riecht nach Zimträucherstäbchen und aus dem Wohnzimmer am Ende des Ganges ertönt laute Musik. Ich erkenne den Song. »Bist du Fan von den Grunks?«

Sie schüttelt den Kopf. »Nein, ein Freund hat mir das gegeben, ich wollte nur mal reinhören.«

Ich kann es nicht fassen. Was wird das hier eigentlich? Small Talk unter guten Freunden?

Komm zur Sache, Toni!

Ich gehe ins Wohnzimmer und einen Moment später bringt Giltine mir ein Glas mit Wasser. Sie lächelt mich so strahlend an, dass ich völlig aus dem Konzept gerate. »Hast du vielleicht etwas für mich?« Ihre schnurrende Stimme lässt mich unsicher innehalten.

Ich schüttle den Kopf. Was soll ich denn für sie haben? Will sie etwa auf Valles Schlüssel hinaus?

Geräusche im Nebenzimmer.

»Auch gut«, sagt Giltine und ich weiß noch immer nicht, was sie meint. Sie wendet sich um. »Thor, schau mal, wer uns da die Ehre gibt«, ruft sie laut in den Flur.

Thor gesellt sich zu uns, offenbar war er im Nebenraum. Wohnt er mit Giltine zusammen hier? Er mustert mich mit seinem klebrigen Blick von oben bis unten.

»Sieh mal einer an«, sagt er und schaut fragend zu Giltine, die fast unmerklich mit ihrem Kopf wackelt.

Er streicht sich über die Glatze. »Eigentlich nett von dir, Toni«, sagt er leichthin. »Das erspart uns die Fahrt nach Bogenhausen.«

Mir wird eiskalt. Ich hatte recht. Sie haben mich in St. Angela beobachtet. Und sie wissen, dass ich Valle helfen will.

»Ich habe Beweise für das, was ihr getan habt«, sage ich

schnell. »Und wenn ich mich in zehn Minuten nicht bei meiner Schwester melde, dann geht sie damit schnurstracks zur Polizei. Es sei denn, ihr sagt mir, wo Valle ist.«

Sie lacht.

Giltine bricht in ihr perlendes Kicherhexenlachen aus, dieses Hihihi, das mir schon in Valles Wohnung Angst eingejagt hat.

Sie lacht und lacht und kann sich gar nicht wieder einkriegen. Begleitet wird es von dem Ziegengemecker ihres Freundes und in diesem Moment wird mir klar, was für einen Riesenfehler ich gemacht habe.

»Dann rufen wir deine Schwester am besten mal an«, sagt Thor, als er sich endlich wieder gefasst hat. »Damit die Arme Bescheid weiß, was genau sie zu tun hat.«

Giltine hat sich vor die Tür gestellt. »Du hast doch sicher ein Handy dabei?« Ihre Stimme trieft vor Spott.

Blöd, blöder, am blödesten!

Ich versuche, zur Tür zu rennen, irgendwie muss ich mich an Giltine vorbeiquetschen, ich schaff das, doch Thor ist schneller als ich. Er packt mich, dreht mir die Arme auf den Rücken und hält mich fest. »Durchsuch sie!«, ruft er Giltine zu, die sich mit einem schlangenhaften Lächeln über mich beugt, dabei ganz zart meine Haare streichelt, was grauenhafter ist, als wenn sie mich geschlagen hätte. Dann greift sie in meine Jackentasche und leider ist dort mein Handy.

»Fessle sie an den Stuhl dort!«, befiehlt Giltine und Thor gehorcht nur zu gern. Jedes Bein wird mit Paketschnur an ein Stuhlbein gefesselt und meine Hände bindet er hinter der Stuhllehne zusammen. Der Stuhl ist ein alter Thonetstuhl, der ziemlich laut knarzt und wackelt.

Denk nach, Toni, hämmert es in meinem Hirn.

Was kannst du tun? Um Hilfe rufen? Nie im Leben wird Kati dich hören!

Zehn Minuten noch! Ich muss Zeit schinden, damit Kati die Polizei holt.

»Wo habt ihr Valle versteckt? Ist er hier in der Wohnung?«, platze ich heraus, weil mir nichts Besseres einfällt.

Giltine schaut nicht einmal auf, sondern studiert mein Handy. Sie klickt sich durch die Menüs.

»Die nehmen wir«, murmelt sie schließlich und dann kapiere ich, was sie macht. Offenbar kopiert sie eine alte SMS und setzt einen neuen Text ein.

Mist! Ich habe die SMS an Kati, die mit Lilsis unterschrieben ist, natürlich nicht gelöscht.

Kati ist schlau! Kati fällt nie im Leben auf so einen blöden Trick rein. Die wird sofort misstrauisch werden, wenn jetzt eine SMS von mir kommt.

»Lasst meine Schwester aus dem Spiel.«

Giltine sieht gleichgültig hoch. »Aber um sie geht es doch«, sagt sie, als müsste ich das längst wissen.

Und da fällt mir ein, was Thor heute Morgen zu mir gesagt hat.

Von dir wollen wir deine Schwester. Denn sie hat den Atem des Teufels.

Oh Gott! Das ist nicht nur ein durchgeknallter Spruch gewesen. Oder irgendeine Ankündigung zu einem blödsinnigen Aufnahmetest. Die haben es wirklich auf Kati abgesehen. Aber warum?

Kati, beschwöre ich sie inständig. Mach einmal in deinem Leben das Falsche. Versuch nicht, deiner kleinen Schwester aus der Patsche zu helfen!

Aber da klingelt es schon.

Thor und Giltine sehen sich verdutzt an. »Die kann doch wohl nicht fliegen . . .« Giltine schaut durch den Spion, dann bricht sie wieder in Lachen aus und öffnet die Tür weit.

»Nein! Kati!«, brülle ich, »hau ab, hau sofort ab, hol die Polizei, renn weg!«

Aber meine letzten Worte denke ich nur noch, weil Thor mir ein Geschirrtuch in den Rachen stopft.

Hilflos muss ich mit ansehen, wie Giltine einen Moment später meine Schwester ins Wohnzimmer zerrt.

»Die Macht unserer Gruppe breitete sich danach aus wie ein Buschbrand, wir waren nicht mehr zu stoppen, denn wir hatten Ihn als Verbündeten. Trotzdem verlegten wir den Hauptsitz und dann suchte ich nach einem Spielkameraden für G., denn sie wurde mir lästig. Nein, schlimmer noch, sie wurde zu einem Risiko, weil sie zu durchschaubar war.«

17

Kati ist hier.

Ihr Gesichtsausdruck verändert sich schlagartig, als sie mich sieht – gefesselt, mit einem Riesenpfropfen im Mund. Sie reißt ihre Augen auf und schlägt sich die Hand vor den Mund, um nicht loszuschreien.

Eine Sekunde zögert sie, dann rennt sie zu mir, zerrt an meinen Fesseln.

Ich gebe erstickte Geräusche von mir, sie kapiert sofort und zieht an dem Geschirrtuch. Während sie es herauswindet, muss ich würgen, mein Mund ist staubtrocken und ich bringe nur noch ein krächzendes »Hau ab, hau sofort wieder ab!« raus, bevor Thor mir kopfschüttelnd wieder das Tuch in den Mund stopft.

Kati steht einen Moment regungslos da. Das macht mir noch mehr Angst, denn meine Schwester weiß sonst immer, was sie tun soll. Endlich stürzt sie zur Haustür, aber Giltine hat sie schon erwartet.

Kati ergibt sich nicht so ohne Weiteres, schlägt mit ihren

Fäusten auf Giltines Brust, dann zieht sie an ihren langen schwarzen Haaren und tritt ihr ans Schienbein.

Bravo! Weiter! Mehr!

Giltine verliert ihre Beherrschung und schreit, das bringt Thor dazu einzugreifen.

Er packt Kati am Genick, als wäre sie eine Katze, und schleppt sie in ein anderes Zimmer.

Sofort werde ich völlig panisch, ich kann sie nicht mehr sehen, das halte ich nicht aus, das ertrage ich nicht.

Ich muss wissen, was Thor mit ihr macht. Aus meiner Kehle dringen gurgelnde Geräusche, ich zerre und wackle am Stuhl. Dann kommt mir eine Idee. Ich könnte dafür sorgen, dass der Stuhl umfällt, dann geht er vielleicht kaputt und ich kann die Fesseln lösen.

Aber Giltine ist noch hier bei mir, diesen Versuch wage ich besser erst, wenn sie weg ist. Sie kommt näher und stellt sich vor mich hin. Dann tritt sie mir ans Schienbein.

»Das ist für deine Schwester«, faucht sie und reißt an meinen Haaren, was horrormäßig wehtut. Aber das Geschrei von Kati aus dem anderen Zimmer schmerzt mich sehr viel mehr.

Ich starre Giltine an, als wäre sie eine Mischung aus Kotze und Hundekacke, ich hasse sie, und wenn Blicke töten könnten, wäre sie nur noch ein Aschehaufen. Soll sie mich ruhig misshandeln, das stachelt meine Wut nur noch mehr an und bringt mein Hirn auf Touren.

Da, Thor ruft nach ihr. Sie tritt ein zweites Mal zu, dann geht sie widerwillig nach nebenan.

Jetzt werde ich das mit dem Stuhl versuchen. Kati schreit schon wieder – gut, dann weiß ich wenigstens, dass sie lebt.

Ich stelle mich auf die Füße, versuche, den Hintern mit dem Stuhl zu heben, denke flüchtig darüber nach, ob ich mir die

Arme brechen werde, wenn ich mich hinfallen lasse. Aber noch schlimmer: Das Ganze wird einen Höllenlärm auf dem Holzfußboden machen, was Giltine und Thor auf den Plan rufen wird.

Ich schaue mich um. Versuche, ob ich gehen kann. Das ist so, als müsste man in gehockter Haltung mit Gewichten am Hintern vorwärts schleichen.

Von Kati ist mittlerweile kein Laut mehr zu hören. Ich muss schleunigst etwas tun.

Auf dem Sofa liegt eine Kutte, aber die wird das Geräusch auch nicht dämpfen. Ich bräuchte einen Teppich – oder schaffe ich es vielleicht sogar bis zur Tür? Aber die Treppe komme ich so nie im Leben runter. Verdammter Mist!

Warum ist Kati auf einmal so still?

Was machen sie mit ihr?

Oh nein, ich rutsche nach hinten, meine Oberschenkelmuskeln zittern, ich schaffe es nicht mehr, mich zu halten, und falle um. Rückwärts.

Der Stuhl drückt sich schmerzhaft in mein Steißbein. Es kracht, als ich am Boden aufkomme. In die Schulter bohrt sich etwas Spitzes. Ich bleibe so liegen und warte mit Herzrasen darauf, dass einer von den beiden auftaucht. Aber niemand kümmert sich um mich.

Das kann nichts Gutes bedeuten. Sie sind wahrscheinlich abgelenkt, weil sie mit Kati beschäftigt sind. Schnell verdränge ich die Bilder, die vor meinen Augen aufziehen, die Schnitte auf Valles Haut . . .

Ich zerre an den Fesseln und kann meine Arme bewegen, zuerst reiße ich mir das Geschirrtuch aus dem Mund, dann drehe ich mich um. Die gebogene Lehne ist gesplittert. Am Boden sitzend mache ich hektisch meine Beine los. Meine Hände zittern so stark, dass es eine Ewigkeit dauert, bis ich die Knoten des Seils lockern kann. Aber noch bevor ich fertig bin, höre ich eilige Schritte näher kommen.

Was jetzt?

Ich stopfe mir das Tuch in den Mund, lege die Arme wieder nach hinten um die geborstene Lehne und tue so, als wäre ich noch immer gefesselt.

Die Hexe lacht, als sie mich sieht.

Wer zuletzt lacht . . .

Wenn sie sich zu mir herunterbeugt, werde ich sie packen und dann fesseln, und zwar nicht so lächerlich schlampig, wie Thor das bei mir getan hat.

Aber was, wenn sie sich nicht runterbeugt?

Sie geht vor mir in die Knie, um den Schaden genau zu betrachten. »Auf diesem Stuhl hat schon meine Oma gesessen«, sagt sie ganz ruhig. »Dafür wirst du mir büßen.«

Das ist meine einzige Chance. Ich packe ihre Haare und ziehe daran. Sie schreit auf und kämpft, aber ich lasse nicht los, stehe auf, ein schrecklicher Schmerz durchzuckt mein linkes Bein, weiter, Toni, du musst Kati retten. Ich stopfe Giltine das Tuch in den Mund und zerre sie zu einem anderen Stuhl, aber der sieht genauso windig aus wie der, auf dem ich gefesselt worden bin. In dieser Sekunde schafft Giltine es, sich loszuwinden, aber zum Glück verliert sie das Gleichgewicht, stolpert und fällt mir vor die Füße.

Ich muss sie ausschalten, damit ich nur noch Thor als Gegner habe, schaue mich schnell nach einem Gegenstand um, packe den Stuhl und schlage ihr, ohne zu zögern, damit über den Kopf.

Sie fällt um wie ein Baum. Für einen winzigen Augenblick zucke ich zusammen, ich muss unwillkürlich an Thor denken, als er gegen die Wand des Aufzugs geprallt war. Doch meine Angst um Kati überdeckt alle anderen Gefühle und ich greife schnell nach der Paketschnur, fessle Giltine an Armen und Beinen und zerre sie unter den Tisch.

Warum taucht Thor nicht auf?

Was macht er mit Kati? Wenn ich an sein schmieriges Lachen denke, wird mir übel. Ich schleiche schnell in die Küche und suche ein Messer.

So bewaffnet begebe ich mich auf die Suche nach den beiden.

Endlich komme ich an eine Tür, aus der ein merkwürdiges Geräusch dringt, so ähnlich wie ein Surren, aber doch irgendwie anders.

Ich kann das Geräusch nicht zuordnen, obwohl ich es kenne, ich kenne es gut, es verursacht mir eine Gänsehaut.

Ich atme tief durch, dann drücke ich vorsichtig die Klinke der Tür, die unglaublich schwer aufgeht. Erst als sie ein Stückchen weit offen ist, erkenne ich den Grund dafür. Die Türfüllung ist schwarz gepolstert. Deshalb haben sie mich nicht gehört – und deshalb höre ich Kati nicht.

Als ich die Tür weit genug geöffnet habe, möchte ich am liebsten sofort weinen.

Kati sitzt auf einem Polsterbett, ihre Hände sind auf dem Rücken gefesselt, sie schaut mich mit großen Augen an.

Riesigen Augen.

Unnatürlich großen Augen.

Thor steht vor ihr und rasiert ihr, fröhlich vor sich hin summend, die Haare ab.

Katis prächtige rote Haare.

Dieses miese Schwein!

Er steht mit dem Rücken zu mir. Gut.

Mit einem Satz bin ich heran und bohre ihm die Messerspitze in seinen Rücken. »Hör sofort auf oder du bist tot!« Ich lege all meinen Hass und meine ganze Verachtung in

183

diese Worte und übe noch etwas mehr Druck auf das Messer aus.

»Und dreh dich ja nicht um! Auf deine Höllenfreundin brauchst du gar nicht erst zu warten, die hab ich schon erledigt. Also tust du jetzt besser, was ich dir sage.« Ich wundere mich selbst über meine Worte und hoffe inständig, dass er mir nicht anhören kann, wie groß meine Angst ist. Falls Thor Karate kann, bin ich mit einem Kick erledigt. Und nicht nur ich. Sondern auch Kati.

»Wird's bald!«

Er lässt von Kati ab. Ich drücke die Spitze noch tiefer in seinen Rücken. »Jetzt schön die Fesseln durchschneiden. Und ich warne dich: keine Spielchen!«

Kati sitzt wie gelähmt auf dem Bett, rührt sich keinen Zentimeter, gibt keinen Laut von sich. Mich beschleicht der Verdacht, dass sie ihr Drogen gegeben haben, ihre Pupillen sind so unglaublich groß, hoffentlich kann sie mich hören und verstehen.

Aber erst einmal muss ich mich auf Thor konzentrieren, muss ihn unter Kontrolle halten.

Er hat die Fesseln mit einer Schere, die neben dem Rasierapparat lag, durchtrennt.

»Kati, nimm die Fesseln und binde Thor fest, los, mach schon!« Meine Stimme überschlägt sich vor lauter Panik.

Kati bewegt sich nicht. Oh verdammte Scheiße, was mach ich denn jetzt?

Thor merkt, dass etwas schiefläuft, und will sich umdrehen, in der gleichen Sekunde stoße ich das Messer tiefer in seinen Rücken, ich spüre, dass die Haut sich der Spitze widersetzt, und ich habe Hemmungen, diesen Widerstand zu durchbohren, aber dann denke ich an Valle und ramme das Messer tiefer.

Er schreit auf.

»Kati, kannst du mich hören?«

Ein starrer Blick aus großen Augen. Ansonsten keinerlei Reaktion.

»Kati!«

Thor fährt auf dem Absatz herum, schlägt mir das Messer aus der Hand.

Es fällt scheppernd zu Boden, ich kicke es unters Bett, dann ist es weg, er darf mich nicht in die Finger kriegen, er ist viel stärker als ich. Vor allem muss Kati hier raus, sonst schnappt er sie sich wieder und nimmt sie als Geisel.

»Kati lauf, lauf Kati, lauf, hau ab!«

Kati starrt.

Thor nähert sich mir, ich muss etwas tun, aber ich kann doch nicht weglaufen ohne meine Schwester.

»Kati, Kati!«, brülle ich jetzt, so laut ich kann, »Kati, hilf mir.«

Thor hat mich erwischt, ich trete um mich, aber er lacht nur. Ich erinnere mich an den Selbstverteidigungskurs in der Schule, dort haben sie gesagt, man soll dem Angreifer die Finger in die Augen drücken.

»Kati!«

Thor hat mich über seine Schulter geworfen, wie soll ich da an die Augen rankommen?

Ich versuche, mit meinen Schuhen in seinen Bauch zu treten, aber das hat keinen Effekt. Im Gegenteil, er tätschelt meinen Po, als wäre das lustig. Er geht zur Tür, wir kommen an einer Kommode vorbei, dort steht ein Silberpokal wie der auf dem Altar im Keller. Das ist meine letzte Chance!

Ich strample mit den Beinen, um ihn abzulenken, und grabsche mit der rechten Hand nach dem Pokal, erwische ihn, fasse nach und schlage ihm damit seitlich an den Kopf, von mir aus kann er dieses Mal wirklich sterben, Hauptsache, er lässt mich los.

Er taumelt, gibt ein paar unverständliche Laute von sich, dann lockert sich sein Griff und er fällt mit mir auf den Boden.

Ich rapple mich hoch, ein Stich fährt durch meine rechte Hand, ich habe mir den Arm geprellt, egal, ich renne zu Kati, ziehe sie vom Bett. Sie fällt mir schlaff wie eine lebensgroße Puppe entgegen.

»Kati, Kati«, flüstere ich in ihr Ohr, streiche ihr über die abrasierte Stelle am Kopf. Links haben sie die Haare nur abgeschnitten, aber noch nicht abrasiert. Sie sieht entsetzlich aus, sie braucht ein Kopftuch, so können wir nicht auf die Straße. Ich reiße die Kommodenschubladen auf, nur schwarze Unterwäsche, keine Tücher. Aber egal, damit können wir uns jetzt nicht aufhalten.

Ich beuge mich zu Thor hinunter und prüfe, ob er noch atmet. Noch einmal mach ich den Fehler nicht. Ja, ich kann seinen Atem an meiner Wange spüren, ein Schauder läuft durch meinen Körper, er ist also definitiv nicht tot.

Wenn wir in Sicherheit sind, werde ich den Notarzt rufen, aber erst dann.

Ich schnappe mir noch mein Handy, lege mir Katis Arm um meinen Hals und schleppe sie wie eine Betrunkene aus der Wohnung. Der Schmerz in meinem Arm raubt mir fast die Sinne, dabei fällt mir ein, dass ich immer noch keine Ahnung habe, wo Valle steckt. Wie soll ich jetzt jemals herausfinden, wo sie ihn hingebracht haben?

Der kalte Wind peitscht in mein Gesicht und ich hoffe, dass er Kati vielleicht zur Besinnung bringt.

»Kati, Kati!« Immer wieder flüstere ich ihren Namen.

So schleppen wir uns auf die Straße und ich gehe einfach

mit ihr weiter, keine Ahnung, wohin ich eigentlich laufe, mir ist es egal, Hauptsache weg.

Plötzlich sehe ich, dass wir vor dem Ostfriedhof stehen. Ich schleppe uns zu einer Bank, dort setzen wir uns hin, auch wenn hier alles voller Schneematsch ist und es auch noch anfängt zu nieseln.

Mit klammen Fingern tippe ich den Notruf und behaupte, eine Nachbarin von Giltine zu sein, die schrecklichen Streit gehört habe, dann ein Krachen und jetzt käme nur mehr merkwürdiges Wimmern durch die Tür nebenan. Als sie meinen Namen wissen wollen, lege ich auf.

Katis Augen wirken etwas kleiner. Sie blinzelt und fängt an zu zittern. »Toni, was machen wir hier?«

Ich bin so erleichtert, dass mir Tränen in die Augen schießen.

»Mir ist so übel. Ich glaube, ich muss mich übergeben.«

»Atme tief durch, Kati, alles wird gut«, sage ich mit tränenerstickter Stimme.

»Was ist denn passiert?« Kati schaut mich an, dann steht sie auf, taumelt und erbricht sich in den Mülleimer neben unserer Bank.

Oh Mann. Wie gut, dass bei so einem Wetter niemand auf den Friedhof geht. Kati hängt kotzend über dem Mülleimer, mit ihren halb abrasierten Haaren sieht sie aus wie eine völlig Irre. Und das ist allein meine Schuld.

Ich krame in meiner Hosentasche nach einem Taschentuch, finde sogar ein frisches und reiche es ihr.

Sie tupft sich damit den Mund ab und setzt sich neben mich. »Ist mir schwindelig.« Kati greift sich an den Kopf, spürt dabei die Stoppeln. »Was . . .«, stammelt sie und tastet ihre Haare mit beiden Händen ab. »Nein!« Ihre Augen flackern mich an. »Toni! Was ist passiert?«

Ich erzähle ihr, was in der Wohnung geschehen ist. Je weiter ich komme, desto mehr schrumpft sie in sich zusammen und rutscht näher zu mir, wie um Trost zu suchen.

»Ich habe wirklich nicht geglaubt, dass die alle so wahnsinnig sind.« Kati schüttelt den Kopf, was mit den halb abrasierten Haaren sehr merkwürdig aussieht. Sie stöhnt leise. »Niemals hätte ich dich dort allein reingehen lassen dürfen. Was machen wir denn jetzt?«

Ich ringe mir ein Grinsen ab. »Wie wäre es mit Friseur?«

Kati starrt mich an, als ob ich verrückt wäre, und genauso fühle ich mich. Ich weiß nicht, was ich sagen soll, aber dann muss ich einfach lachen, es ist alles so dermaßen absurd: Wir zwei sitzen hier auf einer nassen Bank beim Ostfriedhof, Valle wurde wer weiß wohin verschleppt und Katis prächtige Lockenmähne liegt oben in der Wohnung dieser Irren. Katis Mundwinkel verziehen sich nach oben. »Friseur . . .« Und dann lachen wir beide so lange, bis wir keine Luft mehr kriegen.

»Der echte Diener Satans zeigt nie sein wahres Ge-
sicht, nur dann, wenn es ihm nutzt. Ich brauchte
jemanden, der harmlos genug war, meine Tarnung
zu komplettieren. Ein attraktives, aber nicht allzu
kluges Mädchen, das ich als meine Freundin aus-
geben konnte.«

18

Salon *Becker* steht da in altmodisch geschwungenen Buchstaben auf dem Schild. Dieser Friseurladen sieht gut aus.
Zum Glück sind wir in Giesing, da gibt's so etwas noch. Der
Blick durch die Scheiben zeigt, dass hier die Zeit stehen geblieben ist: rosa Waschbecken und jede Menge Trockenhau-
ben, die an der Wand befestigt sind. Wir sind uns einig, dass
wir nicht zu einem stylishen Top-Hair- oder Hair-Fair-Laden
wollen, weil wir gerade keine blöden Kommentare gebrau-
chen können.

Der Salon ist völlig leer. Eine ältere Dame mit blondiertem
auftoupiertem Haar im Grace-Kelly-Style und blauem Poly-
esterkittel tritt hinter einem Vorhang hervor und nähert sich
uns.

»Kann ich Ihnen helfen?« Da entdeckt sie Katis Haare und
zeigt sofort auf einen der weißen Plastikdrehstühle, die so alt
sind, dass sie schon wieder modern wirken.

»Ach Gottchen, das sieht ja, also wirklich . . .« Sie beißt sich
auf die Lippen, holt einen schwarzen Umhang und legt ihn
Kati um. Damit sieht sie noch blasser aus.

Ich habe das Gefühl, ich sollte erklären, was mit Katis Haaren passiert ist. Sonst denkt die Friseurin noch, ich wäre dafür verantwortlich. »Sie hat eine blöde Wette verloren . . .«

»Ja gell, in dem Alter macht man so was.« Die Friseurin lächelt und kämmt mit einem Stielkamm die restlichen Haare auf der linken Seite. »Jammerschade, so wunderschönes Haar. Ja, da traue ich mich gar nicht zu fragen, was für eine Frisur ich Ihnen schneiden soll. Ich fürchte, da kann ich nicht sehr viel rausholen.«

»Macht nichts«, sagt Kati tapfer, »Hauptsache, unsere Mutter fällt nicht in Ohnmacht.«

Mama! Oh Gott, die hab ich völlig vergessen! Ich muss sie dringend anrufen.

»Ihre Haare sind ja ganz nass und Sie fühlen sich so kalt an. Wollen Sie vielleicht einen Kaffee?«, fragt die Friseurin und schaut auch zu mir her.

Wir nicken beide, woraufhin die Dame hinter dem Vorhang verschwindet. Es klappert leise.

»Wir müssen Mama anrufen. Wir sind bestimmt schon mehr als eine Stunde weg.« Kati holt ihr Handy raus und hält es mir hin.

»Nein, das musst du machen.« Ich schüttle den Kopf. »Du kannst das besser. Bei mir ist sie bestimmt gleich böse.«

Kati drückt die Kurzwahltaste und hat Mama sofort dran. Sogar ich kann hören, wie sauer sie ist. Kati versucht, sie zu beruhigen, und sagt, dass wir noch in ein Café gegangen sind, weil wir unterwegs Freunde getroffen hätten und bald kommen würden, und als Mama gar nicht aufhört zu schimpfen, kratzt Kati über ihr Handy und benutzt die älteste aller Ausreden. »Mama, Mist, der Akku ist gleich alle, also bis gleich, Küsschen Mamsi, sei nicht sauer.« Dann legt Kati auf. »Mir ist so übel . . .« Sie stöhnt. »Was machen wir eigentlich nach dem Friseur?«, fragt sie dann leise.

Es duftet nach Kaffee und das Klappern kommt wieder näher.

»Ich muss Valle finden«, antworte ich, »und dazu werde ich noch einmal zu der Kirche gehen.«

In diesem Moment ist die Friseurin wieder zurück. »Sie gehen in die Kirche«, sie nickt mir beifällig zu, »das ist aber selten bei den jungen Leuten heute. Zu welcher Gemeinde gehören Sie denn?«

Weil mir nichts anderes einfällt, sage ich: »St. Angela.«

Die Friseurin stellt jeder von uns eine weiße Kaffeetasse mit Goldrand hin, auf deren Unterteller ein Milchdöschen und ein Zuckertütchen liegen und sogar ein Vanillekipferl. Solche backt Mama immer zu Weihnachten, ich muss schlucken und merke gleichzeitig, dass ich Hunger habe.

»St. Angela?« Die Friseurin schüttelt dabei den Kopf. »Also da würd ich ja auf keinen Fall hingehen, wegen der Sache damals mit den Holzwürmern.«

Kati und ich schauen uns verblüfft an. Was soll das denn heißen? Das klingt ja noch merkwürdiger als Satanisten im Keller.

»Wie meinen Sie das?«, frage ich, nachdem ich einen Schluck Kaffee genommen habe. Die heiße Flüssigkeit brennt in meiner Kehle.

»Schmeckt sehr gut!«, sagt Kati und es stimmt.

»Na, die haben damals die Kirche ausgegast und dann sind nebendran die Leute gestorben wie die Fliegen.«

Die Friseurin sieht nicht aus, als ob sie in eine Zwangsjacke gehört, aber plötzlich muss ich doch an den Film *Arsen und Spitzenhäubchen* denken und stelle meine Kaffeetasse wieder ab.

»Das verstehe ich nicht«, sagt Kati. »Klingt etwas merkwürdig, eine Kirche begasen?«

Die Friseurin prüft gerade die Schneide ihrer Schere. »Na, da war überall der Holzwurm drin und dann wurde eben die

191

Kirche mit so einem Schädlingsmittel ausgegast. Heute macht man so etwas ja nicht mehr.«

»Und was hat das mit den Toten zu tun?«, frage ich jetzt mit vollem Mund.

Die Friseurin schaut uns an, als wären wir etwas schwer von Begriff. »Na, die haben die Kirche nicht richtig abgedichtet. Offenbar sind Gase durch Verbindungstüren im Keller ins Nachbarhaus eingedrungen. Die Kirchenleute haben gar nicht gewusst, dass es diese Durchgänge gab. Später sind sie dann zugeschüttet worden.«

»Und in welchem Haus waren die Leichen?«, fragt Kati.

»Also, gestorben ist nur einer, soweit ich das in Erinnerung hab. Aber krank waren alle, die da gewohnt haben.«

Mein Magen knurrt plötzlich und will trotz dieser makabren Unterhaltung mehr Vanillekipferl – essen, ja, essen!

»Ich glaube, damals war die Metzgerei Wagenmüller drin, aber die gibt's ja leider nicht mehr, dabei hatten sie so gute geräucherte Leberwurst.« Die Friseurin schneidet Katis restliche Haare ab. »Nein, in dem Haus ist jetzt etwas anderes, ich glaube, es ist ein Bioladen. Jedenfalls gehe ich in keine Kirche, wo tödliches Gas drin war, das kann ja nicht gesund sein. Und dann . . .«, ihre Stimme senkt sich zu einem Flüstern, »dann sind da ja immer noch die Millionen Leichen von den Holzwürmern im Gebälk. Das ist doch irgendwie unappetitlich, oder?«

»Absolut«, stimmen wir zu und nun habe ich doch keinen Hunger mehr.

Kati betrachtet im Spiegel aufmerksam, wie ihre letzten Haarsträhnen zu Boden fallen. »Jetzt bin ich nackt«, stellt sie fest und in ihren Augen schimmern Tränen.

»Kindchen, die wachsen wieder.« Die Friseurin tätschelt eine Schulter von Kati. »Sie erinnern mich ein bisschen an die junge Audrey Hepburn. So große Augen. Wirklich wunderschön!«

»Eher wie krebskrank, finde ich«, sagt Kati und versucht trotzdem zu lächeln.

Doch ich höre nur noch mit halbem Ohr zu, etwas an der Geschichte eben hat mich stutzig gemacht. Von wegen Nachbarhaus und Verbindungstüren. Ich bin immer noch sicher, dass sie Valle nicht über die Straße nach draußen gebracht haben, das hätte ich gesehen. Aber wenn es eine Verbindung zum Nebenhaus gibt, könnten sie leicht Valle aus dem Keller geschmuggelt haben. Vielleicht ist er sogar noch dort.

Ein Telefon klingelt im *Mission Impossible*-Stil.

»Ich bin gleich wieder da«, entschuldigt sich die Friseurin und verschwindet hinter dem Vorhang.

»Toni!« Kati sieht extrem blass im Gesicht aus.

Besorgt gehe ich zu ihr. »Was ist denn?«

»Mir ist gerade etwas eingefallen. Bevor die zwei Idioten meine Haare abgeschnitten haben, haben sie noch jemanden angerufen.«

»Und?«

»Findest du das nicht komisch?«

»Hast du gehört, was sie gesagt haben?«

Kati zuckt mit den Achseln. »Nein, nur irgendwas mit Meister und mit Luzifer, aber das bedeutet doch, es gibt noch einen.«

»Ja klar. Es existiert eine ganze Gruppe von denen. Giltine ist nur so etwas wie ihr Anführer.«

Kati schüttelt den Kopf. »Du kapierst nicht, was ich meine. Es war so, als würden sie um Erlaubnis fragen.«

»Du meinst, Giltine ist gar nicht die Chefin?«

Die Friseurin kommt mit einem Föhn in der Hand zurück,

steckt ihn ein, schaltet ihn an und trocknet Katis traurige Haarreste. Ich begegne Katis Augen im Spiegel und muss feststellen, dass die Friseurin recht hat, Katis Augen wirken riesig.

Augen.

Chef.

Irgendein Gedanke klickert da durch meinen Kopf, wie auf einer alten Murmelbahn, aber er kommt nur langsam zum Ziel.

»Fünfzehn Euro«, verlangt die Friseurin und fragt, ob sie noch etwas Gel in Katis Haare machen soll.

Augen.

Und da endlich weiß ich's wieder. Kati hat recht! Es muss noch jemanden geben. Der Ziegenbockkopf – da waren diese glänzenden Augen in diesem Ziegenbockkopf! Jemand muss hinter dem Wandbehang gestanden haben. Außerdem hat auch Giltine irgendetwas von einem Meister gesagt, als ich sie in Valles Wohnung belauscht habe.

Aber wie soll ich den finden? Ich könnte schreien vor Frust. Gerade habe ich den Eindruck gehabt, als ob wir einen großen Schritt weitergekommen sind, aber im Grunde genommen treten wir doch wieder auf der Stelle.

»Pass auf, Kati«, sage ich. »Du musst nach Hause gehen und im Internet herausfinden, welches Gebäude durch einen unterirdischen Gang mit der St.-Angela-Kirche verbunden war. Außerdem musst du Mama beruhigen.«

»Und was machst du?«

»Ich sehe mich in der Zwischenzeit noch einmal in Valles Wohnung um. Mir ist eingefallen, dass er etwas in der satanischen Bibel versteckt haben könnte – genau wie in dem Wandvorhang.«

Ich habe erwartet, dass Kati Zeter und Mordio schreit und

mich auf keinen Fall allein gehen lässt. Aber ganz im Gegenteil. Sie nickt.

»Halt dein Handy immer griffbereit und ruf mich alle Viertelstunde an«, sagt sie bloß. »Sonst hetze ich dir die Polizei auf den Hals, kapiert?«

Sie drückt kurz meine Hand – und ich denke wieder, dass sie die beste Schwester der Welt ist. Wir fahren zusammen bis zum Lehel, dort steige ich aus und drehe mich noch einmal um. Kati winkt mir durch die Scheibe mit dem Handy zu. Ich halte den Daumen nach oben und nicke. Ich habe auch ernsthaft vor, kein Risiko mehr einzugehen.

Was mir Satan bedeutet:

Ich lache denen ins Gesicht, die sich der Existenz der Macht der Finsternis widersetzen, denn Satan ist das höchste kosmische Prinzip und nicht irgendein blöder anthropomorpher gefallener Engel, wie es im Buch der Lügen steht. Er ist die alles verschlingende Dunkelheit, der König und Herrscher der Ewigkeit.

Satan ist der Feind der Menschheit und seine Diener hier auf Erden sind extrem menschenfeindlich gesinnt. Wie meine V.I.S.-Bruderschaft, die beste unter den wahren Verehrern und Dienern unseres großen dunklen Herrn Luzifer. Wir, die Rebellen gegen die Menschheit und ihre Schwächen, die wenigen Seelen, die in der schmutzigen fleischlichen Hülle ausgesandt wurden, um die Gebote unseres Herrn zu erfüllen. Wir speien auf den Hund Jehova und seine Bastardrasse. An alle, die nicht wahrhaft dem ewigen Herrn der Dunkelheit dienen und ihn aufrichtig verehren:

FUCK YOU!

Unsere Zeit wird kommen.

Auf ewig heil Luzifer, heil Satan.

Die Kräfte aus dem Jenseits wollen, dass ich den Gott der Christen und seine Jünger bekämpfe, das christliche Weltreich in

Schutt und Asche lege. Das Christentum ist pathetisch und schwach. Wir können nichts akzeptieren, das auf den Schutz der Schwachen und Ehrlosen aufgebaut ist.

»Sie war so scharf darauf, in die Band zu kommen, dass sie gar nicht gemerkt hat, wie ich sie auf Distanz hielt. Aber irgendwann wollte ich sie ganz besitzen und war bereit, ihr mein Universum zu zeigen – und genau in diesem Moment trennte sie sich. Von MIR.«

19

Diesmal wird mir die Haustür schon beim ersten Klingeln von einer der Anwaltsfirmen geöffnet, der hölzerne Aufzug steht bereit. Das ist bestimmt ein gutes Omen, sage ich mir, während ich die Klappentüren verschließe.

Mit einem Rumpeln kommt der alte Fahrstuhl ein paar Stockwerke weiter oben zum Stehen. Sofort nach dem Aussteigen sehe ich, dass die Tür von Valles Wohnung geschlossen ist, und gleichzeitig höre ich Geräusche, die eindeutig von innen kommen.

Ich wünsche mir so sehr, dass es Valle ist, aber natürlich weiß ich, dass das Unsinn ist. So, wie Valle ausgesehen hat, kann er diese Geräusche nicht verursachen. Wer ist dann aber in seiner Wohnung? Ich brauche Hilfe, ich sollte da wirklich nicht alleine reingehen. Auf keinen Fall!

Plötzlich kommt mir ein anderer Gedanke. Was, wenn der Hausmeister in der Wohnung ist oder eine Putzfrau? Oder die Polizei? Schließlich sah es hier so aus, als ob ein Einbrecher die Wohnung verwüstet hat.

Ich versuche, mich zu erinnern, ob ich die Tür hinter mir geschlossen hatte. Wenn ja, kann ich das mit der Polizei streichen. Aber dann müsste derjenige, der im Apartment ist, einen Schlüssel gehabt haben. Egal, alles Unsinn, alles Spekulationen. Ich halte mein Handy griffbereit und drücke entschlossen die Klingel.

Schritte nähern sich der Tür und sie wird aufgemacht.

»Robert?«

Ich starre meinen Ex an.

»Höchstpersönlich. Mit mir hast du nicht gerechnet, oder?« Er verzieht sein Gesicht zu einer gequälten Grimasse.

»Was tust du hier?«

»Was glaubst du denn? Ich bin dein rettender Engel.« Er macht eine übertriebene Verbeugung. »Deine Schwester hat mich hergeschickt.«

Jetzt fällt es mir wie Schuppen von den Augen. Deswegen hat mich Kati ohne große Widerstände gehen lassen. Sie muss, gleich nachdem ich aus der Bahn ausgestiegen bin, Robert angerufen haben! Im Grunde genommen hat sie ja recht. Nach allem, was passiert ist, hat sie die einzig vernünftige Lösung gewählt. Aber ich fühle mich trotzdem unwohl. Zwischen Robert und mir hat in den letzten Wochen eine solche Eiszeit geherrscht, dass ich gar nicht weiß, was ich jetzt sagen soll. Etwa: »Danke, dass du uns helfen willst?«

»Wie bist du hier reingekommen?«, frage ich zögernd.

»Die Tür stand offen.« Er schiebt ein paar Keramikscherben mit dem Fuß zur Seite und macht die Eingangstür weiter auf. »Komm schon rein. Hier herrscht das totale Chaos. Kati hat gesagt, du suchst etwas und ich soll dir dabei helfen. Es wäre dringend, hat sie gesagt. Es ginge um Leben und Tod.«

»Valle ist verschwunden«, platze ich heraus.

Er hebt eine Augenbraue. »Was kein Verlust ist«, sagt er kühl und betrachtet mich jetzt so missbilligend wie bei den Bandproben, wenn ich einen neuen Song mal wieder nicht so rübergebracht habe, wie er es sich vorgestellt hat.

Ich balle die Fäuste zusammen.

Danke, Kati! Jetzt noch einen eifersüchtigen Ex an der Backe zu haben, das ist wirklich genau das, was ich brauche.

»Kannst ja wieder gehen«, schnappe ich.

Robert hebt abwehrend die Hände. »Raste doch nicht gleich aus«, sagt er. »Also gut, was suchst du denn?«

»Weiß ich auch nicht«, sage ich mürrisch und dränge mich an ihm vorbei in die Wohnung.

Robert folgt mir.

Er schaut sich in den Zimmern um und ich habe ganz den Eindruck, dass ihm die Zerstörung zu gefallen scheint. Wahrscheinlich ist dieses Chaos Balsam für seinen verletzten Stolz.

»Beginnen wir bei den Büchern«, schlage ich vor. »Ich helfe dir gleich, muss nur mal eben ins Bad für . . . ähm . . . kleine Königstigerinnen.« So etwas Lachhaftes sage ich normalerweise nie. Robert bringt mich völlig durcheinander.

Ich gehe zum Bad und schließe hinter mir ab.

Drücke Katis Nummer und sie ist sofort dran. »Warum hast du Robert angerufen?«, flüstere ich wütend und lasse mich auf den Holzhocker neben der Badewanne fallen.

»Das fragst du jetzt nicht im Ernst, oder?«

»Ich hab nur . . . ach Kati, das ist eine echt beschissene Situation. Der ist so eifersüchtig auf Valle, dass er gleich platzt. Ich fühle mich scheußlich.«

»Komm schon, Toni«, sagt Kati. »Steigere dich da nicht so rein. Robert ist okay, er will uns helfen, übrigens hab ich schon Neuigkeiten! Stell dir vor, in dem Haus neben der Kirche, in dem damals die Tote gefunden wurde, ist jetzt Schwallfis Kanzlei. Ich habe Schwallfis Zweitschlüssel gefunden und mache mich gleich auf den Weg. Wir treffen uns draußen auf der Straße vor dem Haus, okay? Dann können wir zusammen nachsehen, ob sie Valle dort im Keller versteckt haben.«

Ein lautes Donnern an der Tür. Ich springe reflexartig auf und stolpere dabei über die lila Bademaatte, was den Hocker zum Umkippen bringt. Als ich ihn wieder aufstelle, geht der Deckel ab und mir wird klar, dass ich auf der Schmutzwäschetonne gesessen habe.

»Was machst du denn so lange?« Robert haut noch mal an die Tür. »Ich hab keine Lust, allein zu suchen!«

»Also, was ist denn jetzt, treffen wir uns gleich dort?«, fragt Kati.

»Ich mach mich so schnell wie möglich auf den Weg«, flüstere ich, »aber erst einmal muss ich mich um Robert kümmern.«

»Sorry!« Kati seufzt. »Aber der Gedanke, einer von den Spinnern könnte dich dort allein erwischen, war einfach zu gruselig.«

Ich verabschiede mich von ihr und verstaue mein Handy in der Jackentasche.

»Was ist los, wo bleibst du denn?«, ruft Robert durch die Tür und klopft.

»Manchmal dauert es eben.«

Ich drücke die Spülung. Auch im Bad haben die Vandalen gewütet. Alle Handtücher sind aus den Regalen geworfen. Lila Handtücher. Komische Farbe. Die Cremeflaschen und Tuben zerquetscht. Wieder frage ich mich, was die denn gesucht haben – etwas, das in eine Zahnpastatube passt? Und plötzlich wird mir klar, was an dieser Wohnung merkwürdig ist: Die Cremetiegel und Handtücher, das passt alles gar nicht zu Valle. Die Keramikfiguren im Wohnzimmer ... alles deutet darauf hin, dass hier eine Frau wohnt. Oder Valle zusammen mit einer Frau? Ich habe das Gefühl, dass ich definitiv bald durchdrehen werde.

»Lebst du noch?« Robert klingt so nah, dass ich wieder zusammenfahre.

»Kann man nicht mal mehr in Ruhe aufs Klo gehen?« Und weil er mich nervt und mich überhaupt alles nervt, ich die Nase voll habe von all den Lügen, packe ich den Hocker mit der Schmutzwäsche, um nachzuschauen, ob da auch Frauensachen drin sind, und leere ihn in der Badewanne aus.

Nichts als Männersocken und -unterhosen, T-Shirts. Eine Jeans.

Und noch etwas. Kein Spitzenhöschen, kein BH, keine Nylonstrumpfhose . . . nein, ein postkartengroßes, drei Finger dickes Päckchen, rundum mit braunem Paketband verklebt.

Ich starre das Ding an und bin dankbar für meinen plötzlichen Eifersuchtsanfall, der mich dazu gebracht hat, mich mit Valles Schmutzwäsche zu beschäftigen. Ich fange an, dämlich zu kichern, aber mein Lachen bleibt mir gleich in der Kehle stecken, weil Robert schon wieder an die Tür klopft.

Verdammt. Der Typ nervt! Robert ist der Letzte, mit dem ich Valles Geheimnisse teilen will.

Auf dem Bord über dem Waschbecken liegt eine Nagelschere, ich könnte es gleich aufmachen und nachschauen.

Draußen scheppert es fürchterlich. Roberts wütende Stimme dringt durch die Tür. »Verdammt . . .«

Ach, Shit!

Ich stecke das Päckchen hinten in den Hosenbund und hoffe, dass es dort nicht herausfallen kann.

»Mir reicht's jetzt! Sag deiner Schwester, sie kann mich mal!«

Ich öffne die Tür. Robert steht direkt davor und geht auch keinen Schritt zurück, als ich herauskomme. Er späht über meine Schulter ins Bad, als würde er vermuten, dass sich dort jemand versteckt.

»Tut mir leid, Kati hat gerade angerufen, ich muss sofort nach Hause kommen, Mama rastet gerade aus.«

»Und was ist mit deiner ach so wichtigen Suche?« Seine grauen Augen starren mich böse an.

»Tut mir leid, echt, es war Katis Idee, dich da mit reinzuziehen . . .«

»Ich war gerade mitten in einer Komposition.«

»Dann tut's mir noch mehr leid. Wirklich.«

»Wie wäre es mit einem Dankeskuss?« Er wartet meine Antwort gar nicht erst ab, sondern packt mich an den Armen und zieht mich zu sich.

»Robert, was soll das denn jetzt? Es ist vorbei!«

»Wann etwas vorbei ist, entscheide immer noch ich.« Er legt seine Arme um mich, drückt mich so fest an sich, als wollte er jede Luft aus mir herausquetschen. »Und jetzt sagst du mir, was du im Bad gefunden hast!«

»Nichts«, sage ich instinktiv. Ich versuche, mich gegen seine Umklammerung zu wehren, aber er hält mich mit einer Hand fest, mit der anderen greift er hinten in meinen Hosenbund, er muss das Päckchen gespürt haben.

»Schon klar. Ich nehme an, das hier ist . . .«, er grinst mich an und wedelt mit dem Päckchen vor meinem Gesicht herum, » . . . eine neue Art von Hygieneartikel für Frauen.« Er schüttelt den Kopf. »Toni, Toni, Toni. Du hast mich schon immer unterschätzt.«

»Was willst du denn damit? Das gehört Valle und hat mit dir nicht das Geringste zu tun.« In meine Stimme hat sich ein leises Zittern geschlichen.

»Ach ja?« Roberts Augen strahlen wie frisch geputztes Silber. »Dir war nie klar, mit welchem Meister du zusammen warst. Du glaubst doch nicht ernsthaft, Vivat Imperium Satanas wurde von Giltine gegründet?«

»Aber . . .« Ich kapiere gar nichts mehr, obwohl sich in meinem Bauch das Entsetzen schon breitmacht.

Robert?

Robert steckte hinter alldem?

Robert ist Giltines Meister?

Aber warum habe ich davon nichts gemerkt, als wir zusammen waren? Neinnein, das hier ist nur ein Albtraum, aus dem ich gleich aufwachen werde.

»Los! Gehen wir.« Er packt mich an meiner Schulter.

Ich bin so eine verdammte Idiotin! Warum bin ich nicht eher darauf gekommen, dass hier etwas nicht stimmt? Kati hat ihn vielleicht angerufen. Aber da muss er schon längst in der Wohnung gewesen sein. Denn Kati hat ja erst mit ihm telefoniert, nachdem ich schon aus der Bahn gestiegen war. Nie im Leben hätte er so schnell hier sein können! Ich hätte einfach nur mal nachdenken müssen!

Warum hab ich das Päckchen nicht einfach dortgelassen, wo es war! Ich hätte später doch . . .

Hätte, wäre, könnte.

Ich versuche, seine Hand abzuschütteln. »Warum sollte ich ausgerechnet mit dir mitgehen?«, fauche ich.

»Weil ich bewaffnet bin und du nicht. Ganz einfach. Unter Luzifers Stern regiert die Macht des Stärkeren.« Er greift in die Tasche und plötzlich zeigt er mir die Mündung einer Pistole. »Darin sind wir uns mit den Müslis einig . . . Es leben die Gesetze der Natur!«

Ich überlege, was ich tun könnte. Kati eine SMS schicken, wenn er nicht hinsieht? Im Treppenhaus wegrennen, im Treppenhaus schreien? Ja, das mache ich! Ich werde einfach das ganze Haus zusammenschreien. Er wird sich nicht trauen zu schießen. All diese Leute in den Steuer- und Anwaltskanzleien, die rufen bestimmt sofort die Polizei.

In diesem Augenblick hält er kurz inne und holt eine Packung weißes Leukoplast aus seiner Manteltasche. »Nur als kleine Vorsichtsmaßnahme.«

Das kann er doch nicht machen! Was ist, wenn wir jemandem begegnen?

Immerhin gibt es eine Chance. Kati wird die Polizei anrufen, wenn ich mich nicht mehr bei ihr melde.

Robert nimmt das Handy aus meiner Lederjacke: »Ruf Kati an und sag ihr, du wärst auf dem Heimweg.«

Als ich kurz zögere, drückt er mir den Lauf der Pistole an die Stirn. Ich spüre, wie mir der Schweiß ausbricht. Robert muss komplett durchgeknallt sein! Aber würde er mich wirklich erschießen? Das kann ich mir nicht vorstellen. Wir waren doch mal zusammen.

Ich schaue ihm in die Augen. Tiefgefrorenes Silber.

»Du solltest lieber tun, was ich sage, sonst denke ich mir etwas wirklich Unangenehmes aus.«

Mit zitternden Fingern tippe ich Katis Nummer ein, überlege fieberhaft, was ich andeuten könnte, um sie auf die richtige Spur zu bringen.

»Und, bist du losgegangen?«, fragt sie.

»Wir . . .«

Robert nimmt mir das Handy ab. »Hallo, Kleines, wir sind schon auf dem Weg, bis später, ja?«

Er steckt mein Handy ein, stopft mir ein Tempo in den Mund, dann verklebt er mir die Lippen und schubst mich zum Aufzug. Niemand, keinen einzigen Menschen treffen wir, der mir vielleicht helfen könnte.

Unbemerkt fahren wir nach unten, verlassen das Haus durch den Hintereingang, wo Robert seinen schwarzen Van geparkt hat, und ein paar Sekunden später sind wir unterwegs zu seiner Wohnung.

»Ich musste ihr nur einmal folgen und schon war klar, dass da doch ein anderer war. Ein lächerlicher Idiot, ein Niemand, der zu uns gehören wollte. Gut für mich, so konnte ich ihn rund um die Uhr beobachten lassen. Und dann musste er sie rekrutieren. Für uns, für V.I.S. Für mich . . . und mein liebliches Spiel begann wieder.«

20

Warum ist mir nie aufgefallen, wie praktisch Tiefgaragen für Kriminelle sind? Man fährt mit dem Auto bis vor den Aufzug, schafft dann sein Opfer in die Wohnung und das Risiko, jemandem zu begegnen, geht gegen null. Wahrscheinlich ist das der einfachste Weg, eine Leiche loszuwerden.

Bin ich verrückt, ausgerechnet jetzt solchen Mist zu denken? Ich sollte mir lieber Gedanken darüber machen, wie ich aus diesem hässlichen Gebäude, das alle nur Fuchsbau nennen, wieder wegkomme.

Das Leukoplast hat Robert weggerissen, sobald sich die Aufzugstüren geschlossen hatten. Dafür drückt seine Pistole umso fester in meine Taille.

Roberts Wohnung ist im vierten Stock, ich bete, dass auf dem Weg nach oben jemand einsteigt, den ich um Hilfe bitten kann. Robert wird mich ja wohl auf keinen Fall vor Zeugen erschießen, oder?

Aber der Aufzug fährt ohne Stopp nach oben.

Die Türen öffnen sich, weit und breit ist niemand zu sehen. Die Gänge im Fuchsbau sind niedrig und grau, unverputzter Sichtbeton, im Flur ist alles wie geleckt.

Ja super, Toni, denk lieber über deine Rettung nach, denk darüber nach, wie du hier wegkommst, nicht über Sichtbeton.

Robert schließt seine Wohnungstür auf und schubst mich in den Flur, sodass ich hinfalle.

Gut, ich bleibe liegen, versuche, mich zu erinnern, wo sich hier etwas befindet, das ich als Waffe benutzen kann. Gab's da nicht so einen altmodischen Regenschirmständer?

»Denk nicht mal dran!« Robert steht über mir, packt mich an den Schultern und zerrt mich ins Wohnzimmer.

Nein, das kann nicht sein.

Ich reiße die Augen weit auf und trotzdem bleibt das Bild gleich.

Mein Hirn weigert sich zu glauben, was es sieht.

Auf dem Couchtisch steht eine viereckige Glasvase und sie ist bis zum Rand gefüllt mit roten Haaren. Ich stürze zum Tisch und reiße die Vase an mich, aber Robert ist sofort hinter mir und nimmt sie mir weg. Er lacht, nimmt eine Hand voll roter Locken und wirft sie in die Luft. »Schön wie Federn!«

Siedend heiße Wut schießt wie ein Lavastrom durch meinen Körper. Ich versuche, ihm eine runterzuhauen. »Was soll diese ganze Scheiße? Erklär es mir! Warum lässt du Katis Haare abschneiden? Was soll dieser ganze kranke Mist?«

Robert lacht immer noch, schleift mich ins Schlafzimmer und wirft mich auf sein Bett.

Dann holt er aus seiner Nachttischschublade Handschellen, packt mich an den Füßen.

»Wie schön, dass du so schlanke Fesseln hast. Das ist doch viel zivilisierter als lächerliche Stricke.«

Mit einem Klick rastet auch die zweite Schelle ein und meine Füße sind eng aneinandergebunden.

Dann zerrt er mich hoch vom Bett und hinter sich her ins Wohnzimmer aufs Sofa.

»Was zu trinken?«

Ich bleibe stumm. Er holt sich aus seiner Kochnische ein Bier und trinkt es in einem Zug aus.

Meine Hände sind frei, ich könnte ihm etwas ins Gesicht schleudern, aber es ist nichts Geeignetes in greifbarer Nähe.

Robert mustert mich wieder, bemerkt meine suchenden Blicke. »Ich glaube, das ist nicht das Richtige für dich«, sagt er kopfschüttelnd. »Du wirkst immer noch zu unternehmungslustig. Für dich sind meine Combinations genau das Richtige.« Er verschwindet fröhlich vor sich hin pfeifend im Schlafzimmer.

Combinations . . . Ich habe nicht die geringste Ahnung, was das ist, und bin überhaupt nicht scharf darauf, es jetzt zu erfahren.

Viel zu schnell ist er wieder da, klappert mit vier Schellen, die durch eine Kette verbunden sind, einen Takt, als wäre dieses Ding sein neues Percussioninstrument.

Er schließt meine alten Fußschellen auf, legt mir die neuen an und dann auch noch Handschellen, die mit einer extrem kurzgliedrigen Kette mit den Fußschellen verbunden sind, sodass ich nur stark gekrümmt dasitzen kann. An aufstehen, wegrennen oder daran, ihm etwas ins Gesicht zu schleudern, ist nicht zu denken.

»Gefällt mir schon besser. Noch hübscher wäre es, wenn du nackt wärst.« Er streicht über meine Haare. Ich tue alles, um seiner Hand auszuweichen.

Er schüttelt den Kopf und packt mit einer Hand meine Haare, was mich dazu zwingt, ganz ruhig zu verharren und sein wieder einsetzendes Gestreichel zu ertragen.

Ich möchte ihm ins Gesicht spucken, aber vielleicht verklebt er mir dann auch noch den Mund, also lass ich's lieber. In mir brodelt es vor Wut und Verzweiflung. Dieser kranke, kranke Typ. Was wird er nur mit Valle angestellt haben . . .

»Von solchen Spielen habe ich manchmal geträumt, als wir noch ein Paar waren. Aber bevor es dazu kommen konnte, hast du mich schon enttäuscht. Sehr enttäuscht.« Er lässt mich los und feuert den Schlüssel für die Combinations mit so viel Schwung auf den Couchtisch, dass er quer über die polierte Holzplatte schliddert und erst von dem Glasgefäß mit Katis Haaren gestoppt wird.

»Warum Katis Haare?«

»Das geht dich eigentlich nichts mehr an. Aber ich bin heute in großzügiger Stimmung. Ich brauchte Material für Thors Priesterweihe. Und was eignet sich besser als die roten Haare einer Jungfrau, die an einem Karfreitag, dem Dreizehnten geboren ist? Wenn man diese Haare verbrennt und den Rauch inhaliert, dann werden großartige Energien freigesetzt.«

»Der Atem des Teufels . . .«, flüstere ich. Was für ein Irrsinn. »Und warum hast du mir nie davon erzählt, dass du Luzifer anbetest?«

»Das hätte dir beim Singen unserer Liedtexte eigentlich klar sein müssen. Schließlich hab ich sie geschrieben.« Er pfeift ein paar Takte von »Der Sieg der Dunkelheit«.

Friss oder stirb . . . der Besieger des Lichts . . .

Er holt sich noch ein Bier aus dem Kühlschrank und öffnet die Flasche mit einem Plopp. »Du hast anscheinend immer noch nichts kapiert! Als Satanist bete ich niemanden an. Okay, ich verkehre mit dem Teufel. Aber warum sollte ich mich outen? Das ist nur was für lächerliche Schwule. Nur wenn man sich im Hintergrund hält, kann man an allen Fäden ziehen. Ich bin ein Sieger und Satan ist mein Diener. Und beinahe hätte ich dich zu meiner Vertrauten auserwählt. Aber du hast mir dein wahres Wesen gezeigt. Dein Pech, dass du dich gegen mich entschieden hast – nein, eher kein Pech«, er lacht so heftig, dass er Bier verschüttet, »sondern teuflische Gerechtigkeit. Wie auch immer. Jetzt wollen wir doch mal sehen, was unser mieser Verräter da Hübsches gesammelt hat. Eigentlich müsste ich ihn für diese Frechheit bewundern. Einer, der es tatsächlich wagt, uns zu drohen.«

Robert nimmt das Päckchen aus seinem Mantel, legt es auf den Tisch und bringt auf dem Rückweg ein Messer aus seiner Kochecke mit.

Der »Besieger der Dunkelheit«!

Mann, ich war wirklich blind. Die Rede war von Luzifer! Und ich hab das geträllert, als wäre es eine Karaoke-Veranstaltung. Nicht ein Mal habe ich darüber nachgedacht, was ich da von mir gebe. Es hat mir völlig gereicht, dass es unheimlich und irgendwie cool war. Dass die Songs wirklich eine Bedeutung haben könnten, darauf wäre ich nie gekommen.

Und jetzt sitze ich hier mit ihm – mit Robert, diesem Wahnsinnigen –, schrecklich gekrümmt, die Schnalle meines Gürtels bohrt sich in meinen Bauch wie eine Speerspitze. Gut, dass er nicht merken kann, wie weh das tut, sonst würde er die Kette vielleicht noch kürzer machen.

Nie wieder ein silbernes Hanfblatt als Schnalle. Nächstes Mal borge ich mir den Prada-Gürtel von Kati aus. Haha, nächstes Mal!

Reiß dich zusammen, Toni, denk nach, hör auf, dich zu bemitleiden.

Gerade schneidet Robert mit dem Messer die Klebestreifen des Päckchens auf. Als er den Inhalt auf den Tisch schüttelt, fallen mehrere lose DVDs und einige Papierblätter heraus. Robert pfeift überrascht, schleppt mich ins Schlafzimmer, stößt mich aufs Bett und legt eine der DVDs in seinen DVD-Player ein.

»Machen wir's uns doch gemütlich so wie früher und schauen uns einen Film an . . .«

Er greift nach der Fernbedienung und setzt sich neben mich. Mir bleibt beinahe die Luft weg, als ich Thor auf diesem riesigen Breitwandmonitor vor mir sehe. So nah. Ekelhaft.

Valle hat ganze Arbeit geleistet. Er hat aufgenommen, wie in dem Mediensupermarkt, in dem Thor arbeitet, geklaut wird und was passiert, wenn Thor die Leute erwischt: Er lässt sich bezahlen. Dann sieht man Giltine, die von Thor mit riesigen Kartons nach draußen gebracht wird, an der Kasse und den Kollegen vorbei, ohne zu bezahlen, versteht sich. Außerdem gibt es noch eine besonders widerliche Szene, wo Thor ein junges Mädchen mit einem iPod erwischt hat. Und die widerwärtige Bruce-Willis-Billigkopie zwingt sie dazu, ihn zu küssen.

Robert lacht leise. »Das wird Giltine aber nicht gefallen.« Er schaltet aus. »Thor ist ein echter Versager! Tue Böses und lass dich dabei nie erwischen. Wie oft haben wir ihm das schon eingeprügelt.« Robert steht auf und schleppt mich wieder nach drüben zum Sofa, als wäre ich seine lebensgroße Puppe. »Vielleicht sollte ich ihn doch rausschmeißen, was meinst du?«

Er hat einen lockeren Plauderton angeschlagen, als säßen wir bei Kaffee und Törtchen und würden uns über Reiseziele auf Mallorca unterhalten.

»Wenn du mich losmachst, dann denk ich darüber nach.«

»Liebe Toni, du wirst hierbleiben, bis mir klar geworden ist, wie wir dich am besten entsorgen.«

»Entsorgen? Wie soll das gehen? Erschießen? Erstechen? Oder vielleicht doch verbrennen?« Ich bin mittlerweile so fertig, fühle mich so leer, dass ich weder Angst noch Wut in mir spüren kann.

»Toni – immer einen guten Spruch auf den Lippen! Glaub mir, das werde ich vermissen! Deine Schwester ist nicht mal halb so amüsant.«

»Kati weiß, dass wir zusammen waren. Man wird dich verhören! Die Polizei ist ja nicht blöd.«

»Du unterschätzt mich immer noch. Töten«, er schüttelt den Kopf, »das lasse ich nur in Ausnahmefällen zu. Letztlich bleiben immer die Scherereien mit der Leiche. Ich denke da mehr an einen Sturz vom Glockenturm der St.-Angela-Kirche. Vorübergehende Verwirrtheit unter reichlich Alkoholeinfluss. Wirklich traurig, wie erschreckend hoch die Selbstmordraten unter Jugendlichen sind.«

Ich zerre an den Handschellen, sie ist teuflisch, diese Fesselmethode, man kann nichts tun, obwohl man die Hände vorm Körper hat.

»Und Valle? Was machst du mit dem?«

»Jeder, der sich an meinem Eigentum vergreift, muss bestraft werden. Außerdem hat er versucht, uns zu erpressen. Deshalb ist Valle mein Geschenk an Luzifer – heute Abend.«

»Du klingst wie ein völlig durchgeknallter, kranker Vollidiot.«

»Nein, falsch, Toni. So klingen Sieger. Menschen, die handeln, die ihre Entschlüsse leben, ohne vor Angst herumzusabbern. Es gibt genügend, die gern mit mir tauschen würden, aber denen fehlt etwas ganz Entscheidendes: der Mut!« Er springt auf. »Genug geplaudert jetzt. Ich habe noch etwas Dringendes zu erledigen. Du bleibst schön sitzen, mach's dir gemütlich.« Er gluckst vor sich hin. »Ich hoffe nur, dass du nicht aufs Klo musst und hier eine Schweinerei machst.« Er räuspert sich, klingt immer noch sehr amüsiert. »Aber ich denke, du warst ja vorhin bei Valle lange genug im Bad.«

Während er redet, geht er zu seinem Regal. Er schiebt ein paar Bücher zur Seite, schaut über seine Schulter zu mir her, begegnet meinem Blick. Spöttisch zieht er eine Augenbraue hoch, als wollte er sagen: »Schau nur her, du wirst sowieso niemandem mehr davon erzählen, ist also egal.«

Dann zieht er aus der Hosentasche einen Schlüsselbund, schließt etwas auf und verstaut die DVDs und die Papiere. Danach zieht er sich Gummihandschuhe an, holt merkwürdige kleine Gegenstände, die von Weitem wie kleine runde Joghurts aussehen, aus dem Schrank und packt sie in einen Clipbeutel, den er sorgfältig verschließt. Die gebrauchten Gummihandschuhe wirft er in den Müll, zieht anschließend neue aus dem Schrank und stopft sie in seine Hosentasche.

Ja, denke ich, und jetzt gehst du weg und vergisst den Combinations-Schlüssel auf dem Tisch. Ich halte die Luft an, als könnte ich damit irgendetwas bewirken. Bitte, bitte, mach, dass er den Schlüssel vergisst.

Er dreht sich um und grinst mich an. »Bei dir gehe ich kein Risiko ein. Immerhin bist du Thor und Giltine entkommen.«

Er nimmt den Schlüssel, wedelt einmal kurz vor meinen Augen damit hin und her und schließt ihn ebenfalls ein. Dann räumt er die Bücher wieder ins Regal und ich versuche, mir zu merken, welche Bücher es sind; irgendetwas über Mozart, dritte Reihe von oben.

Er verlässt das Wohnzimmer und ich höre nur noch, wie sich seine Schritte entfernen, dann klappt eine Tür, die von außen abgeschlossen wird. Er ist weg.

Und plötzlich kehrt alle Energie mit einem Schlag in meinen Körper zurück.

Ich werde nicht sterben.

Und Valle wird nicht sterben!

Durch meinen Bauch tobt eine Wut, wie ich sie noch nie erlebt habe. Ich zerre an den Schellen, haue damit gegen die Chrombeine des Couchtisches, aber es tut bloß schrecklich weh und bringt nichts.

Noch immer habe ich meine Lederjacke an, aber leider hat Robert mir das Handy weggenommen. Er schickt Kati garantiert noch eine erklärende SMS – in meinem Namen selbstverständlich – und sie wird die Polizei natürlich nicht rufen. Valle wird doch sterben, ich werde vom Kirchturm fallen und Robert wird weiter in der Band spielen und unschuldigen Kids Schlagzeugunterricht erteilen . . .

NEIN!

Aber ich bin nicht James Bond, nicht mal das Bond-Girl, ich habe keine Wunderwaffen, nur mich selbst. Ich versuche aufzustehen. Mist, die Gürtelschnalle bohrt sich tiefer in meinen Bauch. Trotzdem – nicht aufgeben. Extrem nach vorne gekrümmt versuche ich, kleine Trippelschritte zu machen.

Aber wohin?

Die Haustür ist abgeschlossen, ein Festnetztelefon hat Robert nicht. Bleibt also nur der Balkon. Aber nicht mit den Ketten. Die müssen weg! Ob ich das mit einem Messer schaffen würde? In manchen Krimis werden doch Schlösser mit einer Haarnadel geknackt! Ich muss es wenigstens versuchen.

Ich bewege mich in winzigen Schritten in Richtung Küche. Es geht, nur die Schnalle drückt wahnsinnig. Endlich stehe ich schweißüberströmt vor der Besteckschublade, aber ich kann meine Hände nicht weiter als auf Kniehöhe bringen, ohne meine Füße abzureißen. Die Schublade ist aber auf Oberschenkelhöhe. Was jetzt?

Ich brauche etwas, auf das ich mich stellen kann. Quatsch,

nein, ich versuche es mit meinem Mund, ich probiere mit den Zähnen, die Schublade aufzukriegen.

Mann, ist das schwer. Endlich hab ich sie auf – und jetzt?

Ich würde mich so gern gerade hinstellen, um hineinzuschauen, außerdem tut mein Rücken höllisch weh und der elende Gürtel drückt, ich muss die Schnalle nach hinten drehen, um besser denken zu können.

Als ich die Schnalle öffne, spüren meine Fingerkuppen die Geheimtasche, in der immer noch Valles Schlüssel steckt. Plötzlich zittere ich am ganzen Körper. Was wäre, wenn . . . nein, Unsinn, das kann doch nicht . . . Ich muss leise lachen, wenn das wahr wäre. Blödsinn.

Blödsinn vielleicht. Aber einen Versuch wert.

Ich schleppe mich zu der Bücherwand, doch das Regal mit den Büchern über Mozart ist auf Schulterhöhe. Ich brauche einen Stuhl oder so etwas.

Da, ich höre ein Geräusch, es kommt von der Tür. Was jetzt? Ich halte die Luft an, verfluche den Puls, der in meinen Ohren dröhnt, weil ich unbedingt hören muss, ob Robert wieder zurückgekommen ist.

Nichts.

Aber der Gedanke daran, dass er jederzeit hier auftauchen könnte, macht mir klar, wie sehr ich mich beeilen muss.

Valle ist mein Geschenk an Luzifer – heute Abend.

Wie spät ist es? Ich habe jedes Zeitgefühl verloren. Nachmittag auf jeden Fall! Später Nachmittag, denn draußen ist es schon dunkel.

So schnell ich kann, und das ist furchtbar langsam, schiebe ich den schwarzen Ledersessel vor das Regal und stelle mich schwer atmend darauf. Immer noch zu tief, verdammt. Ich muss irgendwie auf die Lehne, aber das ist eine wacklige Angelegenheit, so verschnürt, wie ich bin. Immerhin schaffe ich es, mich mit den Knien draufzustützen, packe die Bücher, feuere sie vom Regal auf den Boden und sehe das Schloss eines schmutzig beigen Metallkastens vor mir. Es ist kein Safe mit einem Drehknopf oder einer Kombination. Nur ein ganz gewöhnliches Schloss.

Meine Hände zittern wie Espenlaub, als ich den Schlüssel vorwärts zum Schloss bewege, die Fesseln an den Fußgelenken schneiden tief ein.

»Bitte«, murmle ich, »bitte, pass da rein, für Kati, für Valle.« Aber meine Hände zittern so stark, dass ich es nicht schaffe, den Schlüssel in das Schloss zu stecken.

Ich atme tief durch.

Toni, dein Leben hängt davon ab, jetzt mach ein Mal in deinem Leben etwas richtig!

Ich versuche es wieder und ramme den Schlüssel in die Öffnung. Er bleibt stecken! Er bleibt stecken!

Aber ich verliere mein Gleichgewicht, falle von der Lehne auf den Boden. Mein Rücken schmerzt, meine Schulter kracht und an den Fußgelenken tropft Blut durch die Socken, so tief haben die scharfen Kanten der Fesseln eingeschnitten, aber das alles spielt keine Rolle, denn ich hab mich schon wieder aufgerappelt.

Ich weiß, ich werde es schaffen.

Ich muss es schaffen.

Verbissen kämpfe ich mich auf die Knie, von den Knien auf die Füße, dann auf den Sessel und noch mal auf die Lehne, ich zittere jetzt am ganzen Körper und kalter Schweiß rinnt mir über das Gesicht. Da! Ich drehe den Schlüssel um, es klickt leise und dann ist das Schloss offen.

Es ist offen!

Jetzt weiter, los, beeile dich, los, los, nimm als Erstes den Schlüssel für diese beschissenen Handschellen.

Runter von dem Sessel! Bloß den Schlüssel nicht loslassen! Jetzt aufsperren, schnell.

Verdammt. Verdammt. Verdammt.

Mit den gefesselten Händen schaffe ich es nicht, den Schlüssel ins Schloss zu stecken.

Dein Mund, deine Zähne. Ich krümme mich auf dem Sofa so zusammen, dass mein Mund über dem Schloss der Handschellen ist, stecke den Schlüssel rein, das ist leicht, dann versuche ich zu drehen, aber es geht nicht. Der Widerstand ist zu groß.

Tränen schießen mir in die Augen, tropfen auf die Handschellen.

Spinnst du jetzt, Toni? Los, heulen hilft nichts, noch mal probieren! Ich beiße fest zu und drehe den Kopf, der Widerstand ist gigantisch.

Stelle dir nur mal sein Gesicht vor, wenn er jetzt käme, los, noch mal.

Ich packe fest zu, male mir aus, ich würde Robert in den Arm beißen, lege all meinen Zorn in diesen festen Biss und drehe meine Hände in die entgegengesetzte Richtung – und da, die Schellen springen auf.

Ich starre auf meine Hände, sie sind frei! Ich bücke mich zu den Füßen und öffne die Schellen, ein wunderbares Gefühl.

Tempo, Tempo, Tempo!

Ich muss alles mitnehmen, was Robert in dem Fach eingeschlossen hatte, dann nichts wie raus hier. Ich suche in der Küche nach einer Tüte, finde keine, dann eben ein Geschirrtuch, nein, das ist zu klein. Ich renne ins Schlafzimmer und greife mir ein Kopfkissen, reiße den Bezug herunter und stürme damit zurück ins Wohnzimmer. In null Komma nichts bin ich auf dem Sessel und schiebe mit einer Handbewegung alles in den Kissenbezug. Ich verschwende keinen Blick auf meine Beute, ich darf keine Zeit verlieren.

Mit einem Ruck ziehe ich den Reißverschluss vom Kopfkissen zu und knote es an meinen Gürtel – was für ein wunderbarer Gürtel, nie werde ich mir einen Prada-Gürtel kaufen!

Jetzt rüber auf den Balkon.

Der Fuchsbau gilt zwar als architektonische Meisterleistung der Siebziger, doch ich finde ihn einfach nur hässlich. Allerdings bietet er jetzt einen großen Vorteil für mich, denn die im Balkon integrierten Betonblumenkästen sind so konzipiert, dass sie bis zum Nachbarbalkon reichen.

Ein Glück für mich – denn durch die Wohnungstür kann ich ja nicht.

Ich schaue zur Nachbarwohnung. Es müsste ganz leicht sein, auf den Balkon nebenan zu kommen. Doch die Balkonkästen sind relativ weit oben, ich brauche einen Stuhl. Also renne ich zurück in die Küchenecke, nehme einen Holzstuhl und trage ihn auf den Balkon, stelle ihn in die linke Ecke, von wo aus ich auf die Balustrade steigen kann, neben einem Betonkasten mit hässlichen Friedhofseiben – nein, jetzt nicht an Friedhof denken . . .

Ich taste mich an der Wand entlang – komischerweise habe ich in meinem linken Arm absolut kein Gefühl, er reagiert auch nicht auf meine Kommandos, weshalb ich nur mit dem rechten arbeiten kann, was das Ganze sehr viel mühsamer macht, als ich dachte. Ich schiebe mich langsam nach vorne, bis ich die Stelle erreiche, wo ich um den Wandvorsprung herum auf das Betonblumenbeet nebenan klettern kann.

Nicht nach unten schauen. Es ist sowieso dunkel. Ein dunkles schwarzes Loch.

Blick nach vorn!

Den linken Fuß zuerst rüber, mein Atem geht so schnell wie noch nie, ruhiger, Toni, nicht so zittern.

Mein Fuß ist drüben, setzt auf einem kraterartigen Boden auf, nur kein Fehltritt, ich taste und suche nach Halt, jetzt den rechten Fuß nachziehen.

Aber dieser miese linke Arm will mich nicht halten, ich kann mich nur mit rechts abstützen, dann leicht drehen und mit rechts ziehen. Der blöde Kopfkissenbezug stört, aber er muss mit. Ohne ihn wäre alles umsonst.

Jetzt noch mal, ganz langsam, Vorsicht! Langsam und rüberziehen.

Geschafft!

Ich stehe im Beet des Nachbarbalkons, mit dem Rücken an die Trennwand gestützt. Meine Beine sind superwackelig, aber wenigstens knicken sie nicht ein.

Mittlerweile ist es so dunkel, dass ich nicht mal sehen kann, wo der Boden vom Balkon ist, aber ich muss hier wieder runter, und zwar schnell.

Ich gehe, eng an die Wand gepresst, in die Knie, was stechende Schmerzen im Rücken auslöst, dann lasse ich mich auf den Po herunter, au! Pflanzenstängel bohren sich durch meine Hose, also schnell weiter.

Ich zähle bis drei, dann muss ich springen, ich muss hier weg, also los!

Eins, zwei drei. Ich springe ins Dunkle.

Es rumst, ich lande mit voller Wucht auf einer Kante, komme mit dem rechten Fuß nur halb auf, er verdreht sich ins Leere, mein Hintern donnert auf etwas unglaublich Hartes, rutscht dann auch weg, sodass ich auf den Rücken falle. Gleichzeitig klirrt und scheppert es so laut, dass ich damit Tote aufgeweckt haben müsste.

Als ich mich aufrichten will, greife ich mit der rechten Hand in etwas Spitzes, mein Daumen tut entsetzlich weh und Blut läuft warm über meine Hand. In meinen Ohren dröhnt

218

immer noch dieses Klirren, als mir endlich klar wird, was passiert ist.

Ich bin in einen Stapel Getränkekästen gesprungen und habe ihn umgeworfen. Nachdem sich meine Augen jetzt an die Dunkelheit gewöhnt haben, kann ich die vielen Scherben schimmern sehen, außerdem nehme ich den schalen Geruch von Bier wahr. Ich versuche, mich aufzurichten, durch den rechten Fuß jagt ein stechender Schmerz, als ich ihn belaste, und es knirscht unter den Sohlen, als ich aufstehe. Okay, ich lebe also noch, jetzt weiter, Toni, denk an Valle!

Ich betrachte das Fenster und die Balkontür – nichts, dahinter sind geschlossene Holzjalousien, durch die kein Lichtschimmer dringt. Klar, wenn jemand in der Wohnung wäre, müsste der schon längst hier sein. Oder derjenige in der Wohnung hat von dem Lärm einen Herzinfarkt bekommen.

Okay.

Es gibt nur einen Weg, um von hier zu verschwinden: Ich muss die Scheiben einschlagen und hoffen, dass es in der Wohnung ein Telefon gibt.

Ich schwanke, der linke Arm hängt leblos herunter, mein rechter Fuß tut so weh, dass ich mein Gewicht automatisch auf meinen linken verlagere, wenn ich auftrete. Ich wische das Blut vom Daumen am Kissenbezug ab und greife nach einem der Bierkästen. Mit dem werde ich die Scheiben zertrümmern, ich muss da rein, muss telefonieren, mit der Polizei und der Feuerwehr, dem Notarzt . . .

Mühselig humpelnd gehe ich ein paar Schritte zurück und hole mit dem Bierkasten weit aus.

Licht.

Da dringt Licht durch die Jalousien, ich lasse den Bierkasten wieder sinken und in diesem Moment zieht eine wunderschöne junge Frau mit Kopfhörern auf ihren dunkelbraunen

Wuschellocken die Jalousien der Balkontür hoch und starrt mich und all das Chaos entsetzt an.

Wahrscheinlich habe ich sie genauso entsetzt angeschaut, denn sie lächelt trotz meines Aufzugs und trotz der Bescherung hinter mir und macht dann die Tür auf. Sie nimmt ihre Kopfhörer ab, streckt mir ihre Hand entgegen und zieht mich hinein. Ich humple hinter ihr her.

»Wusste das ich nicht, dass Tom hat Mädchen auf Balkon versteckt. Ich bin Malina aus Bosnien.« Sie zeigt auf die Wohnung hinter sich. »Das mache ich sauber, zweimal die Woche immer von sechs bis acht Uhr abends.«

Dann mustert sie mich genauer, entdeckt den blutenden Daumen, und als sie die Spuren von den Fesseln sieht, wird ihr Gesicht hart. »Wer hat das getan?«

Und der Ton ihrer Frage macht, dass ich mich auf einmal sehr, sehr klein fühle und schwach, so unendlich schwach, als ob alle meine Knochen geschmolzen wären. Am liebsten würde ich mich in ihre Arme werfen und trösten lassen, aber Valle braucht mich.

»Ich rufe *ambulanzia*«, sagt Malina in einem sehr energischen Ton.

»Bitte, zuerst muss ich telefonieren.«

»Nema Problema! Aber dann ...« Malina dreht sich um und geht voran, ich folge ihr, wobei mich jeder Schritt wahnsinnig viel Kraft kostet.

Als Erstes rufe ich Kati an. Sie nimmt sofort ab.

»Toni! Wir warten schon seit einer halben Stunde auf dich.«

»Wir?« Eine schreckliche Ahnung beschleicht mich.

»Robert ist bei mir. Wir wollten gerade zusammen in den Keller von Schwallfis Kanzlei gehen.«

»Neinnein, das darfst du nicht, auf keinen Fall, nicht mit Robert. Warte, bis ich komme!«

»Bist du jetzt völlig durchgeknallt? Ich rede von Robert, deinem Ex. Er sagt, ihr habt bei Valle Beweise dafür gefunden, dass Thor und Giltine irgendwas Fürchterliches getan haben.

»Nein, Kati, nein! Du darfst mit Robert nirgendwohin gehen! Wo bist du jetzt?«

»Vor der St.-Angela-Kirche.«

»Warte dort, bis ich bei dir bin. Kati, du erinnerst dich doch daran, dass Thor und Giltine ihren Meister um Erlaubnis gefragt haben, bevor sie deine Haare abrasiert haben?«

»Ja.«

»Deine Haare sind hier in Roberts Wohnung, Robert ist der Meister. Bitte geh nirgends . . .«

Es knackt.

Verdammt, verdammt, verdammt.

Malina reicht mir ein Glas Wasser und verbindet mir dann den Daumen mit einem weißen Tuch.

»Schlimm?«, fragt sie.

»Sehr schlimm.« Ich nehme einen Schluck, dann wird mir klar, dass ich das allein jetzt nicht mehr schaffen kann, ich brauche sofort Hilfe. Professionelle Hilfe.

Ich muss den Einzigen anrufen, dem die Polizei glauben wird, den Einzigen, der in der Nähe von Valle und Kati ist und ganz sicher dafür sorgen wird, dass ihnen nichts geschieht. Den Einzigen, der dafür sorgen kann, dass Mama sich nicht zu Tode erschreckt.

»Besonders köstlich waren seine läppischen Versuche, ihr zu erklären, was es bedeutet, Satanist zu sein, ohne auch nur den Hauch einer Ahnung davon zu haben, was es wirklich heißt. Leider haben wir zu viel gelacht und zu spät überprüft, wer er wirklich war.«

21

Während der Taxifahrt zur St. Angela Kirche starre ich vom Rücksitz aus dem Fenster in die Nacht. Lausche dem Druck in meinen Ohren, eine Art Meeresrauschen, das vereint mit der Dunkelheit über mir zusammenschwappt. Nur das wilde Pochen in meinem Daumen, irritierend wie ein fremder Herzschlag, zeigt mir, wie lebendig ich trotz allem noch bin. Aber ich bin müde, so müde.

Schon von Weitem ist der Platz vor der St. Angela Kirche zu sehen, beleuchtet von sich drehenden Blaulichtern. Zwei Polizeiwagen und ein großer Rettungswagen stehen dort.

Schwallfi hat ganze Arbeit geleistet.

Mir schießen Tränen in die Augen, weil ich so dermaßen froh bin, diese flirrenden Lichter zu sehen. Ich kann gar nicht aussteigen, weil es mir so vorkommt, als wäre ich überall ganz wund, gleichzeitig strömt etwas Schweres durch meinen Körper, das mich friedlich und vollkommen ruhig macht.

Der Taxifahrer dreht sich genervt zu mir um. »Ja mei, Ihre Uhr läuft schon wieder, wenn's jetzt alleweil himacha.«

Ich versuche, meine unverletzte Hand zur Jackentasche zu bewegen, sie kommt mir dick und unförmig vor, als würde sie zu jemand anderem gehören. Doch bevor ich mein Geld herausholen kann, rennt Schwallfi schon auf das Taxi zu, drückt dem Fahrer einen Geldschein in die Hand, legt seinen Arm um mich, registriert den herunterbaumelnden Kopfkissenbezug, schiebt ihn aus dem Weg und schleppt mich zum Rettungswagen. Und dabei sagt er kein Wort. Nichts.

»Wo sind sie?«, frage ich, höre meine eigene Stimme nur wie durch dicke Polster. Das Stechen in meiner Schulter übertönt alles, dafür sind meine Beine wie taub.

»Bitte, wo sind sie?«

»In Sicherheit.« Schwallfis Stimme klingt etwas belegt, er räuspert sich. »In Sicherheit. Kati darf mit mir nach Hause. Deinem Freund geht es schlecht, aber die Sanitäter sagen, dass er es überleben wird. Er wird gleich ins Krankenhaus gebracht und du fährst auch mit, so wie du aussiehst.«

Wir sind am Rettungswagen angekommen, wo er mich den Sanitätern übergibt, die mich sofort auf eine Trage legen, den Kopfkissenbezug vom Gürtel abschneiden, und als ich hysterisch protestiere, legen sie ihn mir in den Arm, als wäre es ein Kuscheltier. Dann werde ich mit einer knisternden Folie zugedeckt, jemand redet mit mir, aber ich kann nicht verstehen, was er sagt, und da fallen mir auch schon die Augen zu.

Als ich wieder aufwache, bin ich im Krankenhaus, in einem Zweibettzimmer, aber das andere Bett ist leer. Ich kann mich nicht bewegen, weil ich überall Bandagen habe, und mit meinem rechten Arm hänge ich an einem Tropf. Aber ich fühle mich gut, habe keine Schmerzen, nur einen dicken Schädel.

Nach und nach fällt mir ein, was genau passiert ist, und ich muss sofort wissen, wie es Valle geht. Gerade als ich mich dazu durchgerungen habe, eine Schwester zu rufen, geht die Tür auf und es kommt ein junger Pfleger herein. Er hat überraschenderweise Mandelaugen und einen Kinnbart, mit dem er wie ein mongolischer Prinz aussieht. Er stellt mir das Essen auf den Tisch neben dem Bett und nimmt die graue Plastikhaube ab, als wäre darunter ein Fünf-Sterne-Gericht. »Für Sie gibt's das volle Programm: Gulasch mit Spätzle. Schmeckt echt gut, hab ein bisschen was von Ihrer Portion probiert.« Er grinst mich breit an, damit ich kapiere, dass das ein Witz war.

»Wissen Sie, wo Valentin Behrmann ist?«

Er schaut mich mit schräg gelegtem Kopf an.

»Wer?«, fragt er. »Den Namen kenne ich nicht.«

»Aber Valle ist mit mir eingeliefert worden! Er muss hier sein!«, sage ich verzweifelt.

Der Pfleger stellt das Tablett ab. »Na klar, jetzt weiß ich, wen Sie meinen. Ihr Vater hat ja sogar darauf bestanden, dass Sie Zimmer nebeneinander bekommen.«

»Er ist nebenan?«

Er lacht leise, dabei zittern die Spitzen seines Kinnbartes.

»Sehnsucht nach dem Freund?«

Ich nicke, richte mich auf, will sofort zu Valle hinüber, doch die Bewegung war zu schnell, mir wird schwarz vor Augen.

»Immer langsam.« Der Pfleger kommt wieder zu mir und schüttelt den Kopf. »Wir können gern bald zusammen ein Stück gehen, aber mit dem Fuß sollten Sie noch ein bisschen vorsichtig sein. Außerdem sehen es die Schwestern nicht so gern, wenn der Tropf abgerissen wird.« Er zwinkert mich mit seinen Mandelaugen freundlich an und kontrolliert die Kanüle in meinem Arm. »Und die Schulter sollte auch noch ruhig gestellt bleiben, sonst dauert es nur viel länger, bis alles geheilt ist. Ihrem Freund geht es gut, aber er ist noch sehr schwach. Ihr Vater hat sich um alles gekümmert. Offensichtlich gab es Probleme, weil er keinen Ausweis bei sich hatte.«

Schwallfi. Mir wird ganz anders. Schwallfi hat mir geholfen, ohne blöde Fragen zu stellen und ganz ohne jeden Kommentar. Und jetzt hat er sich auch noch um Valle gekümmert und sogar dafür gesorgt, dass er in meiner Nähe ist. Dafür werde ich ihm bis ans Ende meines Lebens die Füße küssen und ich werde ihn nie mehr heimlich Schwallfi nennen.

»Können Sie mich nicht für einen kleinen Moment zu Valle rüberbringen?«, frage ich. »Ganz kurz?« Ich schaue ihn bittend an.

Der Kinnbart legt den Kopf schräg. »Eigentlich darf ich das nicht. Ich bin der Essensausteiler, ich mach hier nur ein Praktikum.«

»Bitte.«

»So schlimm?« Er schaut mich an, als würde er die Leiden der Liebe nur zu genau kennen. Ich wittere Morgenluft und reiße meine Augen flehend auf.

»Ziemlich.«

Der mongolische Prinz zupft noch einmal sein Kinnbärtchen, dann deckt er wieder die Haube übers Essen, holt den Rollstuhl, der hinter dem Schrank neben der Tür gestanden hat, und bringt ihn zu meinem Bett.

»Aber ganz vorsichtig mit dem Tropf, keine hastigen Bewegungen, okay?«

Seufzend hilft er mir mit zwei Profigriffen auf, mir wird sofort wieder komisch, aber ich versuche, mir nichts anmerken zu lassen, weil der Pfleger mich aufmerksam beobachtet. Endlich sitze ich im Rollstuhl und schon sind wir aus dem Zimmer.

Der Gang ist menschenleer, Licht fällt durch die tiefen, alten Fenster. Von irgendwoher tönt Geschirrklappern, ansonsten herrscht friedliche Stille.

Der Pfleger fährt eine Tür weiter und schiebt mich in den Raum. Auch hier gibt es zwei Betten, auch hier ist nur eins belegt.

Valle!

»In zehn Minuten hole ich Sie wieder ab«, flüstert der Pfleger. »Und dann wird gegessen, okay?«

»Danke.«

Der Pfleger verlässt das Zimmer und ich bin mit Valle allein. Er schläft, und obwohl er ganz leise schnarcht, flutet bei seinem Anblick sofort ein warmes Gefühl durch meinen Körper.

Ich streiche mit dem gesunden Arm über seine raue stopplige Wange und bin so glücklich, dass ich heulen könnte. Ich würde gerne seinen Mund küssen, der sogar jetzt noch wie ein Granatapfelkern schimmert, aber ich kann mich in dem Schulterstreckverband nicht vorbeugen.

Ich weiß, es ist egoistisch, aber ich wünsche mir so, dass er die Augen aufmacht, bevor der Pfleger zurückkommt. Wir müssen dringend reden, ich verstehe so vieles nicht.

Und da fällt mir siedend heiß der Kissenbezug mit den Beweisen ein. Mist. Wahrscheinlich ist der noch drüben bei mir im Zimmer. Ob ich es riskieren soll und Valle einfach wecke?

»Valle!«, flüstere ich in sein Ohr. »Valle!«

Er klimpert mit seinen langen Wimpern und dann öffnet er seine Seehimmelaugen, betrachtet mich damit verständnislos, schließlich reißt er sie weit auf und lächelt ganz schief. »Dein neuer Style gefällt mir.«

Ich kann ihn kaum verstehen, weil er so leise spricht und seine Stimme heiser klingt.

»Du siehst auch toll aus!«, gebe ich zurück. Ich schaue mich nach etwas zu trinken für ihn um. Auf dem Nachttisch steht ein Becher mit Wasser, den ich ihm hinhalte.

Er trinkt einen Schluck, verzieht dann sein Gesicht. »Scheiß-Halsweh.« Unter seinen Augen sind tiefe schwarze Ringe.

Er stellt den Becher wieder ab und nimmt dann meine Hand in seine. Seine Haut ist glühend heiß und jetzt wird mir auch klar, dass der Glanz in seinen Augen nicht etwa von meinem Anblick kommt, sondern weil er hohes Fieber haben muss. Und ich habe ihn geweckt.

Er packt meine Hand fester. »Toni! Leon hatte Tollwut. Der Schlüssel . . .«, seine Stimme wird zu einem unverständlichen Murmeln, obwohl ich mir alle Mühe gebe, ihn zu verstehen. Er schließt die Augen wieder und ich habe keine Ahnung, ob er Fieberfantasien hat oder ob er mir wirklich etwas sagen wollte. Tollwut? Wie kommt er denn jetzt plötzlich darauf?

Es klopft und dann steht der Pfleger wieder im Raum.

»Mein Freund hat hohes Fieber . . .«

»Ja, deswegen bekommt er starke Antibiotika.«

»Könnte es sein, dass er Tollwut hat?«

»Bitte was?« Der Pfleger reißt seine Mandelaugen weit auf. »Tollwut!«

»Die ist längst ausgerottet. So etwas gibt's schon lange nicht mehr in Deutschland.« Er greift zu meinem Rollstuhl. »Okay, zurück ins Bett mit Ihnen!

Er schiebt mich wieder in mein Zimmer, hebt mich auf mein Bett, stellt den Teller mit Gulasch auf das ausziehbare Nachttischchen und schaut mich dabei aufmerksam und freundlich an. Was er da sieht, veranlasst ihn dann doch dazu weiterzureden.

»War Ihr Freund etwa in Indien? Ich habe gehört, hier gab's mal einen Fall, der in Indien von einem tollwütigen Hund gebissen worden ist. Aber wenn sich die Symptome erst mal zeigen, kann man nichts mehr machen. Teuflische Sache . . .«

Ich bin froh, dass ich wieder liege, denn plötzlich zittere ich am ganzen Körper, aber nicht wegen der Anstrengung.

»Es war doch zu viel für Sie. Hoffen wir, dass die Schwestern das nicht mitkriegen.«

»Ich werde natürlich schweigen wie ein Grab.« Toller Vergleich, Toni, spitze! »Aber ich hätte noch eine Bitte. Als ich eingeliefert wurde, hatte ich einen Kopfkissenbezug dabei, in dem sehr wichtige Sachen waren. Wissen Sie, wo der ist?« Und um ihm einen Gefallen zu tun, spieße ich ein paar Spätzle mit der Gabel auf und schiebe sie mir in den Mund.

Der Pfleger beobachtet das wohlwollend. Aber zu meiner Frage zuckt er mit den Schultern. »Keine Ahnung. Vielleicht hat ihn jemand in den Schrank gepackt. Soll ich mal nachsehen?«

»Bitte!«

Er geht zu dem Schrank hinter der Tür und findet den Sack auf Anhieb. »Das klappert ja ganz schön.« Er späht neugierig hinein und schüttelt anschließend den Kopf.

»Oh, das geht allerdings nicht. In unserer Klinik ist absolutes Handyverbot.«

»Aber ich will gar nicht telefonieren.«

»Trotzdem: Das schließen wir lieber im Schrank der Oberschwester ein.«

Er holt das Handy aus dem Sack und pfeift dann laut. »Mann, das Teil muss ja mindestens hundert Jahre alt sein. So eins hatte ich auch mal, als das gerade aufkam mit den Videos. War echt cool, ich glaube 2004 war das . . .«

Großartig, denke ich, super.

»Damit kann man nicht mehr telefonieren«, beeile ich mich zu versichern, »da sind nur ein paar Sachen drauf, die ich lie-

228

be. Bilder von Valle. Wir sind schon so lange zusammen . . .«
Ich versuche es mit meinem nettesten Hundeblick. »Bitte.«

Er reicht mir den Sack. »Wenn die Oberschwester das sieht, ist es ganz schnell weg. Apropos, ich muss dringend weg, ich bin schon wieder im Verzug, bis heute Abend dann.«

Damit stürmt er aus dem Raum.

Und ich mache mich über den Kissenbezug her.

»Ein elementarer Fehler, den zu beheben, ich nur eine Möglichkeit sehe. Denn Valentin Behrmann heißt in Wirklichkeit Berger und ist der Bruder von Leon und er hatte nur ein Ziel – uns zu vernichten. Das werde ich verhindern und ich habe auch schon eine schöne Idee.«

22

Ich benutze meinen gesunden Arm, um in den Sack zu greifen, was aber nicht so einfach ist, weil die Schläuche des Tropfs im Weg sind. In dem Sack sind Fotokopien, ein schwarzes Ledernotizbuch, das alte Handy, die DVDs, die Valle aufgenommen hat, und eine kleine Box mit Latexhandschuhen. Aber keins von den Dingen, die Robert mit den Gummihandschuhen aus dem Schrank geholt und in dem Beutel verstaut hat.

Merkwürdig.

Das Handy lege ich zurück, das muss warten, bis ich sicher sein kann, dass niemand reinkommt.

Da schießt mir etwas durch den Kopf. Das Handy ist von 2004. Leon ist 2004 gestorben. War das etwa seins?

Ich schalte es ein. Nichts.

Nichts.

Verdammter Mist!

Ich versuche es wieder und wieder, aber es passiert nichts. Entweder es funktioniert tatsächlich nicht mehr oder der Akku ist leer.

Na toll, und wo kriege ich ein Ladegerät für so eine alte Mühle her?

Ich packe das Handy in die Schublade im Nachttisch und da fällt mir zum ersten Mal auf, dass ich auch ein Telefon am Bett habe.

Entschlossen packe ich den Kissenbezug beiseite. Jetzt muss ich erst einmal Kati anrufen und fragen, wie es ihr geht, schließlich habe ich sie seit diesem Albtraum gestern Abend weder gesehen noch gesprochen. Während ich ihre Handynummer wähle, merke ich, wie sich mir die Kehle zuschnürt. Was, wenn sie mich jetzt hasst?

»Lilsis!«, schreit sie in den Hörer. »Du bist wach! Ich wollte eigentlich im Krankenhaus sein, aber ich muss heute zum BR. Erzähl schon, wie geht's dir?«

»Das wollte ich eigentlich von dir wissen.«

»Von meinem zerstörten Ego mal abgesehen, ganz gut.«

Ich schlucke. Ich fühle mich so schuldig. »Aber die kurzen Haare stehen dir«, beeile ich mich zu versichern. »Wirklich.«

»Ach das.« Kati klingt tatsächlich so, als würde sie grinsen. »Nein, die wachsen ja wieder. Ich meinte eigentlich Robert. Ich habe wirklich geglaubt, er wäre in mich verliebt.«

»Wir sind alle auf ihn reingefallen.« Ich nehme meinen ganzen Mut zusammen und frage sie das, was mich am meisten bedrückt: »Hat . . . also . . . ich meine, hat er dir nach meinem Anruf an dem Abend etwas angetan?«

Kati seufzt. »Als wir unten im Keller waren, hat er seine Waffe rausgeholt und mich damit gezwungen, mich auf einen Altar zu legen. Dort hat er mich gefesselt. Ich bin sicher, dass er eigentlich etwas anderes geplant hatte, aber plötzlich stand Schwallfi mit zwei Polizisten im Schlepptau vor uns. Schwallfi ist ausgerastet, als er mich so gesehen hat, und hat sofort Anzeige gegen Robert erstattet, wegen ich weiß nicht wie vieler Verbrechen. Er war unheimlich cool.«

»Und . . . Mama?«

»Sie steht immer noch unter Schock und bekommt Beruhigungsmittel. Als sie dich im Krankenhaus gesehen hat, ist sie zusammengeklappt. Sie macht sich Vorwürfe, weil sie denkt, sie hätte sich nicht genug um uns gekümmert.«

»So ein Blödsinn! Sie hätte doch nichts davon verhindern können.«

»Das sagt Schwallfi ihr auch ständig. Du weißt schon, so Pubertätszeug und dass man seine Kinder ja nicht einsperren kann.« Kati lacht. »Ich finde, die beiden sollten endlich heiraten. Du, ich muss jetzt Schluss machen. Ich komme gleich nach dem BR vorbei, okay?«

Nachdem ich den Hörer auf die Gabel gelegt habe, fühle ich mich plötzlich sehr allein, ich wünschte, sie könnte jetzt bei mir sein und würde mir helfen, diese Unterlagen durchzusehen. Ich denke an Valle, der nebenan schläft.

Wie gut ich es habe, dass meine Schwester lebt!

Ich setze mich im Bett auf und schiebe entschlossen das kalt gewordene Gulasch zur Seite.

Ich beginne mit den Fotokopien. Es sind Kopien von Personalausweisen, ein Ausweis zeigt Thors Foto. Als Name ist Karl-Heinz Friedrichsen angegeben. Ich grinse breit. Das passt schon viel besser zu diesem Bruce Willis für Arme.

Der andere Ausweis zeigt Giltine, die in Wirklichkeit – und jetzt würde ich tatsächlich gerne laut lachen, wenn es in der Schulter nicht so wehtun würde – Gundula Geppert heißt. Wo sie den Namen Giltine bloß herhat?

Dann schaue ich in das Notizbuch, und als ich anfange zu lesen, hoffe ich wirklich, dass Robert nie wieder aus dem Gefängnis herauskommt. Da gibt es Liedtexte der Grunks, aber auch perverse Ideen für Ritualmessen. Einer der harmloseren Einfälle liest sich so:

»Den Novizen sollen Blutegel angesetzt werden, die werden dann mit dem Ritualschwert geschlachtet und alle trinken deren Blut.«

Daneben sind die Bestelladressen von Blutegelversandhändlern aufgelistet.

Ich muss mich kurz ausruhen und die Augen schließen. Ich werde wohl nie verstehen, wie ich so auf Robert reinfallen konnte. Ich war ihm einmal nahe gewesen und habe nichts, absolut gar nichts von seinem kranken zweiten Gesicht bemerkt. Und ich frage mich, ob ich jemals wieder meinem Gefühl vertrauen kann.

Doch dann drängt es mich weiterzulesen, ich will jetzt alles wissen.

Als Nächstes sind zwei Ablehnungsbescheide von satanischen Gruppen ins Notizbuch eingeklebt, doch den meisten Raum nimmt ein Manuskriptentwurf ein, den ich sofort neugierig zu lesen beginne.

»Ich – Teufel und Gott der Sieger«

Besiegelt wurde sein Schicksal mit dem Fuchs. Oben im Wald am Abend des 31. Oktober. Er tauchte aus dem Nichts auf, stand unbeweglich im kahlen Unterholz, seine Augen dunkel funkelnde Sterne, die zu mir herüberstarrten. Unablässig troff Speichel aus seinem Maul. Ich wusste sofort, es war so einer . . . und das war kein Zufall.

Ich war sicher, dieser Fuchs war ein Geschenk von IHM, denn wo hätte ich sonst diesen speziellen finden sollen? Das war ein Zeichen seiner Gunst. Er wollte, dass ich eine besondere Strafe vollziehe, eine, die meine Macht manifestieren würde.

Er war nicht der erste Fuchs, den ich bei meinen Meditationen im Wald getroffen habe, aber bei Weitem der schönste. Im gerade erst aufstrebenden Licht der Dunkelheit flammte

233

sein Fell rot auf, die spitze Schnauze zitterte beim Geruch des frischen Blutes.

Er witterte das frische Blut an meiner Hand. Ich wusste, ich würde schnell sein müssen. Sehr schnell und achtsam. Kein Zögern jetzt, wenn man sein Zeichen erkannt hat, muss man handeln.

Natürlich hatte ich Angst. Köstliche, unglaubliche Angst wogte durch meinen Körper, durchglühte mich. Noch nie habe ich die Angst vor der Angst verstanden. Angst macht frei, löscht alle Bedenken, Angst macht dich zum Tier der Nacht.

Ich suchte mir einen kleinen und einen mächtigen Ast, den ich selbst kaum heben konnte. Stolperte in der Dämmerung immer wieder und hatte plötzlich die Befürchtung, mein Rascheln und Knacksen könnte ihn zum Weglaufen veranlassen. Doch dieser kaiserliche Fuchs blieb und sah gebannt dabei zu, wie ich die tödlichen Prügel vorbereitete.

Doch dann, als ich näher an ihn herankam, brach es aus ihm heraus, er sprang zu mir her, fletschte die Zähne, es schäumte herrlich aus seinem Maul, er knurrte und bellte, tanzte geradezu um mich herum.

Den ersten Prügel stopfte ich in sein weit aufgerissenes Maul, er verbiss sich so stark darin, dass ich ihm mit dem anderen Prügel den Schädel einschlagen konnte. Obwohl ich voller Wucht zuschlug, dauerte es erstaunlich lange.

Als er endlich tot vor mir lag, tat es mir beinahe leid um dieses prächtige Tier, aber diese sinnlose Aufwallung christlicher Gefühle wich sofort dem Wissen um meine Macht.

Jetzt kam der schwierige Teil. Ich durfte den Fuchs nicht mit bloßen Händen anfassen. Aber ich brauchte seinen Speichel. Und zwar sehr schnell. Außerdem musste L. entsprechend vorbereitet werden.

Hier oben funktionierte mein Handy nicht. Ich musste runter zur Darsberghütte, fotografierte mein Geschenk, markierte den Weg mit Stofffetzen, die ich aus meinem Umhang riss, rannte zur Hütte, wo ich sie anrief und meine Anweisungen gab. Dann dankte ich dem Bringer des Lichts für diese Gabe.

Sie kam schnell und führte meine Befehle präzise aus, sodass ich mein Geschenk sicher nach unten bringen konnte, wo man uns voller Spannung erwartete.

L. war schon vorbereitet und wir begannen sofort mit der Zeremonie. Wie immer hielt ich mich im Hintergrund und beobachtete die Gruppe.

Ich fahre mir über die trockenen Lippen. Das liest sich entsetzlich, wenn ich daran denke, dass hier die Rede von Leon ist, von Valles Bruder.

In dieser Nacht wurde mir wieder klar, wie wichtig es ist, immer einen klaren Kopf zu behalten. Beinahe hätten sie vergessen, ihre Gummihandschuhe anzuziehen, obwohl ich sogar schwarze besorgt hatte. Immerhin schafften sie es, L.s Körper unter Anrufung aller Dämonen des Schreckens mit dem Saft unserer Rache zu salben. Es war ein Hochgenuss, dabei zuzusehen und zu wissen, was kommen würde.

Ich selbst war so neugierig, dass ich es kaum aushalten konnte, ihn zu beobachten. Achtete auf Zeichen, aber zunächst passierte nichts. Man behielt ihn lediglich wegen Gehirnerschütterung auf der Krankenstation. Immerhin konnte er dort keinen Schaden anrichten, weil sie dort arbeitete und er so unter meiner Kontrolle war.

Trotzdem haben wir zu spät gemerkt, dass der Elende noch einen Brief an seinen Bruder rausgeschmuggelt hat, aber das war auch sein letzter. Denn dann hat Satan seine Kraft so herrlich entfaltet, dass selbst der hartnäckigste

Zweifler von seiner und damit meiner Macht überzeugt war.

Die Macht unserer Gruppe breitete sich danach aus wie ein Buschbrand, wir waren nicht mehr zu stoppen, denn wir hatten Ihn als Verbündeten.

Trotzdem verlegten wir den Hauptsitz und dann suchte ich nach einem Spielkameraden für G., denn sie wurde mir lästig. Nein, schlimmer noch, sie wurde zu einem Risiko, weil sie zu durchschaubar war.

Der echte Diener Satans zeigt nie sein wahres Gesicht, nur dann, wenn es ihm nutzt. Ich brauchte jemanden, der harmlos genug war, meine Tarnung zu komplettieren. Ein attraktives, aber nicht allzu kluges Mädchen, das ich als meine Freundin ausgeben konnte.

Sie war so scharf darauf, in die Band zu kommen, dass sie gar nicht gemerkt hat, wie ich sie auf Distanz hielt. Aber irgendwann wollte ich sie ganz besitzen und war bereit, ihr mein Universum zu zeigen – und genau in diesem Moment trennte sie sich. Von MIR.

Mir wird eiskalt, als ich beginne zu verstehen, dass Robert tatsächlich mich damit meint. Bin ich denn wirklich nur ein harmloses, dummes Mädchen, das er derart hintergehen konnte? War ich so dermaßen beschränkt, dass mir nie auch nur das Geringste aufgefallen ist, wenn man mal von seiner kühlen Distanziertheit absieht – und die fand ich zuerst unglaublich cool. Gott, Toni, wie konntest du nur so blind sein?

Und dann hat er auch noch recht damit, was die Grunks betrifft. Ich war wirklich sehr scharf darauf, in dieser Band zu singen.

Ich habe nie kapiert, wenn Ehefrauen von Killern behaupten, dass sie angeblich nichts gewusst haben von dem, was ihre Männer heimlich so getrieben haben . . . Bei diesem Gedanken fühle ich eine unheimliche Scham in mir aufsteigen. Mit einem beklemmenden Gefühl im Bauch lese ich weiter.

Ich musste ihr nur einmal folgen und schon war klar, dass da doch ein anderer war. Ein lächerlicher Idiot, ein Niemand, der zu uns gehören wollte. Gut für mich, so konnte ich ihn rund um die Uhr beobachten lassen. Und dann musste er sie rekrutieren. Für uns, für V.I.S. Für mich . . . und mein liebliches Spiel begann wieder.

Besonders köstlich waren seine läppischen Versuche, ihr zu erklären, was es bedeutet, Satanist zu sein, ohne auch nur den Hauch einer Ahnung davon zu haben, was es wirklich heißt. Leider haben wir zu viel gelacht und zu spät überprüft, wer er wirklich war.

Ein elementarer Fehler, den zu beheben ich nur eine Möglichkeit sehe. Denn Valentin Behrmann heißt in Wirklichkeit Berger und ist der Bruder von Leon und er hatte nur ein Ziel – uns zu vernichten. Das werde ich verhindern und ich habe auch schon eine schöne Idee.

Hier bricht das Manuskript ab und es ist ein Infobeipackzettel von einem Medikament für Tiere eingeklebt. »Fuchsoral-Tollwutköder«, lese ich.

Ich überfliege den Zettel und bleibe bei folgender Textpassage hängen: »Bei Kontakt der Impfflüssigkeit mit der Haut ist die Flüssigkeit sofort mit Wasser und Seife abzuwaschen, Schleimhäute müssen gründlich gespült werden . . . unverzüglich einen Arzt aufsuchen . . . Personen, die den Impfstoff handhaben, sollten gegen Tollwut geimpft sein, immungeschwächte Personen sollten keinen Kontakt mit dem Lebend-Impfstoff haben . . .«

Ich lasse den Zettel sinken. Plötzlich machen die Kratzer an Valles Körper schrecklichen Sinn. Leons Tod hat so gut zu Roberts teuflischen Inszenierungen gepasst, dass er das wiederholen wollte.

Schlagartig wird mir klar, was in den kleinen Packungen gewesen sein musste, die Robert aus dem Bücherregalschrank geholt hatte. Denn warum hätte er sonst Gummihandschuhe angezogen? Auch auf die Gefahr hin, dass ich mich lächerlich mache, zögere ich keine Sekunde. Ich klingle nach der Schwester.

Ich werde nicht zulassen, dass Valle jetzt noch stirbt.

23

Ich hätte nie gedacht, dass ich dazu fähig bin, so einen Aufstand zu veranstalten.

Um mich zu beruhigen, haben die Ärzte Mama, Kati und Ralf herbeordert, doch die haben mir sogar den Rücken gestärkt. Ich war sehr gerührt, weil Mama gar nicht mehr von meinem Bett wegwollte. »Ich gehe erst, wenn Sie alles getan haben, was meine Tochter hier vorschlägt!«, hat sie leise, aber deutlich gesagt und dabei hoheitsvoll mit den Augen geblitzt.

Und als die Untersuchungsergebnisse dann kamen, waren alle wie vor den Kopf geschlagen. Mehr noch, es hat jeden umgehauen, denn keiner hatte im Traum damit gerechnet, dass ich recht haben könnte. Weder die Ärzte noch die Polizei.

Und Robert hatte mit Sicherheit Schaum vor dem Mund, als er davon gehört hat. Herrlich!

Der Einzige, der von alldem nichts mitbekam, war Valle, weil er so hohes Fieber hatte. Seine Schnittwunden hatten sich durch den Rattendreck entzündet, der überall im Keller gewesen war.

Nachdem ich aus Roberts Notizbuch erfahren hatte, wie Valle wirklich hieß, konnten wir auch Valles Eltern benachrichtigen, die sofort nach München kamen. Die beiden waren Winzer an der Bergstraße. Sie blieben Tag und Nacht an Valles Bett sitzen, bis die Ärzte ihnen dringend nahelegten, nach Hause zu gehen und sich auszuruhen. Aber die beiden hatten solche Angst, noch einen Sohn zu verlieren, dass ihnen alles andere vollkommen gleichgültig war.

Mama, der es schon wieder besser ging, bot ihnen an, bei uns zu wohnen, aber die beiden wollten uns nicht zur Last fallen und bezogen die Wohnung von Valles Tante Luise Behrmann, die momentan als Gastprofessorin in Vancouver lebte. Doch als sie entdecken mussten, wie verwüstet die Räume waren, blieben sie dann doch für ein paar Nächte bei uns.

Mir ging es bald besser, sodass ich allein zu Valle hinüberschleichen konnte, ohne den mandeläugigen Pfleger zu bemühen, der uns immer mit einem stolzen Blick betrachtete, als ob er persönlich für unser Glück verantwortlich wäre.

Kati besuchte uns täglich und jedes Mal wieder bekam ich ein schlechtes Gewissen, wenn ich ihre verstümmelten Haare betrachten musste. Aber dann kam meine Schwester auf die Idee, den BR mit Insiderinfos zu dem Satanisten-Fall von München zu versorgen, und ihre Aussichten auf ein Volontariat sehen seitdem ziemlich gut aus. Und ich kann sie jetzt immer damit aufziehen, dass sie das Leben ihrer Schwester für eine Handvoll Dollars und einen Job verkauft hat.

Sie hat keine Ahnung, dass ich durch sie darauf gekommen bin, wie ich das alte Handy wieder in Gang kriegen kann. Aber sie war es, die mir grinsend erzählt hat, dass Ralf auf einem Weihnachtsflohmarkt eine weitere Riesenkiste mit – wie Mama fand – Elektroschrott gekauft hatte.

Als ich endlich nach Hause durfte, machte ich mich heimlich auf die Suche. Und tatsächlich fand ich ein passendes Ladekabel für diese alte Siemensmühle, habe es dann geladen und dabei bemerkt, dass es nicht mal mit einem Pincode gesichert war.

Danach habe ich nur noch auf die richtige Gelegenheit gewartet, es mit Valle zusammen anzuschauen.

Ich weiß, ich hätte es gleich der Polizei übergeben müssen, aber ich wollte unbedingt sehen, was auf dem Handy war. Und schließlich flossen die Infos von der Polizei auch eher spärlich, sogar Ralf bekam nur die lapidare Ansage, dass man zu den laufenden Verfahren nichts weiter sagen könnte.

Ich wusste lediglich, dass sie noch eine zweite Wohnung von Robert im Fuchsbau gefunden hatten, mit jeder Menge interessantem Material und seinem Computer.

Bis Valle endlich aus dem Krankenhaus entlassen wurde, musste ich noch lange warten, aber dann war es endlich so weit.

Zwei Monate liegt diese schreckliche Halloween-Nacht jetzt zurück und Valle und ich stampfen Hand in Hand mitten durch einen Friedwald in der Nähe von Erbach. Ich kann Valles Hand gar nicht wirklich spüren, weil wir beide dicke Fellhandschuhe tragen, trotzdem möchte ich sie nicht loslassen, sondern für immer festhalten.

Meine Wangen sind taub von der Kälte, aber unter meiner Mütze ist es warm. Unsere Atemluft verwandelt sich sofort in kleine Wölkchen, die vor uns herschweben.

Es ist wunderbar still hier. Außer dem Knirschen des Schnees unter unseren Schuhen hört man nur weit entfernt einen Raben krächzen und manchmal ächzt ein Ast unter der Last des Schnees.

Über uns, fast schon in den Baumkronen der Buchen und Kiefern, hängen schwere graue Wolken. Es wird heute bestimmt noch schneien.

»Hier ist es.« Valle bleibt plötzlich stehen und zeigt auf den Stamm einer mächtigen Buche. Weil sich der Schnee hier mindestens einen Meter hoch auftürmt, kann man gerade noch die Plakette auf dem Stamm sehen. »Leon Berger.«

Valle seufzt. »Ich bin jetzt schon älter als er.« Er lässt sich in den Schnee fallen, zieht mich mit und wir lehnen uns an den Stamm der Buche.

»Aber immerhin hast du es geschafft, seinen Tod aufzuklären – sein Mörder kommt ins Gefängnis. Obwohl man Robert den Mord an Leon nie beweisen können wird.« Ich balle die Hände. Diese Tatsache wird mich wohl nie loslassen.

»Nur weil du so genial warst und mich auf Tollwut hast untersuchen lassen. Ich wäre nie auf diese Idee gekommen, schließlich bin ich geimpft. Nach Leons Tod haben mich meine Eltern gegen jede Seuche der Erde impfen lassen.« Valle greift in den Schnee und formt einen Schneeball.

»Von wegen genial. Ich wusste ja auch nichts von deiner Impfung, genauso wenig wie Robert.« Der Gedanke bringt mich immer noch zum Lachen. Wie erschüttert Robert gewesen sein muss, als er davon gehört hat. »Aber wir hatten großes Glück. Hätten die Ärzte auch nur eine Stunde später angefangen, nach Spuren des Fuchsimpfstoffes zu suchen, wäre nichts mehr vorhanden gewesen. Das Fieber hätte alle Hinweise im Körper vernichtet. Und man hätte Robert den Mordversuch an dir nicht mehr nachweisen können.«

Valle wirft den Schneeball an einen Baumstamm. »Komm, hier ist es zu kalt.« Er reicht mir seine Hand, dann hält er plötzlich inne. Seine Augen fangen an zu leuchten. »Dreh dich ganz langsam um«, flüstert er, »dahinten steht ein Reh.«

Ich drehe mich um, sehe aber nur noch, wie es davonhuscht.

»Wie schade.«

Das Reh erinnert mich an Leons Briefe. »Warum war dein Bruder überhaupt in diesem Internat hier im Odenwald?«

»Weil er in den Augen meiner Eltern schwer erziehbar war. Er hat ständig geklaut und hing mit Halbstarken zusammen.

Aber für mich war er einfach nur der beste Bruder der Welt. Sie haben es sich nie verziehen, dass sie ihn dorthin gebracht haben. Und ich glaube, ich hätte sogar die Kronjuwelen stehlen können, sie hätten nicht noch einmal den gleichen Fehler gemacht.«

Seine Seehimmelaugen sind dunkel geworden. Ich zögere, doch dann greife ich in meinen Mantel und hole das Handy heraus. Irgendwie fühle ich mich auf einmal ganz komisch. Vielleicht ist es keine gute Idee, es jetzt anzuschauen.

»Was ist das denn?« Valle kommt näher.

»Das habe ich in Roberts Versteck gefunden, zu dem der Schlüssel gepasst hat. Auf dem Handy ist ein Video gespeichert.«

»Und was ist drauf?«

»Ich weiß es nicht. Ich wollte es mit dir zusammen anschauen.«

»Glaubst du nicht, dass wir Albträume davon kriegen werden?«

»Vielleicht. Aber ich muss wissen, warum Robert es aufbewahrt hat.«

Valle setzt sich wieder an den Buchenstamm, unter dem die Asche seines Bruders beerdigt ist, und klopft auf den Schnee neben sich. »Dann komm.«

Ich schalte es ein. Es dauert ewig, bis es läuft. In der Galerie finden wir ein Foto von einem glücklich lachenden Leon, der der Kamera mit einem Glas zuprostet. Valle wird blass. Die anderen sechs Bilder sind verschwommen. Dann gehen wir zu der Filmfunktion.

Zuerst sieht alles dunkel aus, der Film ist ohne Ton und sehr pixelig, aber dann erkennt man einen toten Fuchs mit zerschmettertem Kopf. Jemand schneidet dem Tier den Schwanz ab und hält ihn triumphierend in die Höhe. Giltine.

Der nächste Film zeigt einen Raum, der mit flackernden Kerzen erhellt ist. Schwarze Gestalten stehen um einen Tisch, sie weichen zurück, als die Kamera näher kommt, und geben den Blick auf eine bewusstlose, nackte Person frei. Leon.

»Das will ich nicht sehen.« Valle springt auf. »Niemand soll das sehen, hör auf damit!« Er stürzt davon.

Ich schalte das Handy aus und renne ihm hinterher. Zum Glück kann ich seine Spuren im Schnee gut erkennen, er selbst ist zwischen den Bäumen verschwunden.

»Valle!«

Keine Antwort.

Ich folge den Spuren, aber ich brauche zwei Schritte, wo er einen macht, und weil der Schnee sehr tief und pulvrig ist, komme ich nur langsam vorwärts.

»Valle!«

Ich keuche vor lauter Anstrengung, außerdem macht sich mein rechter Knöchel bemerkbar, er darf noch nicht stark belastet werden.

»Das war blöd«, rufe ich, »tut mir leid, wir schmeißen das Ding weg oder geben es der Polizei, was immer du willst. Valle!«

Endlich habe ich ihn eingeholt. Er steht vor einem Felsblock, bleich und mit zornig funkelnden Augen. Die Arme vor seinem Körper verschränkt.

Ich gehe trotzdem zu ihm und umarme ihn.

Halte ihn fest.

Ganz fest.

Schäme mich, dass ich Roberts Siegerwahnsongs geträllert habe, ohne darüber nachzudenken, was sie bedeuten. Schäme mich, dass ich nicht erkannt habe, wie arm dieses teuflische Geschwafel letztlich ist.

Denn was wäre das für eine Welt, eine Welt der Sieger, in

der sich wirklich jeder nur um sich selbst kümmert? Wo bliebe dort das Wichtigste, was es überhaupt geben kann?
Wo bliebe da die Liebe?

Das Böse hat seine guten Seiten – Die Arena Thriller

Beatrix Gurian

Auch als Hörbuch

Prinzentod

Verbotene Liebe führt selten zu etwas Gutem. Das weiß Lissie, als sie Kai das erste Mal begegnet und doch schafft sie es nicht, ihm zu widerstehen. Bis ein entsetzlicher Unfall geschieht, der alles, was verborgen war, ans Licht bringt. Aber Lissie ahnt noch nicht, dass dies alles nur der Anfang ist …

240 Seiten. Klappenbroschur.
ISBN 978-3-401-06215-0
www.arena-verlag.de

Hörbuch
Sprecherin: Sabine Bohlmann
3 CDs im Schuber
ISBN 978-3-401-26215-4

Das Böse hat seine guten Seiten – Die Arena Thriller

Krystyna Kuhn

Dornröschengift

Sophie kann es nicht fassen, dass ihr Bruder tot sein soll, gestorben bei einem Tauchunfall in Australien. Doch dann kommt Mikes Freund nach Deutschland und kann die Lücke ein wenig ausfüllen. Bis wieder etwas Entsetzliches passiert und Sophie misstrauisch wird ...

200 Seiten. Klappenbroschur.
ISBN 978-3-401-06264-8
www.arena-verlag.de